Malot

# JACQUES CHEVALIER

PAR

HECTOR MALOT

## PREMIÈRE PARTIE

### CHAPITRE PREMIER

LA PENSION HEUDELAY

La date du 11 août 1839 est une date qui marque dans l'histoire de ma vie, car ce fut ce jour-là que mon père se décida tout à fait à m'envoyer en pension.

J'avais alors neuf ans, et depuis quinze mois que j'étudiais la grammaire j'en étais arrivé aux pronoms ; encore n'avais-je sérieusement retenu que les substantifs, car pour les adjectifs, que je n'avais recommencé que trois ou quatre fois, je les connaissais de vue, mais en réalité il n'avait jamais existé entre eux et moi de relations bien suivies.

En revanche, je savais à fond et dans tous leurs détails, *Roland furieux*, *Roland amoureux*, les *Quatre fils Aymond*, les *Douze pairs de France*, *Robert le Diable*, *Gil Blas* et le *Bachelier de Salamanque* découverts par moi dans un grenier où leurs sales couvertures de parchemin jauni les avait fait reléguer depuis longtemps; j'avais lu une bonne partie de la Bibliothèque de campagne et je prévoyais à peu près sûrement, dès la cinquantième page, le dénoûment des romans qu'elle contient. Je savais encore enlever un cerf-volant, creuser un bateau dans un mor-

Ce roman a été composé, puis ensuite annoncé sous le titre de : « *Mon ami Jacques*; » mais M. Hetzel m'ayant fait observer qu'il avait publié en 1855 un volume de P.-J. Stahl, portant pour titre principal : « *l'Esprit des femmes*, » et pour titre complémentaire : « *Opinions de mon ami Jacques*; » j'ai changé « *Mon ami Jacques* » en « *Jacques Chevalier*. » Le premier titre rendait mieux l'idée qui a présidé à la conception et à l'exécution de ce livre, en expliquant tout d'abord l'intervention du narrateur dans l'histoire de Jacques; mais le second en même temps qu'il satisfait une juste susceptibilité, rend toute confusion impossible, — voilà pourquoi je l'ai adopté.

H. M.

ceau de sapin, le gréer en brick ou en chasse-marée et, armé d'une gaule, le faire flotter sur une mare au milieu des archipels de renoncules et de nénuphars; enfin je savais jurer quand j'étais en colère et prier le bon Dieu quand il tonnait.

Toute cette partie d'éducation, je me l'étais donnée moi-même avec une ardeur intrépide et consciencieuse; mais pour celle qu'on avait voulu m'imposer, je veux dire la grammaire et ses accessoires, je m'y étais soustrait avec la même intrépidité et la même conscience.

Ce n'était pas cependant que je fusse précisément un enfant rétif, j'étais seulement paresseux et surtout distrait et rêveur; la tâche infligée était pour moi pleine d'un insurmontable ennui, la tâche choisie pleine d'un irrésistible charme; — c'était là mon plus grand défaut; par malheur, il était terriblement puissant.

J'avais beau, me faisant à moi-même les plus solennelles promesses, m'asseoir devant ma table, me plonger la tête entre les deux mains, et répéter vivement des lèvres en lisant des yeux: « Il y a trois personnes: la première est celle qui parle, *je, me, moi, nous*; la seconde celle à qui l'on parle, *tu, te, toi, vous*; et la troisième celle de qui l'on parle, *il, lui, elle, ils, elles, soi, se, leur*; bientôt mes yeux se relevaient au plafond, et pendant que mes lèvres répétaient toujours machinalement, *je, me, moi, nous*, mon esprit s'échappait au galop et se mettait à songer à Rodomont, à Bradamante mon premier amour, à Roger, à Renaud; puis oubliant tout à fait la grammaire, je me perdais de plus en plus profondément dans mes souvenirs, je vivais la vie de mes héros, j'étais Gil-Blas dans la caverne, Médor et Cloridan sur le champ de bataille.

Le vague sentiment des heures qui s'étaient écoulées me rappelait quelquefois brusquement à ma leçon, mais alors la fièvre me prenait, je suais d'inquiétude et de remords, l'impatience empêchait l'attention, et quand on venait me faire répéter, je ne disais pas deux mots couramment.

Mon père, qui voulait faire de moi un homme distingué, c'est-à-dire un magistrat, et qui se figurait, — il avait vieilli parmi les vénérés débris du parlement de Rouen, — que pour être juge ou substitut, il fallait absolument savoir quelque chose, mon père se désespérait, et se demandait chaque soir: « — Est-il bête? est-il paresseux? »

Bête, cela lui répugnait à croire, d'abord parce que j'étais son fils, et puis aussi parce que, dans la conversation et dans les choses de la vie, j'avais de ces réponses et de ces idées d'enfant terrible qui ne manquent jamais de jeter les parents dans d'orgueilleux étonnements.

Il fut donc arrêté que j'étais paresseux, et que le meilleur remède à m'appliquer, c'était la pension.

Longtemps on en parla et on en reparla, mais sans rien conclure, car ma mère, avec deux mots, « il est bien faible, et il est encore bien jeune », avait trouvé un excellent moyen pour me garder près d'elle.

—Au moins qu'il travaille, disait mon père.

— Il travaillera, répondait ma mère,

— Quand?

— Demain.

— Hé bien, surveille-le, car pour moi j'y renonce.

Et le lendemain, ma mère, s'imposant une sévérité à laquelle elle croyait plus que moi, se mettait courageusement à l'œuvre, tandis que je ne m'y mettais guère moi-même. Mais bientôt c'était à recommencer, et mon père, voulant juger de mes progrès, trouvait avec désespoir que j'en étais toujours à *je, me, moi, nous, tu, te, toi, vous*. Il est vrai qu'il négligeait absolument de m'interroger sur les amours d'Isabelle et de Zerbin, qu'il ne me soupçonnait pas même de connaître.

Le 11 août 1830 amena enfin un dénouement à cette comédie qui se joue encore dans bien des familles, et mon père, lisant dans le *Mémorial de Rouen* le compte rendu de la distribution solennelle des prix faite au collége, fut rappelé à ses idées favorites, et pour n'être point cette fois encore exposé à des contradictions ou à des prières, il déclara formellement que le premier lundi d'octobre, j'entrerais à la pension Heudelay qui venait d'obtenir seize prix et trente-quatre accessits.

Ce fut avec d'habiles précautions et de douces calineries que ma mère m'annonça cette grande nouvelle, et ce fut assez indifféremment que je la reçus : pension n'était pour moi qu'un mot, je n'avais jamais quitté la maison paternelle et je ne savais point encore ce que c'était que l'ennui, la solitude et les chagrins de l'absence.

Je le sus bientôt, car octobre accourut d'autant plus rapidement pour moi, que débarrassé de toutes leçons, j'avais la liberté de retourner à mes romans, à mes bateaux, et de faire absolument ce qui me passait par la tête. Aussi étais-je si heureux que je ne pensais guère à mon prochain départ, mais autour de moi on y pensait : mon père me prenait maintenant avec lui dans toutes ses promenades, et ma mère, en travaillant à mon trousseau, m'attirait souvent contre elle quand je passais, et m'embrassait avec une émotion que je ne lui avais jamais vue.

La veille de mon départ, et après que j'eus fait assez fièrement mes adieux à mes camarades, pauvres petits paysans qui ne devaient jamais connaître la pension, mon père m'emmena dans son cabinet, ouvrit son secrétaire, et, tirant une assez grande quantité de pièces de cinq francs qu'il rangea devant moi :

— Tu vois ce que va nous coûter ton premier trimestre, dit-il; eh bien, avant que tes classes soient terminées, il en faudra au moins cinquante fois autant; tâche donc que cet argent ne soit pas perdu : travaille bien et deviens un homme.

Le lendemain, on m'éveilla avant le jour, car la voiture qui devait nous conduire à Rouen partait à six heures du matin, et pour la prendre, nous avions une lieue à faire dans des chemins de traverse. Une carriole nous attendait devant la porte. Pendant que ma mère y montait, et faisait placer ma malle, mon père me prit dans ses bras, et, m'enlevant jusqu'à lui :

— Adieu, mon enfant, me dit-il d'une voix qui me parut tremblante.

Puis me reposant vivement dans la voiture, il rentra rapidement dans le jardin et tira la grille sans se retourner. Assez étonné de cette brusquerie, j'en cherchais l'explication, quand je sentis deux bras m'enlacer, c'était ma mère qui m'attirait près d'elle, et, me pressant doucement sans rien dire, m'enveloppait de son manteau.

Entraînée par un bon cheval normand, la carriole partit au trot; et bientôt, à la clarté du jour se levant, la maison et le jardin, avec ses murs de bauge, disparurent dans un léger brouillard. Le chemin fit un brusque coude, et je ne vis plus que les cimes des ormes et des frênes détachant leurs lourdes feuilles d'automne sur le ciel pâle, qui se martelait de petits nuages cuivrés.

Alors, sans que j'eusse bien conscience de ce que je faisais, je me blottis plus fortement contre ma mère, et quelques grosses larmes me coulèrent sur les joues; mais presque aussitôt et par je ne sais quel enchaînement d'idées je me mis à penser à Gil-Blas quittant Oviedo, et me rappelant qu'il était fort allégrement parti sur la mule de son révérend oncle, le chanoine, j'eus honte de ma faiblesse, j'essuyai mes larmes, et d'un air que je tâchai de rendre distrait, je regardai par la plaine grise et nue les troupes de corneilles qui s'abattaient en masses noires sur le champ qu'on venait d'ensemencer. Quand je quittai la carriole pour la diligence, je ne me souvenais même plus que j'avais pleuré.

Cependant je vis bientôt que ces larmes étaient plus naturelles que tout d'abord je ne l'avais crû, et presque tous les élèves que nous recueillîmes en route avaient les yeux rouges : attendant le passage de la voiture, groupés avec leurs parents devant les barrières des cours, ou assis au débouché d'un chemin herbu sur un mètre de caillou, ils ne cachaient point leur chagrin quand le conducteur brusquait leurs adieux, et dans leurs embrassemens il y avait des sanglots : deux seulement ne montrèrent point d'émotion ; mais ceux-là étaient des grands qui grimpèrent sur l'impériale ; leurs tuniques s'ouvraient avec un air élégant et dégagé ; ils entraient souvent dans les auberges avec le conducteur, et ils montaient les côtes à pied pour fumer.

Attentif à ce qui se disait autour de moi, je ne tardai pas apprendre que les pensions étaient en général des prisons où l'on mourait de faim, et qui avaient pour directeurs de misérables marchands de soupe ; mais quand une question de rivalité s'élevait entre les écoliers présents sur l'une ou l'autre de ces pensions, j'appris encore qu'elles étaient toutes parfaites, et que la plus irréprochable était inévitablement celle à laquelle appartenait le dernier orateur : seul le collége fut universellement attaqué, et comme il n'y avait pas là d'interne pour le défendre, il fut déclaré bouge, barraque et taudis.

Ces conversations, dont je ne perdais pas un mot, me donnèrent à réfléchir, et quand j'arrivai devant une grande porte cochère au-dessus de laquelle on lisait : « *Institution Heudelay,* » je me trouvais dans un singulier état de malaise, j'avais le cœur serré, je voyais trouble.

— Entrez au parloir, nous dit un petit vieux qui empestait l'huile et le cirage, et qui semblait être le portier, — je vais aller voir si M. Heudelay est libre.

Et nous ouvrant une porte qui faisait vis-à-vis à celle de sa loge, il nous introduisit dans une petite pièce plus longue que large, dont les murailles étaient tapissées de dessins au crayon et à l'aquarelle. A la place d'honneur, au-dessus d'un piano, s'étalait une immense page dessinée à la plume, avec une bordure d'oiseaux tricolores qui voletaient coquettement dans des paraphes en tire-bouchon. J'appris plus tard qu'elle était l'œuvre du professeur d'écriture, et qu'on l'avait mise ainsi en évidence pour frapper d'admiration les parents qui ne savaient pas lire.

Le temps que le portier resta près de M. Heudelay, me permit de jeter un coup-d'œil sur l'ensemble de la pension, et l'impression que j'en reçus fut loin de calmer mon inquiétude : je n'avais jamais vu des murailles si froides, des arbres si chétifs, du sable si rempli de cailloux. La cour à peu près carrée était fermée, à son extrémité et en face de nous, par une grande maison avec d'innombrables fenêtres, à gauche par une galerie couverte en zinc, et à droite, appliqué contre la propriété voisine, par un long bâtiment à un seul étage. La grande maison servait aux études, au réfectoire et aux dortoirs, la galerie en zinc aux récréations dans les jours de pluie, et le long bâtiment aux leçons de musique, au dessin et à la cuisine. De cette cuisine s'échappait, à travers la cour, en la partageant par la moitié, un ruisseau qui retenait entre ses pavés mal joints une eau gluante et noirâtre : au-dessus d'un banc de chêne, et à côté de la principale porte d'entrée, une cloche balançait sa chaînette de fer. De place en place, d'autres bancs s'appuyaient contre les murailles, et deux rangées de tilleuls et de catalpas montaient depuis le parloir et la loge du portier jusqu'à la maison, parallèlement à la galerie en zinc et à la cuisine. Leurs feuilles jaunies commençaient à tomber et à tranquillement pourrir sur le sol qui, depuis longtemps, n'avait point été foulé.

J'allais dire à ma mère que je trouvais tout cela bien triste et bien effrayant, quand parut un petit homme d'à peu près cinquante ans, à la démarche majestueuse, à l'air important, et qui avait le nez si rouge, que tout son visage en était éclairé : c'était M. Heudelay.

— Voilà donc notre jeune élève, dit-il en me regardant des pieds à la tête ; le gaillard ne paraît ni sot ni embarrassé ; mais halte-là !

Et, disant cela, il recula de trois pas, se

mit à se balancer sur ses deux talons en me fixant du doigt indicateur, comme s'il eût voulu me crever un œil.

—Halte-là! l'intelligence n'est pas tout; il faut le courage qui soutient et le travail qui nourrit. Pour ceux qui travaillent, je suis un père, mais pour ceux qui ne font rien, halte là...

Et il se remit en position.

— Halte-là, je suis un diable.

Puis changeant de sujet, il voulut nous faire faire connaissance avec Mme Heudelay, et nous montrer son établissement.

Après une visite qui dura plus d'une heure, et où il nous fallut voir chaque chose en détail, goûter au cidre des élèves, flairer le bouillon des élèves, nous asseoir sur le lit d'un élève, M. Heudelay me remit à une mère, et lui ayant fait promettre de me ramener le soir avant huit heures, il nous rendit à tous deux la liberté.

Mais telle avait été la gêne qui s'était emparée de nous, que même sortis dans la rue, nous ne marchions qu'en nous parlant à voix basse, et que sous les marroniers de la place Saint-Ouen, je croyais encore sentir me peser sur la tête le lourd silence des corridors. Rien ne put effacer cette impression, et au lieu de mettre à profit les dernières heures de la journée, en jouissant des plaisirs et des distractions que ma mère s'efforça de me donner; je revis sans cesse la pension, et ne pensai qu'aux sombres dortoirs, aux tristes classes, à la cour morne et glacée.

Cependant, et malgré mon anxiété, le temps s'écoula rapidement et bientôt arriva le moment de la rentrée. Ma mère qui, tout aussi vivement que moi, désirait retarder notre séparation, eut bien voulu me coucher elle-même et s'assurer que je n'étais pas trop mal, mais M. Heudelay n'y consentit point, et il ne nous resta plus que quelques courtes minutes pour nos adieux.

La cour que j'avais trouvée déserte le matin, était alors à peu près pleine de groupes qui causaient bruyamment : la maison, depuis le haut jusqu'en bas, était rouge de lumières : par les fenêtres sans rideaux on voyait des ombres qui circulaient dans les classes et les dortoirs; la sonnette de la rue retentissait coup sur coup, et la porte-cochère, en retombant lourdement, annonçait la rentrée d'un nouvel élève. Assis sur un banc ma mère et moi nous assistions à tout ce mouvement, — au milieu des domestiques qui allaient et venaient chargés de malles et de pupitres, — entourés d'élèves qui s'abordaient en se donnant des poignées de main. — pressés et coudoyés par des parents qui faisaient leurs dernières recommandations, — mais nous y assistions à peu près sans voir et sans entendre, elle me disait de douces paroles d'encouragement et je l'écoutais avec une attention qu'assurément je ne lui avais jamais prêtée. Quand la cloche sonna le coucher, elle me suppliait de ne jamais rester les pieds mouillés, et je le promettais en exigeant en échange qu'elle viendrait me voir dès le jeudi suivant.

Ce furent nos dernières paroles : petit à petit la cour s'était vidée; les parents étaient partis les uns après les autres, et le portier, sa casquette à la main, se tenait auprès de nous. Alors elle m'embrassa une dernière fois en mêlant ses larmes aux miennes, et presque aussitôt la porte se referma avec un bruit qui m'écrasa le cœur.

Je demeurai stupide : il me semblait que je n'avais jamais été, et que jamais je ne pourrais être plus malheureux ; cependant je ne tardai pas à voir que je me trompais, et quand je me trouvai dans mon lit sans qu'on fut venu m'embrasser comme à l'ordinaire, quand le maître d'étude, éteignant les quinquets, eut allumé une pâle veilleuse, quand on n'entendit plus un seul bruit ni dans la maison ni dans le rue, je me sentis encore plus triste, plus abandonné ; j'enfonçai ma tête dans mon oreiller, je ne retins plus les sanglots qui m'étouffaient, et je me mis à verser deux ruisseaux de larmes : — Ah!

cette fois tout était bien fini, j'étais en prison, j'étais en pension.

---

## CHAPITRE II

### EN HUITIÈME

Le lendemain matin nous étions à l'étude depuis une heure, et nous nous organisions tant bien que mal, en faisant, sous prétexte de rangement, un tapage assourdissant, quand un de mes voisins, qui regardait dans la cour, s'écria à mi-voix :

— Voici Jacques, voici Jacques.

Et presque aussitôt celui qu'on avait annoncé sous ce nom poussa la porte de la classe.

Je n'étais assurément pas dans des dispositions de folle gaîté, mais en levant machinalement les yeux pour le voir, je me mis à sourire tant il me parut drôle et dégingandé : tout chez lui était d'une longueur démesurée, les jambes, les bras, le cou, la tête et les cheveux, seule, sa blouse de drap noir, était trop courte, et elle exagérait encore ce qu'elle eût dû cacher.

— Allez-vous placer là-bas, au bout de la table, à côté du nouveau, lui dit le maître d'étude en me désignant, et si cela vous est possible, tâchez de trouver votre pupitre.

Pendant que Jacques cherchait, ce qui dura assez longtemps, je l'examinai avec plus d'attention, et mon sourire qui, tout d'abord, s'était accru progressivement, commença à disparaître progressivement aussi; j'oubliais l'ensemble pour ne plus voir que la tête qui avait véritablement un caractère de beauté fine et fière, et quand je rencontrais ses yeux j'en étais comme ébloui; il y avait en eux tant de profondeur que toute la vie y paraissait concentrée et que le visage en était pour ainsi dire amoindri.

Mais bientôt le rire me reprit, partagé cette fois par la classe entière : Jacques avait trouvé son pupitre, mais en voulant le porter, il l'avait laissé tomber avec un fracas épouvantable, la serrure s'était ouverte, et les livres, les plumes, les cahiers roulaient à terre au milieu d'une mare d'encre que venait de faire une petite fiole qui s'était cassée.

— Vous êtes donc aussi maladroit que l'année dernière, s'écria le maître d'étude; allons dépêchez-vous de ramasser tout cela.

Et comme nous riions toujours de la mine ahurie que faisait Jacques :

— Le premier qui rit je le flanque à genoux pour deux heures.

Le silence se rétablit assez vite; Jacques ramassa ses livres et vint pour prendre la place qui lui avait été assignée. Mais cette place qui était au bout extrême de la table entre la muraille et moi, ne lui plut probablement pas, car m'adressant la parole :

— Recule, me dit-il.

Je voulus lui faire observer que le maître n'avait pas dit que je reculerais; il ne m'en donna pas le temps.

— Voyons, veux-tu reculer, continua-t-il.

Je restai indécis, mais ayant rencontré son regard, je n'hésitai plus et reculai docilement.

Alors il s'assit entre moi et mon voisin, et commença avec celui-ci une longue conversation; mais bientôt se retournant de mon côté :

— Comment te nommes-tu? me demanda-t-il.

— Frédéric.

— Frédéric qui? Frédéric quoi?

— Frédéric Arnoult.

— Quel âge as-tu?

— Neuf ans.

— Qu'est-ce que fait ton père?

— Il a été avoué... Et qu'est-ce que fait le vôtre? demandai-je à mon tour.

— Il est avocat, il s'appelle M. Chevalier.

Puis, satisfait de mes réponses, et peu curieux probablement de ma conversation, il m'abandonna pour mon ancien voisin, tandis que ramené malgré moi, par cet interrogatoire, à la maison paternelle, je me replongeais dans mes tristes souvenirs. Je m'y replongeai si bien, que bientôt mes pleurs recommencèrent. Je voulus les cacher, mais, aux efforts mêmes que je faisais, Jacques les devina.

— Pourquoi pleures-tu? me demanda-t-il.

— Je ne pleure pas.

— Eh bien! tu as de l'aplomb pour ton âge, toi, mon petit... Voyons, pourquoi dis-tu que tu ne pleures pas?

Je ne répondis rien et le regardai timidement, mais je crus voir dans ses yeux plus de raillerie que de pitié, et au lieu de m'enhardir, je m'obstinai dans mon silence.

Mais lui, d'une voix douce :

— Ne sois donc pas bête comme ça... C'est ta maison, ta maman que tu pleures, n'est-ce pas?

— Oui, oui.

— Eh bien! pourquoi ne l'avoue-tu pas?

J'hésitai encore; puis, tout à fait décidé par son accent et son regard qui me parurent cette fois pleins d'encouragement et de sympathie :

— Parce que ce matin en me levant, je pleurais et ce grand qui est là-bas...

— Chaisemartin?

— Oui; il s'est moqué de moi et m'a donné un coup de poing en m'appelant moutard.

— Hé bien! si tu veux qu'on ne se moque plus de toi, c'est d'abord de ne pas pleurer, et puis ensuite de répondre à coup de poing ou à coup de paroles à ceux qui t'embêteront.

Quoique mon nouvel ami fut d'un an plus âgé que moi, on nous mit ensemble dans la petite huitième et nous eûmes pour camarades : Chaisemartin, Boudignot, Aize, Chamouleau, Noël et Cauchois.

Aidé de l'expérience de Jacques qui avait fait son entrée au mois de mai précédent, je les connus mieux en huit jours que tout seul je ne l'eusse pu faire en un mois.

Chaisemartin, qui avait douze ou treize ans, était le premier d'entre nous, au moins par l'importance qu'il se donnait. Fils d'un très riche indienneur de la vallée de Maromme, il possédait un orgueil qui, pour en être arrivé à l'état de splendeur qu'il avait atteint, avait dû se nourrir, dès l'enfance, de monstrueux exemples. En parlant, il disait toujours *mon* établissement de Maromme, *mes* ouvriers, *mon* comptoir de la rue de Crosne; à la récréation il mettait des bottes vernies pour jouer; il ne prêtait jamais rien, ne payait strictement que sa dépense; il criait comme un âne en nous apprenant les ordures et les jurons qu'il entendait dire à *ses* ouvriers, et ne nous débarrassait de son encombrante personnalité que le samedi soir quand son domestique en livrée venait, dans son beau cabriolet, le chercher pour l'emmener à *sa* campagne.

Boudignot qui avait au moins quatorze ans faisait avec lui un frappant contraste, et autant l'un était arrogant et prétentieux, autant l'autre était inoffensif et morne. C'était un vrai fils de paysan bourgeois, à l'air pensif et réfléchi; avec cela, courtaud et grassouillet, le teint fade et huileux, la tête énorme et ronde, les jambes arquées et crochues, les bras toujours arrondis. Pour compléter cet ensemble qui lui donnait une physionomie déjà bien assez niaise, il avait de gros yeux à fleur de tête qui demeuraient immobiles, et que deux immenses paupières pouvaient à peine recouvrir. Il avait commencé ses études à Neufchâtel, dans une institution de prêtres, et il en avait rapporté des habitudes plutôt cafardes que religieuses; il bâtissait des petites chapelles dans son pupitre, et se disait la messe à lui-même pour son agrément. Silencieux en classe, ses bouts de manche en percale noire bien tirés, il paraissait étudier avec attention, et en réalité il ne pensait à rien; toute activité lui était antipathique; il ne riait jamais et causait rarement. Après la messe, son plus grand plaisir consistait dans l'éducation d'un lézard. Il avait un beau cahier relié et réglé où il notait les différentes phases de cette éducation, et il en avait un autre plus gros, au dos duquel on lisait : *Mon journal.* Il y écrivait sa dépense et l'histoire de sa vie. C'étaient là ses seules distractions à l'étude, et à la récréation il en avait d'analogues : presque toujours on le rencontrait dans les corridors, où il étudiait sa guitare. Souvent on avait voulu l'entraîner à jouer avec nous; toujours il avait résisté; il prétendait que suer le rendait malade, et qu'ayant, comme il disait, la poitrine grasse et le cerveau marécageux, il était obligé de prendre des précautions; c'était en s'appuyant sur ces motifs qu'il avait fait accroire au maître d'étude qu'il ne pouvait pas rester la tête nue et que le tabac lui était ordonné; aussi prisait-il comme une vieille portière et gardait-il toute la journée sur la tête une énorme casquette en forme de tourte baleinée et cartonnée. Je ne sais ce qu'il y avait de vrai dans ses allégations, mais dans tous les cas, les remèdes n'agissaient guère, car, constamment enrhumé du cerveau, il se mouchait sans cesse, reniflait péniblement et prononçait les nasales avec des intonations sourdes et étouffées qui nous mettaient en joie. Toujours mélancolique et grognon, il n'était point aimé, et quand un de nous, — je crois que ce fut Aize, — l'eût surnommé « un raccourci de la colère divine » personne ne prit sa défense.

Aize, à une véritable bonté, joignait une intelligence des plus vives; mais il était victime de son nom, et les calembourgs auxquels ce nom prêtait, l'avaient irrité et rendu soupçonneux. Il croyait toujours qu'on voulait se moquer de lui : — Es-tu bien Aize? — Es-tu mal Aize? — Es-tu mort Aize? — Qu'est-ce que dit Aize (dièze)? — Bonjour, Saint-Aize (synthèse). — De quelle parent Aize parle-t-il? — Ça gène Aize (sa Génèse). La blessure était incessante, car chaque plaisanterie était impitoyablement répétée par les quatre-vingt-dix élèves de la pension, et chaque nouveau se croyait obligé d'apprendre et d'essayer par lui-même le répertoire entier.

Chamouleau, qui mangeait sans cesse de la pâte de guimauve, était de nous tous le moins bruyant et le plus solidement immobile devant son pupitre; mais ce qui l'absorbait ainsi, ce n'était point sa grammaire, c'était une passion... Chamouleau adorait la distillation et pratiquait cet art avec frénésie. Fils d'un pharmacien de la rue Beauvoisine, il consacrait tout son temps à préparer des breuvages chauds ou froids avec des essences ou des sirops qu'il volait chez lui, et son plus grand bonheur était de nous faire superbement goûter une mixture nouvelle. Quand il en avait bien réussi une, il la fabriquait en grand et nous la vendait un centime le verre. Son père, décoré de juillet et sous-lieutenant dans la garde nationale à cheval, avait, en l'honneur d'un roi qui faisait son orgueil, nommé ce digne fils Louis-Philippe.

Noël et Cauchois ne doivent point être séparés, car il existait entre eux une haine qui les unissait chaque jour de fort près. Mme Noël (on n'avait jamais connu M. Noël), et Mme veuve Cauchois avaient été autrefois les meilleures amies de Rouen; mais un beau jour s'étant fâchées, elles avaient dit un mal effroyable l'une de l'autre, et non contentes de divulguer la vérité, elles avaient inventé les histoire les plus scandaleuses, en prenant pour point de départ le caractère et les habitudes connues de chacune d'elles. Les enfants avaient pris le parti de leurs mères, et comme ils étaient demi-pensionnaires, ils répétaient chaque matin ce qu'ils entendaient chaque soir : les grands s'en amusaient fort, et les deux anciennes amies n'éditaient pas une méchanceté qui ne fut colportée dans toute la ville. Mme Noël tenait l'hôtel du Sud où mangeaient des comédiens et des commis-voyageurs, et Mme Cauchois trônait au comptoir d'une des plus belles confiseries de la rue Grand-Pont. Cauchois et Noël luttaient entre eux, pour l'amour-propre maternel, de toilette et d'élégance; et de progrès en progrès, ils en étaient arrivés à la blouse de velours neuf, comme vêtement de tous les jours. Lorsqu'on voyait à l'un un ornement nouveau, on le voyait à l'autre dès le lendemain. Cauchois, pour l'emporter sur son rival et se faire des partisans, nous approvisionnait de bonbons défraichis, et Noël, pour ne pas céder, de fruits et de pâtisseries, qu'on ne pouvait plus servir à l'hôtel du Sud. La lutte se continuait ainsi avec des chances diverses, et comme les deux mères ne voulaient pas que leurs fils fussent punis, — c'eut été un triomphe pour celui qui ne l'eut pas été, — elles en vinrent jusqu'à faire elles-mêmes les devoirs qu'on emportait pour la soirée ; mais là, ce fut Mme Noël qui, incontestablement, triompha : — elle avait de l'orthographe.

Pour Jacques, qui naturellement ne me donna pas sur lui-même des détails aussi précis, je fus plus longtemps à le connaître; mais, entraîné vers lui par la sympathie et par une sorte de puissance attractive, je l'aimais et ne cherchais point à l'étudier.

En dehors de cette sympathie, le lien qui avait le plus vivement contribué à nous unir, c'était mes lectures. Elevé par un père qui le surveillait de très près, Jacques avait beaucoup lu, mais uniquement des livres sérieux : le *Cours d'histoire* de Condillac, le *Plutarque* d'Amyot, *Hérodote* et des *Mémoires* relatifs au règne de Louis XIV et de Louis XV ; grâce à ce travail et surtout aux excellents commentaires que son père lui avait donnés, il avait sur l'ensemble de l'histoire des idées précises et solides, que je n'ai jamais rencontrée chez un enfant de son âge, et qui, deux ou trois mois après notre rentrée plongèrent un inspecteur général dans l'admiration ; mais pour ce qui touchait l'imagination, il était au moins aussi ignorant que Chaisemartin. Curieux jusqu'à l'avidité d'apprendre enfin ce qu'on lui avait toujours interdit, il me faisait lui raconter ce que je savais.

Nous avions alors pour maître d'étude un pauvre diable nommé Letot, qui, pour augmenter ses appointements, probablement assez maigres, copiait en cachette des rôles d'avoué, et qui, pourvu que nous ne fissions pas un vacarme à amener M. Heudelay, nous laissait à peu près libres de nous occuper comme nous voulions.

Jacques et moi nous profitions largement de ce désordre, lui pour écouter, moi pour parler ; et mon répertoire n'eut peut-être pas tardé à s'épuiser sans un incident qui nous rendit plus circonspects.

Un jour qu'il avait voulu me démontrer qu'Agramant n'avait jamais pu assiéger Charlemagne dans Paris, et que je lui avais répondu en citant les noms des chevaliers qui combattaient dans les deux armées : Rodomont, Renaud, Ferragus, Ariodant, nous avions si vivement discuté que nous en avions oublié devoirs et leçons, et que lorsque M. Heudelay avait commencé la classe, nous ne savions pas un mot et nous n'avions pas écrit une ligne. J'en fus quitte pour dix verbes à copier et un dîner au pain sec ; mais Jacques ne s'en tira pas aussi heureusement, car retournant chez lui tous les soirs, il devait porter à son père le bulletin de sa journée, et M. Chevalier ne plaisantait guère sur la question du travail.

Quand ce fut à son tour, M. Heudelay que j'avais déjà exaspéré, se fâcha complètement, et se mettant en position :

— Halte-là, s'écria-t-il, et passez-moi votre cahier de notes.

Puis faisant une large accolade pour le travail, l'application et la conduite, il écrivit : Pitoyable.

Dans des circonstances ordinaires, et en considération du caractère de M. Chevalier, cela eût déjà été fort grave ; mais ce jour-là une note pareille était un véritable désastre, un aplatissement, un coup mortel, car une grande partie de plaisir avait été préparée, un ami venait rejoindre Jacques à huit heures et ils devaient aller à la foire Saint-Romain manger des gaufres, acheter une provision de pain d'épice, et visiter les physiciens, les phénomènes, les saltimbanques ; pour comprendre tout ce qu'il y a de promesses, d'espérances, de bonheurs dans ce seul mot : « la Saint-Romain » il faut être de Rouen ; les explications les plus minutieuses que j'en pourrais donner n'expliqueraient rien du tout, la Saint-Romain est la Saint-Romain, il n'y a que la Saint-Romain.

Ce fut donc avec une mortelle inquiétude que Jacques s'en alla, et ce fut avec une inquiétude non moins mortelle que j'attendis son retour ; que se serait-il passé ?

Il s'était passé une épouvantable chose.

En rentrant, Jacques, qui d'ordinaire commençait par remettre son cahier, s'était bien gardé de le tirer de sa poche, où il avait même essayé de le cacher sous son mouchoir. Tout d'abord la ruse avait parfaitement réussi : l'ami était arrivé sans qu'on parlât de rien, et déjà même on se préparait à partir, quand tout à coup M. Chevalier s'était ravisé :

— Où donc est ton cahier, avait-il demandé, et pourquoi ne le montre-tu pas ? Est-ce qu'il y a du mauvais ?

Jacques, qui se croyant sauvé, chevauchait déjà sur ses désirs les plus fantaisistes, avait brusquement été ramené des baraques idéales à la triste réalité, et il avait fallu tirer le fatal cahier.

— Qu'est-ce qu'il y a là, avait continué M. Chevalier en montrant l'accolade et son terrible accompagnement.

— Il y a... il y a... c'est mal écrit, je crois qu'il y a passable.

— Il y a pitoyable ! Ah ! monsieur, vous vous conduisez et vous travaillez d'une façon pitoyables, et depuis le commencement de l'année, vos notes sont de plus en plus détestables. Hé bien ! puisque vous ne voulez rien faire, vous n'êtes plus mon fils. Je vous abandonne. Vous entendez bien, je... vous... abandonne... Je vais vous donner dix francs ; vous achèterez une sellette, des brosses et du cirage et vous serez décrotteur ; vous tâcherez de gagner votre vie comme ces petits ramoneurs qui passent dans la rue.

Puis se tournant vers le camarade qui restait stupéfait :

— Vous, mon ami, vous travaillez bien, vous viendrez tout seul avec moi à la foire, et je vous donnerai ce que vous voudrez.

Et il était sorti en chargeant madame Chevalier de veiller à l'exécution de ces ordres : ce que celle-ci naturellement n'avait eu garde de faire.

— Que serais-tu devenu ? demandai-je le lendemain matin à Jacques, si on t'avait mis à la porte.

— On n'aurait pas osé ?

— Cependant...

— Eh bien ! alors je me serais établi, avec ma sellette, au bas de l'escalier du palais, et quand j'aurais vu passer mon père, je me serais mis à cirer ses souliers au milieu de tous les avocats de Rouen.

Je fus émerveillé de cette fière réponse, et l'admiration que j'avais pour Jacques s'en accrut encore.

## CHAPITRE III

### JACQUES

Cette mésaventure ne nous corrigea point, mais elle nous rendit plus prudents et nous força à faire nos devoirs : seulement, comme les faire avec conscience eût pris tout notre temps, pendant que Jacques bâclait la première partie d'une version ou d'un thème, je bâclais la seconde, et l'un copiant l'autre, nous avions plus rapidement fini.

Grâce à ce moyen, nous avions encore de longues heures pour nos conversations, et quand un sujet nous intéressait trop vivement, nous nous faisions mettre en retenue pour le traiter avec plus de tranquillité.

Ce fut ainsi dans cette fréquentation continue, dans cet échange d'idées et de réflexions que j'appris à connaître Jacques, et qu'il acquit sur moi une influence que je sentais sans la bien comprendre, mais dont j'ai su depuis pénétrer la nature, tout en n'en ayant peut-être mesuré l'entière portée qu'aujourd'hui seulement.

Je l'ai dit, Jacques avait reçu de son père et de ses lectures une première éducation assez forte et assez complexe pour hébéter ou troubler une tête moins solide que la sienne; mais chez lui, ces idées reçues s'étaient classées avec un ordre admirable, et elles l'avaient conduit à la réflexion et à l'analyse, à un âge où l'on n'a guère encore que la mémoire et le sentiment. Pour apprendre une page de grammaire ou expliquer un chapitre d'*Epitome,* ces facultés si hâtivement développées, loin de lui donner sur nous la supériorité, lui donnaient plutôt l'infériorité; mais dans les sujets étrangers à nos études enfantines, dans ces digressions qui se présentent à propos de tout, il lui échappait parfois des remarques si profondes ou si ingénieuses, que M. Heudelay ne voulait pas croire qu'elles fussent de lui, et qu'après l'avoir longtemps tourmenté pour savoir où il les avait lues, il finissait par s'écrier : « Si vous compreniez ce que vous dites là, Jacques, vous seriez un enfant prodigieux, et vous n'hésiteriez pas comme vous le faites sur votre *Epitome.*

Ainsi retenu, plus souvent humilié qu'encouragé, Jacques prit l'habitude de ne se livrer jamais tout entier, et se contentant de répondre rigoureusement à la question posée, il fut pour nos maîtres un élève ordinaire : on aima mieux accepter sa mémoire que sa raison : cela dérangeait moins les idées reçues, et dispensait de chercher à comprendre comment, faisant dix contresens en deux lignes, on pouvait être une intelligence remarquable. Avec une force moins réelle, avec moins de concentration, d'originalité, de réflexions, moins d'indépendance dans la direction d'esprit, mais avec plus d'assiduité, plus d'application à la règle, plus d'obéissance à la tradition, Jacques, comme le disait M. Heudelay, eût été un enfant prodigieux. Mais qu'eût-il été plus tard? Fût-il devenu l'homme qui, reconnu pour un maître sur la publication d'un seul livre, se vit estimer et admirer de ceux mêmes qui le combattirent, et cela dans un temps où l'ambition ne fût jamais plus affamée, la rivalité plus envieuse, la lutte plus stérile en résultats glorieux. C'est une question qui, impartialement étudiée, fera peut-être comprendre comment ceux qui ont la célébrité au collége, n'ont souvent dans la vie que l'obscurité.

Pour moi, peu sensible aux raisonnements de M. Heudelay, je croyais à la supériorité de Jacques, parce que je la voyais et la sentais chaque jour. Je la subissais aussi et dans tous nos entretiens, c'était lui qui prenait la direction. Il le faisait d'ailleurs avec une telle autorité de parole, d'accent et de regard qu'on était malgré soi touché et subjugué; et si mes impressions ne sont point altérées par les exagérations du souvenir, il me semble que, même encore aujourd'hui, au moment où j'écris, j'ai rencontré peu d'hommes qui eussent cette mystérieuse puissance d'entraîner aussi magnifiquement développée que cet enfant de dix ans.

Quoique cette puissance ne fût point acceptée par nos camarades avec une joie et une impartialité égales à celles que j'y mettais, ils étaient cependant instinctivement forcés de la reconnaître; mais ce n'était pas sans chercher à s'en venger, et par malheur ils en trouvaient facilement l'occasion.

Jacques, par un contraste qui se voit fréquemment, était aussi bête et aussi maladroit dans les exercices du corps qu'il était habile et délié dans ceux de l'esprit : cela tenait pour un peu à sa nature et pour beaucoup à son éducation. Né chétif et malingre, il avait eu besoin, pour vivre, des soins les plus affectueusement empressés, et sa mère l'avait élevé dans du coton, ne le quittant pas d'une minute, le soignant, le dorlotant, prévenant tous ses désirs et toutes ses demandes.

De ce système, bon dans son principe, il était résulté pour la mère et pour l'enfant un double inconvénient : — la mère avait pris l'habitude de ne lui laisser rien faire sans le surveiller, de ne lui permettre ni de jouer, de peur qu'il eut trop chaud, ni de courir de peur qu'il tombât, ni de toucher à ceci ou à cela de peur qu'il le cassât : — l'enfant avait grandi dans une déplorable faiblesse physique, incapable de se servir de ses jambes et de ses bras, ridicule auprès des autres enfants, honteux de lui-même quand on le regardait. L'âge n'avait en rien modifié cet état : la mère, qui voyait son fils toujours maladroit, avait toujours appliqué sa méthode des minutieuses précautions, et celui-ci, sans liberté, sans initiative, sans hardiesse, s'était endormi dans l'immobilité n'ayant véritablement d'adresse que pour faire sauter en l'air un petit caillou rond et le recevoir machinalement tout en réfléchissant.

Il en souffrait cependant, surtout depuis son entrée à la pension, et il en souffrait doublement : dans son amour propre et dans son plaisir. Au lieu de rester tristement au pied d'un arbre en butte aux charges et aux railleries, il eût bien envieusement voulu prendre part à nos jeux, mais il était trop faible pour le cheval-fondu, trop maladroit pour la balle, trop gauche pour les barres : — « Quand tu voudras qu'on te reprenne avec nous, lui avait dit un jour Aize, tu tâcheras de ne pas courir comme un cercle de barrique. »

Le mot était cruel parce qu'il était juste ; Jacques, dans un accès de rage, voulut enfin devenir notre égal et se débarrasser à jamais de cette maudite maladresse. Ce fut moi qu'il choisit pour professeur, et bien des fois, derrière la chaire, nous nous sommes allongés coups de poing et coups de pied, à seule fin de nous exercer : mais si j'appris assez facilement au pauvre garçon à bien recevoir, je ne lui appris point du tout à rendre : mes coups n'étaient jamais perdus, mes conseils l'étaient toujours.

Bientôt il se présenta une autre circonstance, dans laquelle Jacques eût plus vivement encore peut-être désiré le succès, et cependant où nous échouâmes de nouveau.

La règle de la pension était de faire deux repas, le déjeuner et la collation, sans entrer dans le réfectoire. C'était en jouant que nous mangions, et le domestique qui nous versait à boire se tenait dans la cour avec un petit baril de cidre muni d'un robinet. Il n'y avait qu'un seul verre pour tous, et on le lavait dans un seau placé au-dessous du baril.

Le genre suprême et à la mode consistait, après qu'on avait bu, à rejeter vivement le verre dans le seau. Il fallait, pour ne pas le casser, que passant entre le robinet et l'anse du seau, il tombât bien d'aplomb sur l'eau, le cul en l'air. Cela n'était pas très difficile, mais cependant, cela exigeait encore une certaine adresse.

La première fois que Jacques avait bu, il avait tenté l'épreuve, et naturellement le verre était tombé en mille morceaux. On avait ri en poussant des grognements de triomphe, et Jacques n'avait plus osé boire. Puis un jour, prenant son courage de tout cœur, croyant avoir bien saisi la manière, il avait recommencé, et le verre s'était cassé exactement comme la première fois. Alors, renonçant à nous imiter, le lendemain, après avoir bu, il reposa doucement le verre dans le seau ; rien n'était plus simple ; mais deux ou trois bêtes, Chaisemartin en tête, ne le voulurent point ainsi ; ils prétendirent qu'il se lavait les mains dans le seau, et, le bafouant de mille manières, forgeant avec les initiales de son nom, J. C., des mots pour exprimer sa maladresse : Joyeux Cornichon, Jeune Coco, Je Casse Joliment Courageusement, ils le poursuivirent si impitoyablement qu'il se priva tout à fait de boire.

De la fin d'octobre, au commencement d'avril, je ne le vis pas s'approcher du malheureux baril une seule fois ; il tachait de se tenir à l'écart dans une partie éloignée de la cour et d'échapper ainsi à ses propres tentations et aux charges de ses ennemis. Mais aux premières chaleurs du printemps ce supplice devint intolérable, et la soif et l'amour-propre le poussèrent a essayer encore. Pendant quinze jours je lui donnai les explications et les démonstrations les plus minutieuses, et comme nous ne pouvions faire de répétitions, quand il se crut bien préparé, il se décida à recommencer l'épreuve pour une troisième fois. En le voyant s'approcher du baril, ce fut une exclamation générale, les jeux s'interrompirent, et tout le monde courut pour l'environner. Sous le poids d'une émotion qui l'avait rendu affreusement pâle et pendant qu'on vocifère, «il le cassera, il ne le cassera pas»: il prend le verre, et après avoir bu, il le lève pour le laisser retomber; en même temps que résonne un bruit sec, s'élève un hourra formidable, — le verre était cassé.

Ce fut alors que se fit en lui un changement qui, en peu de mois, modifia profondément son caractère. Il n'avait été jusqu'à ce jour qu'un enfant à l'apparence débile et distinguée, dont l'originalité très réelle, mais aussi très comprimée, ne pouvait être sentie que dans une longue et encourageante intimité; un de ces enfants qu'on regarde avec commisération plutôt qu'avec intérêt, qu'on plaint plutôt qu'on ne les aime, et que les races trop vieilles forment avec le secours d'une civilisation trop précoce; mais exaspéré par les railleries et l'injustice, frappé dans son amour-propre et dans son plaisir, forcé aussi de renoncer à se servir des mêmes armes que ceux qui l'attaquaient, il voulut au moins lutter à sa manière, rendre blessure pour blessure, se venger enfin, se faire craindre. Et il n'y réussit que trop. Il avait toujours dit des mots drôles qui faisaient rire, il se mit à en dire de cruels qui firent pleurer : ses épigrammes n'épargnèrent personne, et par malheur, elles eurent assez de fiel et de vivacité pour qu'on les répétât : en peu de mois, je le vis devenir aigre, cassant, agressif, toujours sur la défensive, toujours à la riposte : sa conversation fut un feu d'artifice, mais un feu d'artifice où il y avait autant de balles que de poudre, autant de blessures que de bruit.

Il resta cependant bon et dévoué pour ceux qu'il aimait, mais lorsqu'on l'avait blessé, aigri par la souffrance, gâté aussi par le succès, il poussa la vengeance jusqu'à un degré incroyable dans un enfant. Le simple récit de ce qu'il fit dans ce genre, la seconde année de notre camaraderie, donnera une idée plus juste et plus complète que tout ce que je pourrais dire, de ce qu'étaient alors son caractère et sa puissance de volonté.

Nous n'avions plus pour maître d'étude le pauvre Letot : il avait été surpris copiant ses rôles, et on lui avait donné un successeur qui, en huit jours, s'était fait universellement détester.

C'était un petit homme, à l'aspect doucereux, qui sur sa face enluminée portait inscrites toutes les convoitises; il marchait en tortillant les hanches comme s'il eût eu les reins cassés, et se nommait Surin. Plus instruit que Letot, il avait été chargé par M. Heudelay de nous faire la classe, et il était à la fois notre maître d'étude et notre professeur.

Cette double fonction lui donnait un pouvoir presque absolu, et il en usait pour satisfaire le premier des vices qu'il eut encore dévoilé, la gourmandise.

Comme nous faisions deux repas en plein air, celui de quatre heures du soir, où nous n'avions que du pain sec, et celui de huit heures du matin, où nous n'avions qu'une demi-régence (la régence est un petit pain mollet en forme de flûte, qu'on mange ordinairement dans du café ou du chocolat), nos parents nous approvisionnaient avec abondance de confitures, de pâtés ou de fruits. Pour ne pas se restreindre au maigre ordinaire de la pension, et en même temps pour ne pas se mettre en frais, Surin avait trouvé ingénieux de lever une dîme sur nous : il nous empruntait une part copieuse de pâté ou de confiture, et pour récompense, il nous permettait de ne rien faire ; celui qui avait été honoré d'un emprunt au déjeuner était libre jusqu'à quatre heures; celui qui l'avait été à la collation, jusqu'au déjeuner. Jamais deux élèves ne l'étaient à la fois; il fallait, pour cela, des circonstances exceptionnelles, telles qu'une belle pomme offerte pour dessert, ou une boîte de pâte pour la toux.

Ce système avait soulevé contre lui une haine générale, et tout en étant les premiers à offrir ce dont nos mères s'étaient souvent privés pour nous le donner, nous tâchions cependant de lui faire expier et sa gourmandise et nos propres lâchetés.

Un jour qu'il était assis sur un banc, appuyé contre la maison, il reçut sur la tête un seau d'eau tout entier, jeté du second étage : c'était une gentillesse et une expiation.

Qui avait fait le coup? On n'avait vu personne! Dans les escalier, on ne trouva que deux élèves, Jacques et Chaisemartin; étaient-ils complices, ou bien n'y avait-il qu'un coupable?

Dans sa première fureur, Surin voulait les faire chasser tous les deux. Puis, quoique tous deux se défendissent également bien, il abandonna l'accusation contre Chaisemartin, et Jacques fut mis au cachot pour huit jours.

C'était cependant Chaisemartin qui avait accompli cette prouesse ; mais dans le doute, Surin aimait mieux se venger sur Jacques, qui mangeait souvent son pain sec, que sur Chaisemartin, qui rapportait quelquefois des pâtés truffés.

Quand Jacques sortit de prison, je connus le véritable coupable.

— Pourquoi n'as-tu pas dit la vérité ? lui demandai-je.

— Parce que je voulais voir jusqu'où irait l'injustice de ce misérable pion qui, me sachant incapable de la moindre habileté, a été me chercher, quand tout prouvait mon innocence. Maintenant je le sais, et tu verras comment je me venge.

— Je t'aiderai, lui dis-je.

Et le lendemain Surin, s'asseyant sur son fauteuil, se piqua cruellement : des épingles avaient été placées dans la paille assez adroitement pour qu'on ne les vît point, mais assez solidement aussi pour entrer de quelques centimètres dans la chair.

Le soir, quand il fut couché, il se releva en sursaut, criant comme un diable : une brosse avait été coupée dans son lit.

Deux jours après, en ouvrant son pupitre, il fut presque renversé par un chat qui y avait été enfermé, et qui, bondissant par toute la classe, s'échappa en cassant un carreau.

Puis, pendant huit jours, on ne put point faire un pas sans écraser des balles fulminantes : puis, la commode de l'infortuné pion fut mise au pillage : on s'était sans doute procuré un clef semblable à la sienne, car chaque jour il trouvait une brosse tondue, un peigne édenté, un rasoir ébréché, un faux-col sans cordons, une chemise les manches cousues ; enfin, un soir que j'étais en train de vider un pot à l'eau dans ses draps, je fus pris en flagrant délit, et sur ce crime, soupçonné de tous les autres, j'eus pour huit jours de prison.

Je ne m'y ennuyai pas trop : j'avais la satisfaction de venger Jacques et j'occupais mon temps à chercher des bons tours. Quand je sortis, j'en avais un assez riche répertoire, mais je ne lè jouai point.

— Tout ça c'est des niaiseries, me dit Jacques, et nous nous ferons toujours prendre sans résultat utile. Il faut charger nos camarades de notre vengeance et leur faire croire qu'ils se vengent eux-mêmes. Ils exécrent tous Surin, ce ne sera pas difficile.

— Et comment cela?

— Je n'ai encore qu'un bon moyen de trouvé, mais j'en prévois deux ou trois autres. Dans quinze jours nous l'aurons fait renvoyer : compte sur moi et ne t'expose plus tout seul.

## CHAPITRE IV

### COMMENT LES ENFANTS SAVENT SE VENGER

Exciter l'étude contre Surin était assez facile ; mais l'exciter sans paraître soi-même l'instigateur, faire passer dans l'esprit de nos camarades les sentiments qui étaient dans le nôtre, leur donner notre haine, nos espérances, nos désirs, sans qu'ils soupçonnasssent la vérité, était une idée qui me paraissait irréalisable, une œuvre politique qui me paraissait insurmontable. Cependant Jacques la mena à bonne fin, et après huit jours de conversation avec chacun de nous, il nous avait tous unis dans un même but; et comme dans presque toutes les conspirations, chacun croyait travailler pour soi seul, avec l'aide de dupes naïves et désintéressées.

Je n'ai point suivi Jacques dans son mystérieux travail, et je ne saurais dire par quels prodiges d'adresse et de finesse, par quelle précoce intuition des passions il en arriva au résultat qu'il cherchait; mais quand je vis tout le monde unanime et préparé sans que lui-même parût le chef et ayant plutôt cédé son influence à Chaisemartin, je fus véritablement émerveillé.

Le seul qui ne fut pas avec nous, et auprès duquel il eût échoué, c'était Boudignot.

— Je ne veux point de mal à Surin, avait-il répondu.

— Mais c'est un misérable.

— Je n'en sais rien.

— Il est injuste et méchant.

— Il ne l'est point pour moi : d'ailleurs c'est notre maître, et je ne veux point me mettre une mauvaise affaire sur les bras.

Ces deux raisons : l'égoïsme et le respect de l'autorité l'avaient donc écarté, et, pour être sincère, je dois dire que l'une n'avait pas pesé plus que l'autre, tant il y avait dans ce caractère un égal mélange d'indifférence et de moutonnerie. Surin qui, comme toutes les natures basses, aimait la bassesse dans les autres, — lui témoignait il est vrai indulgence et amitié; mais se fut-il montré pour lui ce qu'il était pour nous, que Boudignot eut encore refusé : il était bien réellement né esclave, la lutte, quelle qu'elle fut, l'épouvantait, il ne savait que se plaindre, et jamais il ne tenta de se soustraire à un usage, à une injustice, à une tyrannie.

Lorsqu'on sut qu'il refusait de se joindre à nous, sous prétexte qu'il n'avait rien à reprocher à Surin, ce fut une indignation qui se traduisit pour lui en plus d'affronts et de souffrances qu'il n'en avait encore endurés : on enveloppa dans une même haine le pion et son défenseur: et quand on ne put pas frapper sur l'un, on frappa sur l'autre; pendant l'étude, on s'acharna contre Surin, pendant la récréation contre Boudignot.

A peine étions-nous dans la cour qu'on se ruait sur lui : on se prenait par la main, on formait une ronde, et on l'entourait en chantant :

Il est un petit homme
Avec de petits molets
En crochets,
Qui d'ennui nous assomme,
Et qui vit en prisant
Constamment
En bien récitant
Très dévotement
Rosaire et chapelet.
Oh qu'il est laid !
Oh qu'il est laid !
Avec ses p'tits molets.

La chanson, qui était de Jacques, avait dix couplets, et j'ai quelquefois vu notre malheureuse victime, renonçant à s'échapper de notre cercle où on le rejetait à coups de poing, s'affaisser par terre, se cacher la figure entre ses mains et pleurer de rage. Mais que peuvent les larmes sur des enfants? Nous ne nous laissions point toucher, nous recommencions de plus belle, et nous arrivions à l'étude excités, enflammés, prêts à toutes les insolences et à toutes les hardiesses.

Cependant Jacques, voyant les esprits suffisamment montés, commença l'exécution de son projet.

C'était dans l'étude des grands et pendant qu'ils étaient partis au collége qu'on nous faisait la classe. Surin se mettait dans la chaire de M. Heudelay, qui était fort élevée, et nous venions devant lui réciter nos leçons; lui assis et nous debout, c'était à peine si notre tête arrivait à la hauteur de ses pieds. Il ne nous voyait donc pas; mais, par le grand espace qui nous séparait de nos camarades, il était certain qu'on ne pouvait pas souffler, et il en profitait pour dévorer des pièces de théâtre que Noel ou Cauchois lui apportaient du cabinet de lecture. Pourvu qu'on récitât couramment, il ne levait pas les yeux : ce fut en se basant sur ces circonstances attentivement étudiées que Jacques se mit à l'œuvre.

Une grosse épingle fut enfoncée dans la chaire sur la face qui regardait les élèves, et un jour que c'était à lui de commencer les leçons, il se présenta tenant enroulée et cachée dans sa main la page que nous avions dû apprendre, puis s'avançant jusque contre la chaire, il enfonça rapidement cette page sur l'épingle, et reculant d'un pas, il récita, c'est-à-dire qu'il lut depuis la première ligne jusqu'à la dernière.

Cette ruse nous transporta de joie; mais c'était pour la confusion de Surin, et non pour notre paresse, qu'elle avait été inventée.

Une après-dîner, pendant que Jacques répétait, on annonça à voix basse l'arrivée subite de M. Heudelay; c'était l'avertissement qu'il fallait se précipiter sur la page et l'enlever promptement; mais au lieu d'exécuter cette manœuvre bien simple et bien facile, il resta immobile, et la première chose que M. Heudelay aperçut, ce fut cette malheureuse page qui, sur le noir des planches, se détachait en blanc.

— Ah ! voilà bien du nouveau, s'écria-t-il.

Et il arracha la page. Mais il n'était pas au bout de ses surprises : sous cette page, il y en avait une autre, et sous cette autre, une autre encore; en tout trois, c'est-à-dire autant que de leçons.

Surin, confus et furieux, ne savait qu'elle contenance prendre.

— Combien y a-t-il de temps que dure ce scandale? demanda M. Heudelay.

Incapable cette fois de mentir, Jacques, toujours debout, répondit d'une voix basse :

— Quinze jours.

— Eh bien ! toute la classe sera en retenue pour quinze jours, et on apprendra de nouveau toutes les leçons: je les ferai répéter moi-même.

Puis, se tournant vers Surin :

— Halte là, monsieur, il est vraiment incroyable que vous ne vous soyez aperçu de rien : on se moque de vous, à votre nez et à votre barbe.

Et l'emmenant au bout de la classe, il lui parla longtemps d'un ton très animé; sa colère devait être terrible, car à chaque instant il se mettait en position, et son doigt menaçant collait le misérable pion à la muraille, où il écoutait en baissant les yeux.

Pour nous, à nos places, nous jouissions avec une joie cruelle de cette réprimande et de cette humiliation. Cependant elles ne produisirent point ce que Jacques avait un peu trop naïvement espéré : le départ de Surin; mais le mécontentement de M. Heudelay était éveillé, il n'y avait donc qu'à continuer vivement et courageusement.

Le lendemain, pendant l'étude, un hem ! hem ! timide qui paraissait destiné à appeler l'attention d'un camarade, appela celle de Surin, il leva les yeux et vit Jacques qui maladroitement, par-dessus la table, voulait passer un petit sac à Chamouleau, son voisin de face.

— Qu'est-ce que c'est que cela? fit-il.

— Rien, monsieur.

— Apportez-le.

— Mais, monsieur...

— Apportez-le, vous dis-je ; et ouvrant le sac qui contenait des bonbons au chocolat : — cent vers pour avoir menti, cent vers pour avoir mangé, et je confisque le sac.

Jacques revint à sa place en murmurant et il frappa ses livres et son pupitre avec une colère bruyante.

Quand Surin confisquait quelque chose de mangeable, cela voulait dire qu'il le prenait pour lui ; il en fut de ce sac comme il en était de tout; il y puisa fréquemment.

Il y avait à peu près une demi-heure qu'il s'empiffrait, quand tout à coup Jacques se mit à gémir en faisant des contorsions, puis élevant le bras et claquant les doigts :

— Monsieur! fit-il.

— Il y a quelqu'un, dit Surin.

— Mais je suis malade, holà, monsieur, holà!

— Eh bien, tant mieux, c'est une punition, vous avez trop mangé.

— Mais non, monsieur, holà, holà.

— Non, vous dis-je.

— Holà, holà; et Jacques, continuant ses plaintes, s'abattit sur son pupitre en se tordant.

Surin le regarda quelques minutes; puis, convaincu à la fin que ce n'était pas une ruse :

— Allez, dit-il.

Jacques sortit en courant.

A peine était-il dehors que Aize commença à gémir aussi, claquant aussi des doigts.

— Vous voyez bien que Jacques vient de sortir, répondit Surin.

— Mais monsieur, je suis malade, holà! holà!

Et ce que Jacques avait fait, il le fit à son tour : il pleura et se tordit.

Surin en était à se demander ce que cela voulait dire, quand Chaisemartin se levant vivement, s'écria :

— Ah! monsieur, tout de suite, s'il vous plait, tout de suite.

— Ah ça, mais, vous vous moquez donc de moi.

— Ma foi, tant pis, continua Chaisemartin, et, sans attendre la permission demandée, il sortit en courant.

Surin voulut le rejoindre pour l'arrêter, mais il fut empêché par Aize, qui continuait ses contorsions et criait comme un possédé.

Jacques rentrait en ce moment.

— Voyons, qu'avez-vous? lui demanda Surin, que l'inquiétude commençait à prendre.

Jacques le regarda quelques secondes avec une figure convulsée :

— Oh! monsieur, je suis malade, je suis malade.

Puis sans en dire davantage, il ressortit comme un fou.

— Ah çà! messieurs, me répondrez-vous, continua le pauvre pion.

Nous restâmes tous sérieux et silencieux.

Il voulut interroger Aize, mais celui-ci la tête cachée dans ses bras, ne laissa échapper que des holà! holà!

Enfin, pour la seconde fois, Jacques rentra en compagnie de Chaisemartin : ils faisaient tous les deux d'effroyables grimaces.

— Jacques, demanda Surin, voyons, qu'avez-vous?

— Je ne sais pas, je suis malade.

— Et vous, Chaisemartin?

— Je ne sais pas, je suis malade.

— Mais c'est à en perdre la tête : dites au moins ce qui vous rend malade.

— Je ne sais pas.

— C'est peut-être le chocolat de Chamouleau.

— Chamouleau, s'écria Surin épouvanté, où avez-vous eu ce chocolat.

— C'est papa qui me l'a donné.

— Hé! alors continua Surin, il n'y a pas de danger; ce ne sera rien, tâchez de vous taire.

Le silence se rétablit, seuls les trois malades continuaient à gémir.

Tout à coup Chamouleau se leva, et s'approchant de Surin.

— Monsieur, dit-il en balbutiant, j'ai un remords.

— Quel remords?

— C'est que...

— Parlez donc?

— Je n'ose pas.

— Imbécile parlez vite?

— C'est que ce n'est pas vrai.

— Pour le chocolat

— Oui, monsieur; papa ne me l'a pas donné, je l'ai pris.

JACQUES CHEVALIER.

— Où ça?

— A la pharmacie, dans une armoire où il y avait écrit dra... dras... drastiques.

— Malheureux, vous nous avez peut-être tous empoisonnés.

— Ah! mon Dieu, s'écrièrent à la fois Jacques, Aize et Chaisemartin, et se laissant glisser par terre, ils se roulèrent sous la table.

— Ne vous effrayez pas, s'écria Surin qui paraissait lui-même fort effrayé, car il songeait à l'énorme quantité de pastilles qu'il avait dévorée; ne vous effrayez pas, je vais courir chez M. Chamouleau. Surtout, ne dites rien, je reviens dans cinq minutes. Venez, Chamouleau, venez.

La grande porte n'était pas retombée sur son châssis, que les trois mourants ressuscitèrent subitement, et ce fut un cri de triomphe général : on riait, on criait, on trépignait. Jacques, dans la chaire, nous distribuait le reste des pastilles oublié par Surin :

— Prenez, criait-il, accourez, mangez, ça ne fait de mal qu'aux pions.

Au bout de dix minutes, le vacarme devint si violent que M. Heudelay accourut effrayé; il croyait que le feu était à la classe.

— Où est M. Surin, s'écria-t-il.

— Il est parti se promener en ville.

Sans rien répondre, M. Heudelay se mit à marcher à grands pas. Nous avions fait silence et nous attendions avec une impatiente curiosité le moment où il rentrerait.

Il rentra bientôt; mais nous fûmes privés de la scène que nous espérions, M. Heudelay courut au devant de lui.

Ce qui se passa entre eux, nul de nous ne l'entendit : mais quand notre martyr entra dans la classe, il était effrayant à voir : pâle comme un mort, il tremblait convulsivement. En rencontrant nos regards railleurs, il redevint rouge brusquement, et si violemment même que sa peau se tendit comme si elle allait éclater.

— Vous avez été guéri bien vite, dit-il à Jacques d'une voix haletante et avec des yeux terribles.

— Oh! répondit hypocritement celui-ci, j'ai bien souffert, monsieur. Mais je savais une prière contre l'empoisonnement; nous l'avons dite, et nous avons été guéris.

Soit que M. Heudelay n'eût point en ce moment d'autre maître d'étude à sa disposition, soit qu'il eût deviné notre complot, et qu'il ne voulût point y céder, toujours est-il que Surin ne partit pas encore.

Ce fut parmi nous une indignation qui ne connut plus de bornes : chacun apporta son projet, et il y en eut même qui parlèrent de mettre le feu aux rideaux de son lit. Cette proposition, qui permettait d'invoquer le hasard, réunit des approbateurs; mais Jacques ayant communiqué à Chaisemartin, à Aize et à moi une nouvelle idée, et nous l'ayant fait accepter comme nôtre, de telle sorte même que nous ne savions vraiment plus quel en était l'auteur; il fut décidé qu'on n'en viendrait à l'incendie qu'à la dernière extrémité, et si nous ne réussissions pas dans cette nouvelle entreprise.

Pendant quinze jours, nous eûmes des conciliabules éternels : nous attendions une promenade dans une forêt.

Enfin, un jeudi du mois de juillet, il fut décidé que nous irions à la ferme des Bruyères, qui, située à l'extrémité de Quatremare, confine la forêt de Rouvray, entièrement plantée de sapins, dans cette partie aride et sabloneuse.

A midi, nous partîmes. Nous étions seize, y compris Boudignot.

Surin marchait à côté de nous, un livre sous le bras : c'était un exemplaire de *Ruy-Blas*; car je crois l'avoir dit il avait la passion du théâtre, et il étudiait sérieusement le rôle de Don César de Bazan, espérant sans doute pouvoir le jouer un jour. Boudignot était son confident et le faisait répéter en lui donnant la réplique.

Pour aller à la ferme des Bruyères, il faut passer la Seine, et enfiler les longues rues travailleuses de Saint-Sever, où les ruisseaux coulent de l'eau chaude et où l'on entend sans cesse ronfler les broches des métiers à filer, et souffler formidablement les fonderies, qui lancent au ciel des flammes rouges avec d'épais tourbillons de fumée. Après Saint-Sever, c'est la plaine, après la plaine, la forêt.

Il était deux heures quand nous y arrivâmes. Surin, comme à l'ordinaire, alla se mettre à l'écart, emmenant Boudignot avec lui.

Quand il fut assez loin pour ne plus nous entendre :

— Vous désirez tous vous débarrasser de Surin, n'est-ce pas? dit Chaisemartin, qui, fier d'un projet qu'il n'avait pas inventé, voulait au moins se donner la gloire du discours, — eh bien! le moment est venu.

— Est-ce qu'il faut le tuer? demanda naïvement un petit.

— Non, répondit Aize, il faut l'abandonner.

— Le perdre, continua Jacques.

— Comme le Petit-Poucet fut perdu, ajoutai-je.

— Oui, oui, s'écria-t-on, il faut le perdre.

— Vous comprenez bien, reprit Jacques, que s'il rentre ce soir tout seul, on ne pourra plus le conserver comme pion; il faut donc nous sauver.

— Le meilleur moyen, interrompit Chaisemartin, c'est de nous en aller tous ensemble comme si nous jouions : nous courrons tant que nous pourrons, et quand nous serons assez loin nous nous cacherons : s'il en est qui veuillent m'accompagner, je les conduirai chez mon oncle de Quevilly, où nous serons bien reçus. Chacun fera ce qu'il voudra; mais s'il en est un seul qui se fasse reprendre, il deviendra pour nous tous un Boudignot. Dans tous les cas, on devra dire que c'est Surin qui nous a perdus, et que c'est, en le cherchant, qu'on s'est égaré.

Ce discours fut accueilli par de vigoureux applaudissements; cependant, la vérité me force à confesser qu'ils ne furent pas unanimes, et qu'une bonne bonne partie manqua de spontanéité, mais personne n'osa ni résister, ni murmurer.

On se divisa pour les barres, puis, quand la partie fut bien engagée, la clairière se trouva vide tout d'un coup, et Surin, surpris du silence, interrompant son quatrième acte pour voir où nous étions, ne trouva plus personne.

Nous courûmes pendant une demi-heure : de temps en temps on s'arrêtait pour attendre les petits, puis on reprenait. On arriva ainsi à un endroit où les bois étaient plus épais, les sapins plus sombres, les chemins plus encombrés d'herbes, de ronces et de genets.

— Il faut nous séparer, dit Chaisemartin, que ceux qui veulent venir avec moi y viennent, mais que personne ne se fasse reprendre.

Il y eut un moment d'hésitation : plusieurs se regardèrent en paraissant se dire que la forêt était bien grande, que les routes étaient bien désertes, les sentiers bien incertains, qu'errer ainsi jusqu'à la nuit peut-être était bien effrayant, et les plus braves se rappelèrent avec épouvante toutes les histoires de loups et de voleurs que, depuis leur enfance, ils avaient entendues conter; mais l'exemple des chefs entraîna la bande et l'on se sépara. Chaisemartin, à lui tout seul, emmena neuf élèves, et les autres s'éparpillèrent en courant dans des directions opposées.

Quand Surin rentra le soir à la pension, brisé de fatigue, bouleversé d'inquiétude, traînant derrière lui l'unique Boudignot, il n'avait pu, malgré ses recherches et ses cris, retrouver un seul de ses élèves.

On mit tous les domestiques sur pied : on alla prévenir la police, et M. Heudelay, à la tête d'une escouade de sergents de ville et de soldats armés de torches ou de lanternes parcourut la forêt dans tous les sens. C'était une indescriptible épouvante. L'alarme s'était rapidement répandue dans la ville, et les mères qui avaient des enfants perdus se mouraient d'anxiété, pendant que les pères prenaient part à la battue.

A onze heures, un domestique arriva de Quévilly apportant la nouvelle que dix élèves étaient tranquillement couchés chez M. Chaisemartin.

A minuit, au pied d'un arbre on retrouva un pauvre petit qui tremblait de faim, de froid et de peur.

Les recherches continuèrent avec l'activité du désespoir; mais on ne trouva plus personne : manquaient toujours Aize, Noël, Jacques et moi.

A travers les bois, causant joyeusement, mangeant des mures sauvages, nous réjouissant de la mine que devait faire Surin, nous avions été jusqu'à Moulinaux : un fermier de mon père nous avait donné à dîner et à coucher, et le lendemain montés dans une charrette nous faisions notre entrée triomphale à Rouen, au milieu de l'intérêt général et d'une troupe de gamins qui depuis le pont de pierre alla toujours grossissant et criant.

Aize n'était pas encore retrouvé. Il ne revint que le soir. Voulant mettre sa fuite à profit, il avait sur la grande route attendu le passage de la diligence de Brionne, et tranquillement il avait été coucher chez ses parents à douze lieues de Rouen.

Nous fûmes tous interrogés séparément, puis confrontés et interrogés de nouveau, mais les choses avaient été si bien embrouillées qu'on trouva cinq coupables sans pouvoir découvrir le chef : renvoyer cinq élèves à six cents francs, dont deux promettaient d'avoir beaucoup de prix au collége, c'était trop pour l'orgueil et la bourse de M. Heudelay; ce fut l'infortuné Surin qui paya pour nous.

Il fut honteusement chassé.

Passant, il y a deux ans, par Lisieux, je l'ai vu dans *Ruy-Blas*. Il était enfin comédien, et il jouait le laquais qui doit porter les présents de Don César à la belle,

> Au bonnet de six sous
> Avec de gros cheveux ébouriffés dessous.

---

## CHAPITRE V

### LE JOURNAL LA RÉVOLTE

J'écrirais pour moi seul une biographie de Jacques, que je m'arrêterais avec une complaisante émotion sur ces premières années de notre amitié; mais, à cette histoire vraie, je dois donner la forme du roman, et, pour la faire accepter, ne point oublier que les lecteurs se soucieraient sans doute fort peu de mes souvenirs personnels, tandis que, dans le développement du caractère de Jacques, dans le récit et la mise en lumière de ce qui devait amener plus tard les joies et les souffrances, les fiertés et les lâchetés, le triomphe éclatant et la chute terrible que je veux raconter, ils trouveront peut-être assez d'intérêt, de curiosité ou même de sympathie pour n'abandonner ce livre qu'après la dernière ligne. Aussi, n'emprunterai-je plus à notre enfance que deux épisodes : comment nous nous fîmes journalistes, et comment Jacques supporta son premier et son plus cruel malheur.

L'histoire de Surin avait donné à Jacques une autorité presque absolue dans la classe; et elle nous avait ainsi liés l'un à l'autre plus étroitement encore : Jacques vaait été touché de mon dévouement, et moi j'avais été ravi de son habileté; nous avions donc devenus véritablement inséparables; de cœur et d'esprit, nous ne faisions plus qu'un.

En même temps que nous nous rapprochions ainsi, nous abandonnions, l'une après l'autre, les distractions des premiers temps : nous nous façonnions mutuellement, et nos conversations comme nos études intimes prenaient une forme plus sérieuse, un but plus élevé. Nous étions d'assez mauvais élèves, mais dès la cinquième, nous savions plus d'histoire, de littérature et même de philosophie qu'on n'en sait souvent en rhétorique. Nos récréations se passaient à discuter, et nos études à nous écrire souvent de longues lettres littéraires.

De cette constante préoccupation, de cette déviation de travail, de cette précocité malsaine, il résulta bientôt que nous fûmes tous deux enfiéfrés du besoin d'écrire; et, à un âge où nous aurions à peine dû savoir ce que c'était qu'un journal, nous résolûd'en fonder un. Fatigués de nous lire à nous-mêmes les nombreux manuscrits que nous avions en pupitre, nous voulûmes enfin à en faire jouir nos camarades.

C'était là notre raison vraie, mais elle n'était pas assez noble pour être avouée même entre nous, et nous dûmes nous dire que depuis trop longtemps les élèves étaient soumis à leurs maîtres, sans avoir un lien qui les unit et les fortifiât; que c'était à nous de combler cette lacune en créant un organe où les réclamations et les œuvres de chacun seraient fraternellement accueillies; et qu'enfin le moment était venu de faire paraître la *Révolte*, journal hebdomadaire, union morale et littéraire des collégiens rouennais.

Cette idée nous jeta dans des transports de joie folle, mais quoique nous n'eussions point d'actionnaires à réunir, de cautionnement à déposer, de permission à obtenir, d'imprimeur à trouver, d'appartement à louer, d'employés à choisir, de rédacteurs à refuser poliment; elle nous occasionna bientôt, lorsqu'il fallut la réaliser, de graves et sérieux désagréments; nous étions parfaitement d'accord pour le format et le titre, mais nous ne l'étions guère pour la composition du premier numéro.

Jacques était alors amoureux, c'est-à-dire qu'il causait tous les soirs cinq minutes en cachette et tous les dimanches une heure en liberté, avec une jeune fille qui habitait sa maison : cette jeune fille qu'il me dépeignait comme une merveille et qui en réalité était louche et rousse, — cette jeune fille, soit qu'elle eût été pervertie par Jacques, soit qu'elle eût été corrompue littérairement par un de ses oncles ouvrier-poète, avait fait un roman, le *Fou de Toulouse*; et Jacques s'était engagé à l'insérer dans notre journal.

Je m'y refusais positivement; je trouvais l'œuvre dramatique, mouvementée, intéressante, mais pas assez littéraire et surtout manquant trop d'orthographe : et puis comme pour ne pas être débordés par la matière, nous avions fixé d'avance les dimensions de notre numéro, je ne voulais point prendre un roman qui m'empêcherait de publier mon grand drame, *la Famille et la Politique*, dans lequel, à propos de la querelle de Jean-Sans-Terre et du jeune Arthur de Bretagne, j'avais émis cette théorie que je croyais aussi hardie que neuve, à savoir que les rois ne respectent rien, et qu'au lieu de donner à leurs peuples l'exemple de toutes les vertus, ils leur donnent celui du mépris de toutes les religions.

La lutte entre nous fut assez vive, et elle faillit même nous fâcher; mais enfin je cédai et la composition du premier numéro fut définitivement arrêtée.

Le premier article était de Jacques; le second était le roman de la jeune fille, le troisième, un extrait littéral du journal de Boudignot que nous lui avions volé; le courrier des pensions était de moi.

Voici d'ailleurs quel était ce fameux numéro dont, par un bienheureux hasard, j'ai conservé un exemplaire :

**LA RÉVOLTE**

UNION MORALE ET LITTÉRAIRE DES COLLÉGIENS ROUENNAIS.

Nous devons à nos honorables lecteurs, l'explication de notre titre. En inscrivant sur notre drapeau, ce mot *Révolte*, qui pourrait effrayer quelques esprits timorés et retardataires, nous n'avons point voulu promettre que nous serions une révolution en permanence. Notre pensée est plus généreuse et plus large en sa modération équitable.

C'est pourquoi, aussitôt après le mot *Ré-*

*volte*, nous avons, par une délicatesse qui, nous l'espérons, sera comprise de tous, nous avons placé le mot *union*, que nous nous sommes empressés de compléter par ces deux épithètes si profondément significatives : *Morale* et *Littéraire*.

Tout n'est-il pas, en effet, contenu dans la morale et dans la littérature, ces deux nobles sœurs qui, comme deux divinités descendues de l'Olympe, marchent dans le monde des idées en se tenant par la main.

Peut-il y avoir une littérature qui ne soit pas morale ? J'irai plus loin ; je dirais volontiers : peut-il y avoir une morale qui ne soit pas littéraire.

Prenons donc, chers camarades et abonnés, prenons *Révolte*, dans son sens le plus élevé, le plus véritablement philosophique : révoltons-nous contre nos convoitises, nos faiblesses, nos erreurs, et unissons-nous d'une étreinte magnanime pour notre développement intellectuel réciproque.

Tel est le but de ce modeste organe, de cette humble feuille de papier jetée aux quatre vents de la publicité, et qui durera, nous en avons la ferme certitude, s'il ne faut pour cela qu'une sympathie cordiale chez les abonnés, et un dévouement absolu dans la rédaction.

## LE FOU DE TOULOUSE.

### CHAPITRE I.

Il fait du verglas, la neige tombe, le passant atardé dit ce mot sacramentel : Qu'il fait froid !

Un remise vient de s'arrêter à l'entrée de la rue Pincedos, un jeune homme d'environ vingt-cinq ans dessend avec cette aisance familière au bon tom; du reste, sa tenue est sans reproche : à l'étincelle que jettent ses boutons en diamant, à la riche valantiennes qui s'échappe de son jabot on le croirait revenent d'un bal d'un embassadeur.

La main fine et gantée du jeune homme vient de soulever le marteau, et un portie attentif vient d'ouvrir au simple nom de Charles, puis la lourde porte s'est refermee, et plus rien.

Cependant, notre curiosité voudrait en savoir davantage, et ne se tenent pas pour battue, elle entre sournoisement dans cet asille plein de mystère, et que l'on nomme chambre à coucher.

Charles vient de se débarrasser de ses habits couverts de neige, et une vareuse en velours noir relève son teint pâlle et sa figure distinguée ; ses yeux sont beaux, mais d'une fixité étrange, maladive.

Il vient de s'asseoir près du feu, prend quelques journaux épars là sur une table, les lit machinalement, puis les rejette, réfléchit longuement, puis se lève, se promène, vient se rasseoir presque ausssitôt, et se renversent en arrière, paraît chercher le sommeil, mais il arrive parfois que le sommeil est railleur et qu'il fuit loin de la paupière qui l'appelle, lorsque surtout cette dernière a dormi une partie de la journée. Aussi c'est en vin, et Charles, ennuyé, fatigué, herre çà et là un regard distrait; puis faisan jouer le ressort d'une cassette richement sculptée, on aperçoit un monceau de lettres ; il en prend une au hasard, et lisant les dernières lignes, il dit avec dégoût : « Amour aussi léger que leur danse, rat d'opéra ! brûlez ! » Et lisant une deuxième lettre : « Amour d'actrice, dit-il, qui pour un cachemire ou un riche diament se donne pour un soir, allez rejoindre la précédente, et que la flame vous purifie.

Il allait fermer le coffret, lorsqu'une lettre tomba à terre. Charles la ramassa, puis il la porta pieusement à ses lèvres, et lut ce ce qui suit :

(*La suite prochainement.*)

---

## JOURNAL DE L'ÉLÈVE ···

17. — Perdu ma journée.
18. — Perdu ma journée.

19. — Perdu ma journée et dépensé trois sous inutilement.

20. — Journée de flânerie.

21. — Admiré Casimir Delavigne.

22. — Perdu ma journée.

23. — Levé avec les meilleures intentions, commencé à lire Topffer, admiré.

24. — Victor Hugo ne vaut pas Racine au théâtre : Je le comparerai comme poète à J. B. Rousseau.

*(Sera continué si l'idiot qui a écrit ces lignes continue ses niaiseries.)*

---

COURRIER DES PENSIONS.

Les élèves de la pension Chardon ont trouvé vendredi soir dans leur riz au lait trois carottes, des feuilles de chou et des débris d'os de bœuf : la classe de chimie, à qui l'on a remis ces objets, fait des recherches pour savoir si ce sont des corps simples ou des corps composés, et si par hasard le riz en bouillant n'aurait pas pu les produire. Nous donnerons le résultat de ces recherches ; mais en attendant un collaborateur nous fait observer que ce pourraient bien être des corps... oubliés.

---

Quand l'élève Maridort entra en quatrième, sous le professeur Fauqueux, il était invariablement dans les trois derniers ; depuis que le professeur Fauqueux va tous les dimanches chez M. Maridort père pour y dîner, le fils est invariablement dans les trois premiers.

A qui faut-il adresser des félicitations?

---

On se demande dans la pension Coudrier comment un grand garçon comme Durandeau, âgé de dix-neuf ans, vigoureux, beau garçon et très gai, est toujours à l'infirmerie, où on le trouve sans cesse mangeant, buvant, ayant une mine superbe.

On se demande aussi comment Mme Coudrier qui ne soigne jamais personne est toujours auprès de Durandeau, et pourquoi elle s'en va lorsqu'elle aperçoit quelqu'un.

---

AVIS A NOS LECTEURS.

Forcés de paraître le 15 novembre pour tenir nos promesses, nous n'avons pu donner à notre journal tous les développements que nous voulions; mais notre prochain numéro sera, nous l'espérons, tout à fait remarquable.

Nous donnerons :

Une critique de théâtre par M. Jenickë.

Fils de M. Jenickë, piston au théâtre, notre nouveau collaborateur qui, en sa qualité de demi-pensionnaire, va au moins trois fois la semaine à l'orchestre avec son père, sera parfaitement en mesure de nous tenir au courant de tout ce qui se joue sur notre première scène.

Une chronique des arts par M. Noël.

Fils de Mme Noël qui tient l'hôtel du Sud, où mangent tous les artistes et une grande partie des voyageurs, M. Noël nous rapportera tous les propos qu'il entendra à la table de sa mère.

---

Le succès, je puis le dire, sans blesser la modestie, fut véritablement immense, il nous vint des demandes de toutes les pensions, et nous fûmes obligés de faire six copies.

Nous étions en train de préparer notre second numéro quand nous fûmes brusquement interrompus et rejetés de notre rêve dans une cruelle réalité.

---

## CHAPITRE VI.

### LE PREMIER MALHEUR DE JACQUES

Depuis plusieurs mois M. Chevalier était assez grièvement malade.

Il était atteint d'une affection de poitrine qui donnait de sérieuses inquiétudes, non pas qu'il fût phtisique de naissance, mais à cause de son genre de vie; car nature emportée, excessive en tout, nature d'artiste sans en avoir conscience, il aimait avec une égale ardeur et mêlait dans un même tourbillon effréné le plaisir et le travail.

Il n'était avocat inscrit au tableau que depuis un petit nombre d'années, et déjà il s'était acquis une clientèle nombreuse. Il plaidait quelquefois, dans une même journée soit au tribunal civil, soit à la cour, huit ou dix affaires et il les plaidait comme on plaide en province et surtout à Rouen, c'est-à-dire au fond solidement avec des détails infinis de fait et de droit, le tout, non pour éclairer les juges, mais pour contenter le client; puis rentrant chez lui, en dépit du temps, des circonstances, de la fatigue, il lui fallait à tout prix une distraction.

Il en avait plusieurs aussi nuisibles les unes que les autres à son repos ; tantôt il allait au Café Philippe, où, avec quelques camarades de palais, il jouait jusqu'à une heure du matin ; tantôt au théâtre des arts dont il était un des meilleurs abonnés et où il faisait partie de cette coterie exceptionnelle et volontiers tapageuse qu'on appelait la *loge infernale* et qui occupait les avant-scènes du rez-de-chaussée.

Mais il y avait d'autres jours, d'autres soirs, et ceux-là étaient les plus sombres pour la famille de Jacques, où M. Chevalier n'allait ni au théâtre ni au café : j'ai su qu'il avait des passions, je n'en ai connu ni l'histoire ni le détail. Jacques, sur ce point, mettait une sorte d'honneur sauvage à être discret, et je dois à l'amitié qui exista entre nous de ne point révéler ce que plus tard j'ai pu apprendre. Toujours est-il qu'à la longue cette existence fiévreuse et tendue avait usé les ressorts de cette organisation énergique sous une apparence frêle, et que M. Chevalier avait été obligé de s'aliter.

Mais il ne se jugea pour cela ni perdu, ni même en danger : il se cramponna à la vie avec l'obstination d'un homme jeune, avec les illusions et la robuste confiance d'un phtisique.

Jusqu'au dernier moment, il se leva au moins deux heures par jour. Sa chambre à coucher était située à côté de son cabinet de travail; on le revêtait d'une vieille et chaude robe en futaine à carreaux rouges et noirs, qu'il aimait et à laquelle il attachait une sorte de superstition, parce que drapé dans ses plis il avait déjà à Paris traversé un rude hiver et une rude maladie; et ainsi revêtu on le plaçait dans un fauteuil à la Voltaire, qu'on roulait doucement jusque dans son cabinet, auprès de son bureau, devant son feu. Il se regardait tristement dans la glace en soupirant de voir chaque jour ses traits plus amaigris et ses yeux plus ardents dans ses orbites plus creuses ; puis de ses mains déjà faibles il feuilletait les dosiers qui s'étaient rapidement amoncelés pendant sa maladie.

— Allons, disait-il, il faudra que je fasse encore demander une remise à huitaine.

— A quinzaine, mon ami, interrompait doucement sa femme.

— Oh non, reprenait-il; dans huit jours je serai suffisamment remis, et je pourrai au moins faire une apparition au tribunal.

Il jetait un coup d'œil sur les assignations, les conclusions, les exploits de toute sorte, et, bien vite fatigué, il reposait le tout sur le bureau, et, se renversant contre le dos du fauteuil, il essayait de dormir.

Mais un continuel besoin d'activité le tourmentait; on eut dit que du petit nombre de jours qui lui restait à vivre, il ne voulait point laisser une minute qui ne fût employée, dévorée.

Lorsque c'était le soir, il regardait souvent à la pendule.

— Jacques va-t-il bientôt revenir ? disait-il. Est-ce que ce n'est pas l'heure ? Est-ce qu'il s'amuse ?

Lorsque Jacques arrivait, son père, malgré sa respiration haletante, sa parole qui sifflait, et l'excitation nerveuse qui s'emparait de lui, tenait à l'interroger ou à l'enseigner.

Mais souvent interrogations ou leçons tournaient en digressions, auxquelles la disposition fébrile du malade donnait quelque chose à la fois d'attrayant et de pénible pour ceux qui l'écoutaient.

Il se traîna ainsi avec des alternatives de mieux et de pire jusqu'au vingt-cinq novembre.

Ce jour-là, Jacques vint encore le matin à la pension ; et comme depuis la maladie de son père, il prenait ses repas chez lui, il me quitta à midi pour le déjeuner.

— Ton père est bien souffrant, lui dit sa mère lorsqu'il arriva. Il t'a demandé plusieurs fois, va donc déjeûner avec lui.

Jacques s'en alla dans le cabinet.

Son père était exactement comme les jours précédents. On l'avait roulé auprès de la fenêtre qui donnait sur la rue, et comme par extraordinaire il faisait un chaud soleil, et qu'il étouffait, on avait, sur sa prière, entr'ouvert cette fenêtre.

Jacques l'embrassa silencieusement : puis il s'assit en face de lui, ses pieds sur un petit tabouret.

La figure de M. Chevalier était si pâle, si longue, ses traits étaient tellement tirés, sa respiration était tellement faible, tellement courte, que sans se rendre nettement compte de ce qu'il redoutait, Jacques devint affreusement triste.

Il ne croyait pas à la mort et il m'a souvent avoué, même depuis, qu'il n'avait jamais cru que les gens qu'il aimait pussent mourir.

Cependant ce matin-là il était comme écrasé, et à un moment la sensation fut si forte que malgré sa réserve habituelle, il ne put s'empêcher de dire à son père :

— M'aimes-tu ?

Et en même temps il se leva ayant son front à la hauteur des lèvres de son père.

Alors celui-ci passa doucement et lentement son bras derrière le cou de son fils, et l'attirant contre lui, il lui dit d'une voix faible et qui avait une vibration étrange :

— Si je ne t'aimais pas crois-tu que je souffrirais ainsi.

Jacques se rassit tremblant d'émotion.

Ils restèrent silencieux et immobiles tous deux pendant quelques minutes : puis son père eut un frisson et lui dit :

— Ferme la fenêtre, j'ai froid.

Il regarda ensuite du côté de la pendule, dont il se trouvait séparé par la largeur de la chambre qui, à la vérité, était assez étroite.

— C'est singulier, murmurait-il, je ne vois plus l'heure, j'ai comme un brouillard devant les yeux.

Jacques devina sa pensée, et lui répondit :

— Il est midi et demi. J'ai encore une demi-heure à rester.

M. Chevalier s'accota dans le fauteuil comme pour sommeiller et resta immobile. On eut dit qu'il dormait, seulement il avait les yeux fixes et ouverts.

Jacques demeura à peu près dix minutes la tête dans ses mains, replié comme resserré sur lui-même pour faire moins de bruit.

Puis il lui sembla tout à coup qu'il n'entendait plus cette respiration sifflante qui lui causait une sensation si douloureuse ; il écarta les mains et regarda : il était effaré par un horrible pressentiment.

M. Chevalier était toujours immobile, il avait toujours les yeux fixes et ouverts, seulement il sembla à Jacques qu'il était encore plus pâle si c'était possible, et que son nez ainsi que les pommettes de ses joues avaient pris une saillie extraordinaire. Il fût sur le point de se lever et de courir à la chambre de sa mère, mais une réflexion le retint, il eut peur de réveiller son père, et on le comprendra quand on saura que, depuis sept ou huit nuits, le malade ne prenait peut-être pas une demi-heure de repos, et que les médecins, pour donner quelque espérance à la famille, avait promis qu'il y aurait un mieux sensible, s'il pouvait dormir seulement deux heures de franc sommeil.

— C'est peut-être là, se disait Jacques, ce bon sommeil; pauvre père! c'est peut-être là ce qui va le sauver.

Sur la pointe des pieds il s'approcha de lui, et, avec mille précautions, le plus légèrement du monde, il déposa un baiser sur le front de son père.

Il se releva anéanti : ce front était froid comme la glace!...

Il lui embrassa désespérément les deux joues : elles étaient froides!

Jacques, épouvanté, courut à la porte..... En même temps, sa mère entra.

Lui voyant le visage baigné de larmes, les yeux hagards, les traits bouleversés, elle eut une crainte instinctive, et sans dire un mot elle courut à son mari.

Elle non plus ne voulut pas croire à la mort.

Pendant qu'elle s'empressait en appelant et en criant, la bonne entra tranquillement précédant deux dames en grande toilette.

C'étaient deux amies qui séduites par le beau temps, venaient faire une visite.

Ce fut un moment d'indescriptible désordre : Mme Chevalier enveloppait le corps de son mari, et aidée de sa mère elle le portait sur le lit : les deux dames interdites restaient immobiles, retenues par la stupéfaction et aussi par une vague curiosité; et la bonne, la tête perdue, se faisait répéter dix fois d'aller chercher le médecin; enfin elle comprit et partit.

Deux minutes après le médecin arriva, vivement il courut au lit, mais aussitôt il se retourna en baissant la tête.

Jacques ne croyait pas à la mort, tant qu'elle n'était point arrivée; il y croyait trop dès qu'elle était un fait accompli. Nerveux, porté d'instinct à vivre dans le monde surnaturel, il avait peur de tout ce qui était *au-delà*. Malgré toute sa solidité de raison, il craignait horriblement les revenants, les esprits, les vampires : la nuit un frôlement, ces mille petits bruits que rien n'explique, suffisaient à le tenir éveillé, palpitant d'angoisses pendant des heures entières.

Jusqu'alors il avait eu ce bonheur qu'aucun des siens, qu'aucun de ceux qui le touchaient immédiatement n'avait été frappé par la mort. Le jour de sa première communion, un de ses oncles, il est vrai, s'était noyé à quelques lieues de Rouen, et cela lui avait produit une assez vive impression; mais comme c'était un parent avec lequel on n'avait point de relations suivies, l'impression avait perdu promptement de sa vivacité et il ne lui en était resté qu'un souvenir pénible.

Mais ici, devant les pleurs de sa mère, les paroles du médecin, la consternation générale, l'aspect sinistre que prit la maison; et quand tout cela lui eût fait entrer dans la tête, comme par autant de coups de marteau, la conviction que c'était bien fini, qu'à un moment donné, que son imagination entrevoyait déjà, son père serait un squelette, — un de ces squelettes dont il avait peur, — il fut pris d'une indicible épouvante, si intense qu'elle tua nette la douleur.

Et cependant, Jacques aimait tendrement son père; s'il avait une préférence, au fond elle était pour lui. Il l'aimait pour sa tendresse; il l'aimait pour sa gaieté, beaucoup aussi parce qu'il le craignait, car, lorsque la sévérité se relâche, on adore ceux qu'on a craints. D'ailleurs, il croyait en lui fermement et avec exagération : son père n'était pas un bon avocat; c'était le meilleur avocat de Rouen. Ce n'était pas un homme d'esprit; c'était l'homme d'esprit. Il n'eût pas souffert que l'on mît cela en doute; et plus tard, lui qui, dans les choses de l'esprit, ne péchait ni par l'humilité ni par le défaut de clairvoyance, il parlait toujours de M. Chevalier avec un respect dans lequel il entrait encore de l'admiration et un peu d'orgueilleuse ostentation.

Mais Jacques était non seulement un cœur, c'était aussi une imagination, et son cerveau avait été brusquement envahi par une idée fixe. Le *père* n'était plus dans la maison, ce qu'il était devenu, où il était allé, Jacques ne se le demandait pas ; mais ce qui était dans la maison, ce qui y restait, ce qui revenait à sa pensée tandis qu'il regardait avec des yeux secs et hébétés les gens qui le consolaient, — c'était le *mort*. Il se répétait avec terreur : Il y a un mort dans la maison !

Lorsque vint le soir il fut soumis à une terrible épreuve. Il avait espéré que sa grand'mère, qui occupait un logement dans une petite rue voisine, l'emmenerait chez elle passer la nuit. Il savait très bien que cette nuit-là, — quelque fût le lieu où il la passât, — serait une nuit blanche; et que jusqu'à l'aurore autour de son lit des spectres horribles le regarderaient; il savait bien que le mort ne serait pas loin, et il se disait avec la logique des fous, que ce ne lui serait pas une grande affaire, à ce mort, de se lever de son lit funèbre, de traverser la rue et de venir le contempler, lui, l'enfant, avec des yeux vitreux; il savait bien tout cela, mais n'importe, c'était encore moins terrible que de rester à la maison.

Son épouvante fut au comble quand sa mère lui dit :

— Tu coucheras ici dans la grand'chambre.

On appelait la grand'chambre une pièce qui avait été habitée par la mère de Mme Chevalier, et qui était restée inoccupée depuis que celle-ci, à la suite de quelques démêlés avec son gendre, avait loué le petit logement dont j'ai parlé tout à l'heure. Elle était justement située le long de la chambre mortuaire et séparée des autres pièces par cette chambre, le cabinet de travail et la salle à manger.

On juge de la frayeur qui dut s'emparer de Jacques. Il aurait voulu éterniser la soirée, mais on n'avait plus besoin de veiller dans la maison. Quelques personnes officieuses avaient, dans la journée, fait les courses nécessaires et exempté la pauvre veuve des soins vulgaires et cruels que la mort traîne après soi,

Les amis se retirèrent de bonne heure et il était à peu près neuf heures et demie lorsqu'on songea à se coucher.

Mme Chevalier conduisit elle-même son fils à la grande chambre, et pendant qu'il se déshabillait elle l'entretint avec de douces paroles, pleurant toujours, l'embrassant souvent ; lorsqu'il fût au lit, elle l'embrassa une dernière fois, et sortit en emportant la lumière.

Jacques était seul, et ce moment tant redouté était enfin venu. Il s'était tourné du côté de la muraille et ses dents claquaient à se briser. Il resta longtemps ainsi, la peur du fantôme le tenait collé au mur, la tête enfoncée dans le traversin. Cependant il essayait de se dire que c'était folie, que pour se rassurer, il n'avait qu'à regarder du côté de la porte et qu'il ne verrait rien : il se le disait, il se le répétait, il le croyait, et pourtant il n'osait pas; enfin après deux heures d'angoisses peut-être, après s'être dix fois persuadé qu'il ne verrait pas, il regarda.

Par le trou de la serrure, qui était juste en face de son lit et à la même hauteur, il vit une longue lueur rouge qui entrait dans sa chambre, et qui, en trois grands rayons tremblottants, s'avançait dans l'obscurité : c'était la flamme des cierges qui brûlaient auprès du mort.

Toute la nuit, comme un idiot, immobile, baigné d'une sueur froide, il resta dans son lit, ramassé sur lui-même ; il lui semblait que s'il détournait les yeux de dessus la serrure, la lueur, comme une épée flamboyante, allait s'enfoncer dans son corps.

Le matin lui fut une véritable délivrance; il prévoyait bien qu'un enterrement devait être une chose affreuse, et quand de loin, dans la rue, il avait vu venir une de ces longues files de chantres et de prêtres qui précède la croix, il avait toujours cherché à les éviter, soit en prenant une rue de traverse, soit en retournant sur ses pas; mais il n'avait point encore conduit de deuil, et d'ailleurs il se sentait si heureusement soulagé de sa frayeur nocturne, qu'il pouvait penser à ce moment sans trop d'épouvante.

La journée se passa douloureuse, mais assez calme. Seulement, il était très étonné et très choqué du désordre matériel de la maison : lorsqu'il avait pensé à la mort, il ne s'était jamais représenté le bouleversement, l'appareil menaçant et sordide, l'air de naufrage qui fatalement l'accompagne. Cette maison hier si recueillie, si propre, close et discrète, ouverte uniquement aux parents et aux amis, aujourd'hui tout le monde y entrait : les gens du dehors ouvraient des armoires, se servaient eux-mêmes; dans un appartement, on parlait bas, comme si le mort eût pu entendre; dans un autre, on criait, comme s'il n'y avait là ni une veuve ni un enfant; on examinait les tables, les chaises; on discutait pour savoir lesquelles il conviendrait mieux de prendre pour *mettre le mort en présent*. Puis on venait des pompes funèbres; le convoi ne serait prêt que fort tard; les billets, comme toujours, n'étaient pas faits. A chaque instant on sonnait : c'étaient des amis, des connaissances qui voulaient à toute force voir la veuve, lui serrer la main; c'étaient les gens de service qui vingt fois inutilement entraient, sortaient, claquant les portes avec fracas; c'étaient, — il faut bien le dire, — les fournisseurs qui allaient devenir des créanciers, et dont la mine était longue en proportion de la note.

On sut définitivement vers quatre heures que les obsèques auraient lieu à huit.

Les billets de faire part n'étaient pas venus; à tout instant, Mme Chevalier allait regarder par la fenêtre de la salle à manger, il pleuvait, le pavé était gras, un vrai temps d'enterrement :

— Oh! mon Dieu! mon Dieu! disait-elle dans sa douleur où se mêlait un peu de vanité naïve, ce pauvre ami, il n'aura personne, il sera tout seul par ce temps-là, lui qui aimait tant la société.

Il y eut du monde cependant : les compagnons de plaisir et les compagnons d'affaires vinrent tous; il vint aussi une députation de l'ordre des avocats, bâtonnier en tête.

On avait habillé Jacques scrupuleusement, on l'avait tiré à quatre épingles : il était pensif et ne pleurait pas?

— Tu n'aimes donc pas ton père, lui dit sa mère en le regardant.

Il ne répondit rien. Son esprit plongeait de toutes ses forces dans ce qui allait se passer : il cherchait à se représenter comment ce serait; il se disait avec désespoir que, par ce temps épouvantable, par cette nuit tombante, il assisterait sûrement à de bien effrayantes choses. Tout son sang reflua vers son cœur, et les jambes lui manquèrent, lorsque la personne qui conduisait le deuil, et qui était un des vieux amis de la famille, le prit par la main, en lui disant :

— Allons, mon pauvre enfant, du courage!

Arrivé au bas du premier étage, il jeta un long regard en dessous dans l'espérance de ne pas voir le cercueil : on était en train de l'enlever, et il y avait un peu d'émotion autour : on entendait des exclamations de surprise. Elles étaient provoquées par une découverte qu'on venait de faire : entre la muraille et le cercueil, blotti sous le drap noir, on avait retrouvé le chat de M. Chevalier, qui, depuis le moment de la mort, avait complètement disparu.

Lorsque Jacques franchit le seuil de la porte et qu'il mit le pied dans la rue, le brouillard chaud et douceâtre le saisit.

On marchait sur le pavé gras, et très lentement, car on y glissait.

Jacques n'osait regarder ni en face, ni de côté, et cependant, rien ne lui échappait; il avait beau dire aux objets je ne veux pas vous voir, ils s'imposaient à lui en raison de ce qu'ils l'effrayaient.

Les avocats en longues robes noires sur lesquelles se détachait la peau d'hermine, lui semblaient comme un surcroît de prêtres.

Ceux-ci chantaient lamentablement.

Dans les rues avoisinant la maison mortuaire, les voisins s'étaient mis sur les portes, et Jacques les entendait parler bruyamment ; il les voyait le montrer du doigt, les uns avec un geste de commisération, les autres paraissant le blâmer de ce qu'il ne pleurait pas.

On entra dans l'église Saint-Ouen : elle était sombre et silencieuse, seul le chœur était éclairé par la flamme des cierges, mais leur lumière trop faible ne pouvait percer les ténèbres qui remplissaient la voûte haute et profonde ; et çà et là confusément dans les bas côtés, on voyait s'agiter des ombres blanches, qui, sur les dalles sonores, passaient en traînant les pieds.

Tout le monde s'assit ; on fit mettre Jacques à genoux pendant quelques minutes, puis on le releva et on le posa sur une chaise : il se laissait conduire comme un automate et ne savait pas trop ce qu'il faisait.

Il regardait toujours en dessous du côté du cercueil, et depuis qu'il était dans l'église, se sentant après tout entouré de beaucoup de monde, la peur avait cédé la place à une curiosité terrible, et à une douleur sans larmes, mais atroce.

Jusque là il avait eu constamment le sentiment qu'il y avait encore quelque chose après : à chaque station sur la route funèbre, il s'était dit : c'est l'avant-dernière ; mais là il commençait à se dire : c'est la dernière ; et il lui prenait des idées folles, des idées auxquelles il croyait pendant leur durée d'une seconde. Il se figurait que le mort allait frapper au couvercle de son cercueil, qu'il allait dire : « J'étais en léthargie, j'étouffe, ouvrez-moi ; » et il regardait si autour de lui on n'entendait pas, et il s'accusait d'être sourd, et il écoutait avec son cœur, avec tout son être à en rompre toutes ses fibres.

Quand on se remit en route, la nuit était très noire, et le givre tombait pénétrant et serré. Les hommes des pompes funèbres avaient allumé des torches comme celles qu'ont les pompiers lorsqu'ils courent aux incendies, et quand les mèches étaient trop longues, ils les frappaient contre les bornes pour les raviver. Ces torches, mêlant leurs flammes rougeâtres à la lueur jaune des cierges, produisaient sur Jacques, et même sur les assistants, un effet lugubre.

Tout d'un coup, on s'arrêta brusquement, et pendant un quart d'heure sur place on piétina dans la rue.

Le drap noir, placé sur l'un des chevaux, avait glissé. On s'en était aperçu à la hauteur de l'église Saint-Vivien, et il fallut, pour le retrouver, qu'on allât à sa recherche jusqu'à la rue des Faulx : l'administration tenait trop à son drap pour permettre que l'on continuât la route sans qu'il fût ramassé.

Mais Jacques avait épuisé la mesure de l'horrible ; ce cauchemar, dans lequel il vivait et marchait depuis une heure, lui était devenu indifférent ; la douleur toute simple et toute humaine avait repris ses droits ; ce hideux retard lui semblait une grâce qui le laissait plus longtemps avec son père ; il aurait voulu s'accrocher à tous les obstacles, à toutes les bornes qu'il rencontrait ; plus on approchait du Val de la Gatte, qui était le cimetière où l'on allait, plus il se creusait la tête pour trouver des expédients, des délais et naturellement il ne trouvait rien.

Quand on fut sorti de la ville et entré dans le cimetière, où il fallut marcher assez avant, et où peu de personnes se sentirent le courage de pénétrer, les choses se passèrent avec une rapidité brutale.

Ce fut si vite fait que Jacques en fut étourdi.

Il ne lui arriva intérieurement rien de ce qu'il attendait ; il ne fut ni soulagé, ni plus triste ; il lui sembla seulement qu'il avait une grande courbature, que tout son corps était brisé, et que jamais plus il ne lui serait possible de penser.

FIN DE LA PREMIÈRE PARTIE

# DEUXIÈME PARTIE

## CHAPITRE VII.

### LES PREMIÈRES IVRESSES.

Cette mort fut pour Jacques un irréparable malheur, mais elle m'atteignit douloureusement aussi, car elle brisa nos relations et notre amitié.

La succession de M. Chevalier était loin d'être bonne, et quand Mme Chevalier, qui n'avait jamais été initiée aux affaires de son mari, eût pris connaissance de l'actif et du passif, elle vit avec effroi que non-seulement il ne lui restait pas de quoi vivre, elle et sa mère, mais encore qu'il lui serait impossible de payer même l'éducation de son fils. Par bonheur des amis influents vinrent à son aide, firent les démarches nécessaires, et le 1er janvier, Jacques quitta la pension pour entrer au collége en qualité de boursier de la ville.

Nous restions bien ainsi, il est vrai, dans la même classe, mais comme internes et externes étaient rigoureusement séparés, nous ne pouvions plus nous voir que de loin, et nous n'avions plus de ces causeries et de ces flaneries, qui depuis quatre ans, nous avaient donné tant de joies.

Pendant les premiers mois de notre séparation nous nous écrivîmes assez régulièrement de longues lettres où il y avait au moins autant de littérature que d'amitié; et chaque jour en arrivant en classe, nous nous fîmes un signe de tête qui voulait dire : je pense à toi.

Puis les lettres devinrent plus rares, puis elles cessèrent tout à fait, puis le signe de tête aussi fut oublié.

Jacques avait fait de nouvelles amitiés et je l'avais imité; certes il n'était remplacé ni dans mon cœur ni dans mon esprit, mais nous étions séparés, et ce mot seul explique tout.

Lorsqu'à la fin de ma seconde, je quittai le collége de Rouen, pour venir à Paris, je ne pensai seulement pas que j'y laissais Jacques.

Un assez grand nombre d'années s'était écoulé, lorsqu'un jour et par hasard, nous nous retrouvâmes en présence.

C'était à la Bibliothèque impériale; appuyé contre une grille devant le bureau des conservateurs, j'attendais un livre que j'avais demandé, et pour passer le temps avec moins d'impatience, je m'amusais à étudier les lecteurs, et à deviner d'après leurs physionomies leurs aptitudes et leur genre de travail. Dans un de ceux qui attendaient comme moi, je crus retrouver une figure connue; je regardai plus attentivement; à n'en pas douter, c'était Jacques, mais Jacques avec de la barbe, Jacques grandi, allongé, non engraissé

J'allai vers lui.

— Jacques Chevalier, n'est-ce pas? lui dis-je en lui tendant la main.

Il s'inclina sans répondre et me regarda d'un air étonné; je compris alors que moi aussi sans doute je n'étais plus le même.

— Eh quoi! repris-je, tu ne reconnais pas ton vieux camarade Frédéric Arnoult?

— Comment, c'est toi! s'écria-t-il.

Un domestique vint poliment nous engager à nous taire. Nous sortîmes dans la rue, et bras dessus bras dessous, le cœur content, l'esprit joyeux nous gagnâmes les boulevards.

— Que fais-tu? me demanda Jacques.

— Rien; et toi?

— Rien; c'est-à-dire, cependant...

— C'est-à-dire aussi, interrompis-je, que rien n'est pas très exact; en ce moment je fais des recherches pour deux illustres vaudevillistes qui veulent écrire un drame historique, et qui croient que Notre-Dame de Paris était, sous Charlemagne, telle que nous la voyons aujourd'hui.

— Et moi, dit Jacques, j'amasse des matériaux pour un livre sur la philosophie de l'histoire que j'appelle : *Louis XI*, *Richelieu et la Révolution française*.

— C'est-à-dire que tous deux nous n'avons point failli à nos espérances de pension.

Ce mot pension nous rejeta dans le passé; et, pendant une heure, ce furent d'éternels « T'en souviens-tu, t'en souviens-tu? »

J'emmènerai Jacques chez moi; il me ramena chez lui. Au bout d'un mois nous étions redevenus les amis d'autrefois. Je lui avais conté ma vie, et il m'avait conté la sienne.

Après mon départ, Jacques naturellement acheva ses études au collége de Rouen, et quand elles furent terminées, qu'il eût même doublé sa philosophie, il revint chez sa mère.

— Qu'est-ce que tu vas faire maintenant? lui dit Mme Chevalier, tu es au seuil de toutes les carrières, c'est-à-dire qu'elles te sont toutes fermées. Avocat comme ton père? je ne désire pas que tu le sois; médecin? ta maladresse t'empêchera toujours de faire de la chirurgie; prêtre? tu crois trop à de certaines choses et pas assez à de certaines gens. Mon pauvre enfant, je ne te vois guère que le professorat. En entrant dans les premiers à l'Ecole normale, tu ne me coûteras rien, et c'est pour nous une chose importante, car, tu le sais, nos ressources sont bien faibles.

Il fut donc décidé qu'il passerait l'examen pour entrer à l'Ecole normale, et que, pour cela, il irait au chef-lieu de l'Académie, c'est-à-dire à Caen; où, afin d'économiser la dépense, il coucherait au lycée comme boursier.

Quelle était, à la veille de ce voyage, la disposition intérieure de Jacques? Evidemment, ce n'était plus l'enfant maladif et poltron de l'institution Heudelay; mais c'était un jeune homme ardent, bizarre, exceptionnel en tout, mal compris, peu aimé, très écouté.

Au lycée, comme à la pension, il avait commencé par être souffre-douleurs, il avait fini par une espèce de royauté. Il l'avait conquise par toutes sortes de moyens, légitimes ou non, tantôt par des câlineries, tantôt par des raideurs; aujourd'hui, devinant les instincts et les faiblesses collectives de sa classe, et s'en faisant l'interprète, demain, les contrariant avec verdeur, les combattant avec intrépidité. Il était l'excitateur des révoltes, mais il en prononçait le *quos ego*. Les élèves le suivaient, le proviseur le ménageait, l'aumônier même, de temps en temps, lui offrait une tasse de chocolat; seulement, je l'ai dit, personne ne l'aimait.

Et justement il avait un immense besoin d'affection. Il semblait qu'à mesure qu'il grandissait cette affectuosité vague qu'il portait en lui cherchât à se répandre et débordât follement. Ses amitiés passaient toute mesure et tout bon sens; il en avait de chevaleresques, il en avait de ridicules. Un nouveau arrivait-il, et Jacques l'apercevait-il dans la cour tout effaré, seul et comme un oiseau sans plumes jeté brusquement hors du nid, une immense pitié à l'instant lui montait au cœur : il quittait ses vieux camarades et devenait le compagnon, le frère du nouveau; il lui épargnait les déboires, il lui apprenait comment on pare les railleries et comment on y riposte; il se faisait son ange gardien jusqu'au jour où le nouveau, suffisamment émancipé, se croyait autorisé à dire des injures à son protecteur et à lui donner des coups de pied dans les jambes.

Une crise grave avait traversé sa vie de collége, lorsqu'il avait doublé sa philosophie; car alors il avait vu partir tous les jeunes gens de son âge, tous ceux qui avaient fait campagne avec lui et sur les mêmes bancs, dans le même local, il avait recommencé une vie nouvelle, — nouvelle non, une seconde vie. Il y avait eu entre lui et ses camarades du *second lit* un divorce intérieur; ils le regardaient comme un Ancien que l'on respecte beaucoup et dont on rit un peu. Lui se sentait saisi, à leur égard, d'un premier doute, et ne se trouvait point la force de recommencer avec eux la croisade de l'année précédente : toute cette année-là, il vécut donc seul, fier, recueilli, mais incontesté. Il arriva ainsi au mois d'août, à l'époque où il devait choisir une carrière.

Au fond il ne désirait rien et il avait peur de tout; s'il avait pu tripler sa philosophie et ne pas se prononcer, il l'aurait fait.

Non pas qu'il aimât le collége, mais il le connaissait et l'inconnu lui apparaissait toujours effrayant : la poésie du souvenir lui cachait celle de l'avenir. Il s'enfonçait tantôt avec délices, tantôt avec désespoir dans ses joies évanouies, dans ses aventures de lycéen, dans ses rêves complaisamment entretenus, longuement caressés, sous la lampe huileuse pendant les veillées d'hiver.

Il allait quitter tout cela, s'en aller parmi des inconnus, probablement sous le sarcasme, assurément devant l'indifférence. Il lui semblait qu'il allait se dissoudre, voler comme une plume à tous les vents, et que jamais il ne retrouverait un cadre aussi calme aussi propice que sa pauvre *première étude*.

De Rouen au Havre, du Havre à Caen, le voyage pour lui fut une féerie continuelle. Il n'avait jamais vu tant de mâts de navires; il n'imaginait la mer ni si grande, ni si bleue, et, dépaysé qu'il était, il avait à propos de tout le sentiment de l'immensité. Chaque vague un peu haute, chaque pli de terrain, chaque tournant de route lui paraissait dérober l'infini. Dans les rues de Caen, il n'avait qu'un mot, un mot stupide, qui agaçait son camarade, beaucoup plus avisé que lui : « Ce n'est pas comme à Rouen. » Il compara le passage Canivet au passage Saint-Herbland et le trouva inférieur; et, faubourg pour faubourg, il déclara très formellement que Saint-Sever était plus pittoresque que Vaucelles.

Les internes du collége de Caen le reçurent d'un ton moitié amicale moitié gouailleur. On le logea dans une cellule que fermait hermétiquement une porte grillée. Jacques était habitué aux bons et paternels dortoirs du lycée de Rouen, où l'un à côté de l'autre, en files prolongées courent les lits en fer sous leurs blanches couvertures; il était habitué aux causeries familières qui précèdent le sommeil; il avait coutume de s'endormir et de se réveiller en société : la perspective de ce sommeil cellulaire lui répugna.

Les jours suivants, aux examens, il s'observa beaucoup. Son voisin de droite eut seul le privilége d'attirer son attention. C'était un garçon de taille moyenne, aux cheveux blonds, à la barbe presque rouge, mais douce, et portant dans ses yeux bleus résolus un caractère de grande bonté. Il arrivait toujours un quart d'heure après la fermeture des portes, escorté de deux ou trois camarades dont il était assurément le capitaine.

Lorsque le professeur préposé à la surveillance des candidats, le tançait sur son arrivée tardive, le voisin de Jacques, d'une belle voix résonnante et cuivrée, répondait :

— Nous venons de déjeuner.

Et les douze ou quinze têtes penchées sur les cahiers se relevaient avec envie et contemplaient avec admiration cet élève bon vivant.

Un jour, — c'était le jour de la composition en vers latins, et Jacques, qui tournait fort bien les vers français, n'avait jamais su construire un hexamètre, — ce jour là, en entendant le professeur commencer la dictée par ces paroles à double sens : « *athenarum rudera,* » Jacques se retourna vers son voisin et lui dit gravement :

— Est-ce qu'il y avait une rue des Rats à Athènes,

Certes, jamais le Roger-Bontemps de la jeunesse caennaise n'avait entendu un calembourg aussi incongru, aussi colossal ; il éclata d'un rire immense que partagèrent docilement ses trois commensaux et qui alla troubler les bons sujets jusque dans les coins les plus reculés de la classe.

Après de si grandes preuves d'intelligence d'une part et de sympathie de l'autre l'alliance était conclue et le pacte signé.

Lorsque les deux complices se trouvèrent côte à côte dans la rue Saint-Jean ; ils se mirent à bavarder comme si depuis la huitième ils avaient polisonné ensemble.

En une heure, ils dépensèrent leur provision de railleries enfantines, d'espiègleries, de médisances. Dix fois l'un l'autre à leurs domiciles respectifs, ils se reconduisirent ; mais lorsqu'ils s'arrêtèrent devant la porte du lycée dont, bien involontairement, Jacques était l'hôte assidu, son nouvel ami lui prit la main, et d'une voix plus cuivrée que jamais :

Nous nous reverrons, je me nomme Emile Foulogne, à l'hôtel du *Grand-Turc*.

— Je vous reverrai avec plaisir lui répondit timidement Jacques.

— Mais j'y pense, continua Foulogne, avez-vous dîné ?

— Non.

— Hé bien, je veux que vous goûtiez de la cuisine du *Grand-Turc*.

Et, le prenant sous le bras, il l'entraîna délibérément tout en parlant de l'avenir du monde et de la république. La révolution de février venait de mettre le feu à toutes les cervelles, les esprits même les plus jeunes agitaient les questions sociales et humanitaires, et Foulogne, plus encore que tous ses camarades, se préoccupait et même s'occuppait passionnément de ces questions.

Pendant sa dernière année d'étude, il avait été assez libre, et il avait usé de cette liberté non-seulement pour pratiquer le bezigue au café Adolphe, mais pour fréquenter les bureaux du journal de la localité.

Il avait, selon son expression, « brigué l'honneur d'y tracer quelques lignes, » et le journaliste attelé depuis dix ans à sa charrue, heureux de trouver quelqu'un de jeune et d'intelligent qui voulût bien prendre le harnais à sa place, avait accepté avec joie cette candide proposition.

En huit jours, Foulogne avait délivre l'Irlande, secouru l'Italie, reconstitué la Pologne, affranchi la Hongrie. Les abonnés avaient été sans dessus dessous ; la semaine suivante, c'avait été encore bien pis : le nouveau journaliste s'était lancé à corps perdu dans l'économie politique, il avait renversé deux ou trois fois la société et incidemment l'avait rebâtie ; mais il avait bientôt rencontré, dans l'exercice de cette puissance, qu'il maniait si bien, un écueil qui l'avait perdu ; il n'avait pas su résister au désir de parler des choses du collége, et il avait accusé carrément le proviseur d'être un jésuite, les professeurs d'être des émissaires du Père Loriquet, et le censeur d'aller tous les quinze jours prendre le mot d'ordre, rue des Postes, à Paris.

Le proviseur était-il un jésuite, — c'est possible, — mais dans tous les cas, c'était un homme très fin et très habile, qui avait deviné du premier coup quel était le coupable : il avait fait venir Foulogne.

Celui-ci était trop fier de son ouvrage pour le désavouer.

— Vous m'avez reconnu à mon style, avait-il dit, c'est celui de l'indépendance et de l'honnêteté.

— Vous n'êtes qu'un fou, lui avait répondu le proviseur ; prenez garde d'être un niais. Votre indépendance et votre honnêtetê ne vous donneront pas un sou pour vivre. Si vous voulez me promettre d'être sage, j'oublierai tout, et même, à la fin de l'année, je vous ferai nommer maître d'étude, ou bien je vous assurerai au dehors un bon nombre de répétitions.

Foulogne avait fait avec grandeur un geste négatif.

— Ecoutez-moi, avait continué le proviseur. Je sais que vous avez mauvaise tête, mais bon cœur... Allons, Foulogne, ne me démentez pas. Voyons, niez-vous votre bon cœur.

Attaqué dans son faible, Emile avait balbutié :

— Hé bien, mon ami, — ce disant le proviseur lui prenait les mains, — je sais ce que c'est qu'une conviction, c'est sacré; mais il y a d'autres choses aussi qui sont sacrées : pensez à votre avenir.

Foulogne était très fier de cet exploit et de cette persécution, il aimait à en parler, et ce fut avec une orgueilleuse complaisance qu'il en fit le récit à Jacques émerveillé.

Ainsi devisant, ils arrivèrent à l'*Hôtel du Grand turc*. C'était vraiment un établissement bien hospitalier que cet hôtel. Du matin au soir, on s'y ruait en cuisine. Il y avait d'innombrables volailles que dévoraient d'innombrables voyageurs. Jacques crut assister aux préparatifs des noces de Gamaches, et cependant il se trouva seul à table avec son nouveau camarade.

Toutefois si le nombre des mets fut formidable, les deux convives ne se laissèrent point accabler, et Jacques comprit enfin tout ce qu'il y avait de réalité splendide dans cette formule poétique : « Nous venons de déjeuner. » Il se représenta les trois commensaux luttant d'une dent héroïque contre ces victuailles sans cesse renaissantes, et il tint à se révéler dignement.

Le combat dura quatre heures, et lors qu'alourdi par la bonne chère, grisé de ses paroles et des confidences d'Émile, il commençait à sommeiller sur sa chaise, celui-ci lui frappant sur l'épaule, lui cria dans l'oreille :

— Allons prendre le café.

— Hé quoi! se dit Jacques émerveillé, il y a encore quelque chose à prendre.

Au café, il fut renversant.

Vers la fin de la soirée, il y voyait trouble : les trois commensaux qui avaient reparu, lui semblaient s'être multipliés.

Lorsqu'il se leva pour regagner son gîte, Foulogne lui dit :

— Pourquoi n'accepteriez-vous point une place dans mon humble mansarde?

— Où couchez-vous donc ? demanda Jacques, qui avait un peu perdu la mémoire.

— *Au grand Turc!*

Alors, toutes les magies, toutes les séductions du *Grand-Turc* passèrent sous les yeux de Jacques, et il se dit que l'on ne pouvait mal dormir dans un endroit où l'on mangeait si bien.

Le lendemain, il fut très étonné quand son ami de la veille, le secouant pour le faire sauter du lit, lui cria dans l'oreille :

— Déjeunons promptement; il faut que j'aille voir ma sœur.

---

## CHAPITRE VIII.

### CAROLINE.

— Ma sœur, dit Foulogne à Jacques en déjeunant, — ma sœur se nomme Caroline. C'est une noble fille, je veux que vous la connaissiez : je vais aller un instant chez elle en vous quittant, je vous y mènerai ce soir et vous la verrez. Elle a beaucoup souffert, je devrais dire nous avons avons beaucoup souffert.

Puis changeant brusquement de sujet et s'adressant directement à Jacques :

— Nous prendrons le café ici, n'est-ce pas ?

Et sans attendre la réponse :

— Nous avons beaucoup souffert, car nous avons des ennemis, ajouta-t-il en baissant de ton, — des canailles, s'écria-t-il d'une voix tonnante. Si on vous parle de nous ici, vous en entendrez de belles : ce ne seront que lâches calomnies, noirceurs infâmes, malignités cruelles, tout le monde nous attaque, surtout les prêtres, — reprit-il à mi-voix, — les cafards! tonna-t-il.

— Vous avez lu Michelet, risqua modestement Jacques, toujours littéraire dans ses observations.

Mais sans tenir compte de cette furtive parenthèse, Emile continua :

— Ce n'est pas un ange, ma sœur, c'est un martyr. Ce qu'elle a passé de nuits pour nous, ce qu'elle a accepté d'humiliations, ce qu'elle a versé de larmes est quelque chose d'inouï, que toute une tendresse n'acquittera pas, que tout mon sang ne payera jamais. Je veux que vous lui serriez les mains. — Désirez-vous du rhum ou du kirsch ? — — Vous êtes faits pour vous comprendre tous les deux. Ici les bourgeois la disent toquée, et moi je vous dis qu'elle est poète et un grand poète. C'est Dieu qui vous a envoyé à nous : nous étions deux pour soutenir la lutte, nous voilà trois, car vous ne nous abandonnerez point, n'est-ce pas, Jacques ? — Dites donc, la bonne, du curaçao; il y en a d'excellent ici, je veux vous en faire goûter. Maintenant, je vais vous quitter ; je parlerai de vous à Caroline, je veux qu'elle sache qui vous êtes.

Et comme ils s'étaient levés de table, il se pencha d'un air mystérieux à l'oreille de Jacques.

— Je veux qu'elle connaisse notre nouvel ami, notre complice ! cria-t-il de toutes ses forces en s'en allant.

Tandis que Jacques, immobile sous l'enseigne du *Grand Turc*, le regardait s'éloigner, charmé de cette exaltation de sentiments et de paroles, il se posait involontairement cette question : Caroline ressemble-t-elle à son frère ?

Il ne la vit point ce soir-là, mais il en parla longuement avec Émile, qui, avec effusion et profusion lui donna, sur lui, sur elle, sur sa famille, sur ses amis, sur ses ennemis, tous les détails qu'on lui demandait et même qu'on ne lui demandait pas.

Ils étaient orphelins de père et de mère et n'avaient pour toute famille qu'une sœur plus âgée qu'eux, et un oncle maternel qui était prêtre. Leur père, lieutenant de vaisseau, avait quitté le service avec une pension de retraite que ne grossissait que très médiocrement le traitement de légionnaire, et s'était retiré à Courseulles, son pays natal. Il avait espéré y passer tranquillement le reste de ses jours à cultiver son jardin, à fumer sa pipe, et à aller régulièrement à l'heure de la marée voir les bateaux de pêche rentrer au port.

Cette vie heureuse et calme n'avait point duré longtemps : à cinquante-deux ans le lieutenant Foulogne était devenu amoureux pour la première fois de sa vie. Celle qui l'avait ainsi affolé était une jeune fille de vingt-trois ans, dont le père, fermier à Langrune, passait pour riche, grâce à une certaine ostentation ; mais était, en réalité, rongé par les intérêts et les rentes qu'il avait à servir. Ce père fut alléché par l'espérance de ne pas donner de dot, et la fille fut séduite par la perspective de quitter les sabots, de devenir une bourgeoise, de se promener au bras d'un homme à qui les douaniers présentaient les armes, et aussi par la coquette pensée de ne pas avoir d'enfants qui flétriraient sa fraîcheur véritablement admirable; le mariage fut donc promptement décidé et conclu. Mais l'espoir de Mme Foulogne, en ce qui touchait les enfants, fut bientôt déçu au bout d'un an elle accoucha d'une fille. Ce ne fut pas tout; six ans après, elle eut un fils. La pension devenait maigre, le lieutenant demanda et obtint un bureau de tabac. Lorsque cet heureux secours arriva, Mme Foulogne était sur le point de mettre au monde un troisième enfant, et sa fureur était telle qu'elle en mourut pendant sa fièvre de lait.

M. Foulogne éleva de son mieux ses enfants, qu'il adorait, et c'était à Courseulles une opinion assez généralement acceptée, qu'ils étaient beaucoup moins malheureux que s'ils avaient encore leur mère. Malgré tout le désir qu'il en avait, le digne homme n'eut pas la douce satisfaction de voir ses trois enfants assez âgés pour affronter la vie sans l'appui d'un père. Lorsqu'il mourut, Félicie avait vingt-deux ans, Emile en avait seize, et Caroline quatorze. Ils restaient absolument sans fortune, mais non sans protecteur : leur oncle Bonnœil, le curé de Couvigny, qui avait une réputation de charité à fonder, prit comme moyen cette famille d'orphelins, et il les accabla de ses conseils et de ses services. Il se fit l'avocat d'une cause qui n'en avait pas besoin, et quoique personne ne songeât à leur enlever le bureau de tabac, leur seule ressource, il fit des démarches aussi nombreuses qu'inutiles, et s'attribua la gloire d'un succès qui ne lui avait point été disputé. Toutes les belles âmes de la contrée célébrèrent, avec un ensemble qui n'appartient qu'à cette corporation, le zèle de cet excellent parent, le dévouement de ce généreux prêtre. Ce triomphe l'encouragea.

Dans le but de faire du prosélytisme et de plaire à monseigneur (qui demandait des missionnaires pour dire qu'il en avait trop), il voulut retirer Emile du collége où il était boursier et le mettre au séminaire ; et en même temps il voulut aussi envoyer Caroline au couvent. Il fut aidé dans ce beau projet par Félicie qui, paysanne avaricieuse et rusée, espérait ainsi rester unique titulaire du bureau de tabac ; mais Emile, lui, se fâcha ; en digne fils du vieux lieutenant républicain, il déclara que non-seulement il ne serait pas prêtre, mais encore que Caroline ne serait pas religieuse. La guerre fut déclarée. La pauvre jeune fille qui restait seule exposée aux obsessions, fut persécutée moralement et physiquement ; et les choses en arrivèrent à un tel point qu'après deux ans de souffrances, elle s'échappa pour venir à Caen, où elle entra dans une maison de commerce de dentelles, dont le chef avait connu son père. Alors commença entre le frère et la sœur une amitié que la douleur, l'isolement et les calomnies du digne abbé Bonnœil rendirent ardente, passionnée, absolue : Caroline se dévoua pour Emile, et celui-ci, en attendant qu'il entrât à l'école normale, se mit à donner des répétitions pour lui venir en aide.

Le lendemain du jour où Jacques apprit toute cette histoire, c'était au lycée de Caen distribution générale des prix ; et je ne sais plus trop pourquoi, il avait eu les honneurs d'une place réservée.

Tous ceux qui l'ont connu à cette époque et sous son costume de lycéen, sont unanimes à déclarer qu'il offrait un aspect bizarre d'un comique irrésistible.

Il était étroitement sanglé dans une tunique toujours boutonnée jusqu'au dernier bouton, et dont la ceinture agrafée au dernier cran exagérait encore la minceur de sa taille. Il avait de larges souliers qui, par derrière, happaient à chaque pas l'ourlet du pantalon tout recroquevillé, et par devant laissaient admirer des bas de coton, chinés noir et bleu, toujours mal attachés. Il se complétait au sommet de son individu par un képi inflexible comme une flèche de cathédrale, et de dessous lequel partaient de longs cheveux plats, droits et luisants qui faisaient suture avec le col de l'habit et ne s'en séparaient jamais.

Pendant que dura la distribution des prix, tous les intervalles de demi-silence que laissèrent la proclamation des noms des lauréats, et les fanfares de la musique citoyenne, furent remplis par les éclats d'un rire frais, joyeux et sonore qui partaient d'une des extrémités de la salle.

Jacques était un peu myope, mais nullement sourd ; il regarda, et tant bien que mal, au milieu d'un groupe qui lui parut hostile, il distingua e grande jeune fille vêtue de noir, très élancée, très pâle ; c'était elle, à n'en pas douter, qui riait de lui, si irrisistiblement et si bruyamment.

Le soir, après le dîner, — le dîner au *Grand-Turc*, — Jacques ayant scrupuleusement brossé sa tunique et son képi, sanglé son ceinturon avec frénésie, et essayé, mais infructueusement, de faire la rosette de ses souliers, se dirigea au bras de Foulogne vers le magasin où Caroline était première demoiselle.

En entrant, il se trouva face à face avec la jeune fille vêtue de noir, dont il avait fait la joie pendant toute la journée, et tandis qu'on les présentait l'un à l'autre, ils se regardèrent tous deux, ne sachant trop ce qu'ils devaient penser, ni quelle contenance tenir.

Au bout de cinq minutes, Jacques était sur Caroline de l'avis de son frère.

— C'est une noble fille.

Et celle-ci se disait :

— Voilà un garçon intelligent

On parla république, démocratie, révolution : on raconta des histoires de club. Jacques n'en avait vu qu'un, mais fait exprès pour en dégoûter : c'était le club des balayeurs de Rouen. Je ne sais pas s'il l'avait inventé, ou s'il l'avait réellement ramassé sur la voie publique, mais il l'avait élevé à la dignité de création, et selon l'humeur dans laquelle il était, il en faisait une ode, un poëme ou une farce.

Ce soir-là ce fut une farce. Il fut tour à tour le bureau, le président qu'il appelait le grand-sordide, les balayeurs assis sur les bancs, le public qui faisait galerie, et la foule qui regardait le public; il reproduisit, avec des intonations variées, les motions étonnantes de chaque balayeur, et il reproduisit encore la pantomime du président, qui, chaque fois que l'horizon s'assombrissait, brandissait en l'air son bras droit en criant :

— Citoyens, chantons la *Marseillaise*!

Il ne s'épargna pas plus que les autres. Et fit sa propre caricature; il y excellait. C'était d'ailleurs un moyen adroit de prendre les devants et de désarmer la moquerie.

Puis la conversation fit un brusque soubresaut, devint grave, tourna au mélancolique, et, après quelques ricochets imprévus, s'abattit sur Charlotte Corday.

— Elle demeurait là en face, chez sa tante, dit Caroline qui devint subitement pensive, au fond de cette longue allée que vous verriez s'il faisait jour; il y a un puits, sur les marches duquel, selon la tradition, elle s'asseyait le soir pour lire la *Nouvelle Héloïse*.

Et d'un mouvement enfantin et naïf, regardant Jacques avec ses grands yeux noirs, ce qu'il appelait plus tard ses grands yeux fantastiques, elle lui dit :

— Oseriez-vous bien y venir avec moi, nous allons peut-être voir son fantôme.

Ils se prirent par la main et tous deux comme deux fous, comme deux enfants peureux qui s'exaltent par le bruit qu'ils font, ils coururent jusqu'au bout de l'allée, et tout essouflés, ils s'arrêtèrent près de la margelle du puits.

Une minute ils restèrent immobiles, respirant difficilement, la main dans la main sans se rien dire, le rire se glaça sur leurs lèvres, ils eurent honte de leur bravade, et échangeant leurs pensées sans échanger une parole, ils s'en revinrent ne courant plus, mais marchant vite, et comme si entre eux il s'était passé quelque chose de grave.

Deux jours après, Jacques reçut une lettre d'un de ses amis du Hâvre qui lui rappelait qu'on l'y attendait, qu'il n'était bruit que de lui, et qu'à chaque marée on allait sur la jetée voir entrer le bateau de Caen.

Jacques montra cette lettre à Emile ; celui-ci la lut, la relut, la tourna plusieurs fois dans ses mains et dit entre ses dents, comme se parlant à lui-même :

— C'est juste, c'était trop beau, ça ne devait pas durer.

— Qu'est-ce que tu as donc? demanda Jacques, car ils se tutoyaient.

— J'ai que je suis une bête, cria Foulogne en bondissant, que je le serai toujours.

et que toujours la vie me donnera des soufflets que j'aurai bien mérité.

Et sans laisser à Jacques le temps de placer une parole :

— Croirais-tu, mon ami, que j'ai eu là stupidité de me figurer que cette vie-là ne finirait pas, et que nous resterions ensemble. Je suis tellement affamé d'affection et d'amitié, j'ai toujours rencontré si peu de sympathies, j'ai toujours eu si peu de bonheur, que je suis fait à toi comme si je te connaissais depuis vingt ans : j'ai besoin de toi comme si tu étais mon père et mon chef : tu me fais rire quand je suis triste tu me relèves quand je suis abattu, tu vois clair dans l'avenir, tu es bon sans emphase, tu es fier sans méchanceté, tu me parles comme un ami, et il me semble que tu m'embrasserais comme un frère. Je comprends que tu nous quitte, on t'attend là-bas ; on va te promener, te choyer; et toi si sérieux, mon Jacques, tu es enfant, tu ouvriras de grands yeux, tu t'amuseras et tu nous oublieras. Après le Havre, Evreux, après Evreux, Paris. Quand tu y seras dans six semaines, sauras-tu seulement notre nom? Nous resterons, nous, les pauvres déshérités, qui ne voyageons pas, qui n'avons point de distractions, et ton souvenir s'incrustera dans notre vie ; on parlera longtemps du collégien rouennais si gai, si spirituel, qui avait les mains pleines de promesses, et qui, malgré lui, a si peu tenu. Je ne te fais pas de reproches, va où le flot t'emporte, laisse seuls ceux qui sont seuls, et tristes ceux qui sont tristes ; toi, tu es plus enfant et artiste que philosophe, il faut que tu penses tout haut, que ton rire ait des témoins, que tu charmes et que tu brilles.

Jacques avait les larmes dans les yeux :

— Mon bon Foulogne, lui dit-il, la douleur te rend injuste, demande-moi ce que tu voudras, comme marque d'amitié, sauf, bien entendu la remise de ce voyage, ce qui est impossible, — et je te promets de te l'accorder.

— Et précisément, Jacques, je ne te demande que cette remise ; demain, c'est dimanche, nous dînerons avec ma sœur, nous irons avec elle nous promener aux prés Louvigny, et jusqu'à la dernière minute nous aurons savouré notre amitié. Ne pars que lundi.

Le lendemain, vers cinq heures du soir, tandis que Foulogne, pour se préparer à la dernière agape, se livrait à de violents exercices natatoires, Caroline reprenait avec Jacques l'entretien que son frère avait laissé interrompu la veille :

— Je voulais vous remercier pour Emile et pour moi ; vous avez été un vrai rayon de soleil dans sa vie ; vous avez été, pendant dix jours, notre gaieté, notre consolation, notre espoir. Je ne cherche pas à vous retenir : nous n'avons rien de ce qui attache, ni à vous inspirer du regret, nous n'avons rien de ce que l'on regrette. Donnez-moi votre main, mon loyal camarade, et mille fois merci.

En parlant ainsi elle s'était levée, et lentement, sous les grands arbres du cours, ils marchaient vers la ville.

Jacques était silencieux : des bouffées d'amour et d'orgueil du cœur lui montaient à la tête.

Une belle jeune fille à la voix vibrante, au regard sympathique, lui parlait un langage de tendresse. Il était entré pour quelque chose, pour beaucoup peut-être dans la vie de cette femme. S'il allait être aimé ! cela était possible. Il regarda autour de lui : le soleil dorait les prés Louvigny ; un air tiède circulait dans le feuillage des grads ormes; la rivière, dans ses berges vertes, sur les cailloux, courait bruyante et fraîche : à leurs côtés, les hommes et les femmes passaient avec leurs beaux habits et leurs figures du dimanche.

Il avait un éclair de triomphe, il se disait qu'après ce qu'il avait souffert cela lui était bien dû : mais aussitôt, comme un glaive, lui entrait au cœur cette pensée : Je peux la perdre. Ensuite c'était un retour sur lui-même, et alors il était agité par un frisson d'humilité, il la voyait plus élégante, plus jeune, plus belle qu'elle ne l'était réellement; tandis qu'il se voyait gauche, maladroit, embarrassé; et il était, à sa manière, comme cet anatomiste célèbre qui n'osait se baisser pour ramasser une épingle, il n'osait plus ni parler, ni remuer de peur d'accuser un de ses ridicules. Une idée fixe, qui s'empara de lui en ce moment, le fit horriblement souffrir : on était au dimanche au soir, il partait le lundi matin, et elle allait rester à Caen, entourée des amis de son frère, courtisée, adulée : plusieurs la désireraient, quelques-uns l'aimeraient; elle en choisirait un. Une conception vague s'éveilla en lui, il eut un rêve, un mirage : il ne vit plus les prés ensoleillés, le cours ombreux, ni les passants; mais par delà et au loin, il devina la grande ville, ses plaisirs, ses féeries, et il s'y vit avec elle et son frère.

— Vous croyez trop à un adieu de ma part, dit-il; quand il y a eu de telles paroles échangées, il y a un lien de formé que rien ne brisera. Nous nous séparons un instant; nous ne nous quittons pas.

Caroline l'interrogea du regard.

— J'arriverai le premier à Paris; je vous y ferai votre place; je vous y aplanirai votre route. Vous ne pouvez pas plus longtemps accepter cette vie de province, avec ses mesquineries, ses misères, ses déchirements. Ainsi qu'Emile, et sans en avoir nettement conscience, par vos instincts les plus vivaces, vous êtes artiste. Tant que vous ne serez pas venue vous réchauffer à ce foyer de lumière, vous serez incomplète.

— Oh, ne parlez pas ainsi, interrompit Caroline, pourquoi parler de ce qui ne peut se réaliser : non, non, ne me montrez point Paris.

— On dirait que vous disputez, cria derrière eux une voix formidable, celle d'Emile; de quoi diable parlez-vous?

— C'est notre ami Jacques, répondit Caroline, qui était fou et qui a failli me rendre folle; ne voulait-il pas nous entraîner à Paris?

— Pas si fou, alors, dit Emile, j'espère bien que nous irons, Jacques, et que nous y vivrons comme ici, tous les trois, fraternellement.

---

## CHAPITRE IX.

### LA HALTE AVANT LE DÉSERT.

C'étaient les dernières vacances de Jacques, ce furent de glorieuses vacances.

Accueilli dans les familles de plusieurs de ses camarades, où l'on attendait beaucoup de son esprit et de son originalité, il se surpassa lui-même; et à prendre les choses au point de vue d'une vanité juvénile, c'est-à-dire assez facile à satisfaire, ses voyages au Havre et à Evreux furent d'agréables ovations.

On ne passe pas impunément d'une atmosphère glaciale à une chaude température, de la contradiction à la louange, du blâme qu'on soulève à l'enthousiasme qu'on suscite : de plus fortes têtes que celle de Jacques eussent succombé à ce breuvage capiteux; Caroline et son frère furent, je ne dis pas oubliés, mais relégués dans la pénombre et au second rang. Pour revenir avec quelque suite sur leurs conversations sur leurs tristesses, sur leurs espérances, il aurait fallu à Jacques quelques heures de recueillement, de liberté, de souffrance même et il ne les avait pas : ce n'était que fêtes, parties de plaisir, promenades et festins.

Cette heureuse et trop courte période s'interrompit brusquement avec les premières feuilles tombantes; et Jacques dut s'arracher à ces câlineries dont il prenait aisément l'habitude, à ces bénéfices sociaux qui n'étaient pas ceux de sa situation, et dont il ne profitait en quelque sorte que par contrebande. Il dut renoncer à accompagner le soir sur la jetée ou à Frascati les belles dames langoureuses et les pimpantes jeunes filles. Il s'était vite habitué à ce monde bruissant de satin et de soie, éclatant de riches dentelles, embaumé d'enivrantes odeurs, et qui avait eu pour lui tant de complaisances, de caresses et de sourires.

Quand il se trouva seul dans la diligence qui d'Évreux le ramenait à Rouen, il tomba dans un cruel abattement, dans de poignantes réflexions :

« — La trêve que m'avait accordée mon destin est donc écoulée déjà, se disait-il avec amertume; la nécessité me reprend de ses terribles étreintes et ne me lâchera plus : j'étais seul hier, je serai seul demain; je n'ai rien emporté des splendeurs que j'ai traversées; mes mains étaient vides en y entrant, elles sont vides encore. On m'a prêté du bonheur, on ne m'en a pas donné, et maintenant me voici en présence de toutes les mesquineries du terre à terre, des récriminations du passé, des laideurs du présent, des incertidudes de l'avenir. »

Et il revoyait, — son triste et sec intérieur, qui faisait si douloureusement contraste avec ce qu'il venait de quitter; — les professeurs gourmés dans leur niaise importance, qui le railleraient avec leur esprit et leur légèreté universitaires sur son échec probable; les bienfaiteurs auxquels il faudrait aller rendre visites sur visites, et qui lui feraient avaler jusqu'à la dernière goutte la lie répugnante du bienfait.

« — Et cependant, se disait-il, j'ai été si heureux, si choyé, j'ai cotoyé tant d'existences, j'ai effleuré tant de liaisons, j'ai failli être de tant de familles. Ah! pourquoi donc suis-je si implacablement ramené dans mon misérable cercle et réduit à moi-même! Ah! pourquoi n'ai-je partout jeté que des étincelles, et ne suis-je nulle part devenu un foyer. »

Alors ses idées, par une pente naturelle et involontaire, le conduisirent vers ses amis de Caen : il était malheureux, leur souvenir lui revint, il se rappela leurs joyeuses conversations, les espérances qu'il leur avait données, la confiance immense et folle qu'ils avaient mise en lui; il pleura de les avoir négligés : « Là était le bonheur, se dit-il, et c'est là que peut-être il est encore. »

En arrivant à Rouen, il trouva une longue lettre d'Emile, et une lettre triste.

Jacques avait été par eux initié à leurs affaires; mais le détail de leur misère lui revenant sur ce froid papier, en huit pages compactes et serrées, lui fut d'autant plus sensible qu'il coïncidait avec ses épreuves et ses difficultés personnelles. Dans cette lettre, il trouva aussi une petite médaille en argent attachée à un petit lacet de soie. En *post scriptum* Caroline le priait d'accepter cette médaille comme un bon souvenir et un gage de leur futur retrouvement.

Ce fut seulement à Paris que Jacques put répondre à cette lettre :

« Je rentre d'une longue promenade aux Tuileries et au Luxembourg pour t'écrire et causer enfin quelques minutes avec toi. »

Il y avait là une sorte de cruauté, dont beaucoup de nouveaux arrivants comme Jacques se sont rendus coupables. Pourquoi dire si nettement à ces pauvres diables, qui retenus dans leur ville de province y végétaient misérablement, sans espérance d'en sortir : Je suis à Paris, moi; et afin que vous n'en doutiez pas, comme si le timbre de la poste n'était pas suffisant, je m'en vais au commencement, au milieu et à la fin de ma lettre vous accabler de détails authentiques et de preuves irrécusables.

Jacques remplit aussi ses huit pages, d'abord avec ses impressions, avec quelques renseignements sur sa situation, puis à la fin il en vint à toucher la corde du sentiment, et il le fit avec une effusion qui n'excluait pas la finesse. Après avoir longuement assuré qu'il n'avait rien oublié ni personne, et que les circonstances seules étaient coupables, il continua ainsi :

« J'ai beaucoup pensé à toi, Emile, beaucoup à vous deux, et j'y ai surtout pensé dans mes dernières promenades; vous me manquiez singulièrement. C'est une mauvaise chose que d'être seul à admirer : c'est une joie qui se gâte et se corrompt tout de suite. Tout ce qui m'a réjoui jusqu'à présent et m'a transporté, m'a fait en même temps venir des larmes aux yeux, instinctivement je vous cherchais à côté de moi et je m'étonnais de ne pas vous y trouver. Est-ce que cela durera, — non toujours, nous ne pourrions le supporter, — mais longtemps? Pourquoi ne viendriez-vous pas ici? La vie n'y est pas plus difficile qu'en province, elle y est plus obscure, plus cachée, et les occasions de travail, les places, les emplois s'y présentent en plus grande abondance que partout ailleurs. Dis à ta sœur, — que je ne sépare jamais de toi lorsque j'écris, — dis lui combien j'ai été heureux de la petite médaille qu'elle m'a envoyée et du sens qu'elle y attache. Je crois, en effet, qu'il y a une bénédiction sur nous trois, c'est de nous être rencontrés, de même qu'il n'y aurait qu'une malédiction qui serait de ne nous revoir jamais. »

Il y eut six lettres comme cela d'échangées; navrantes et désespérées d'un côté, séduisantes et câlines de l'autre.

La position de Caroline et d'Emile à Caen était devenue à la longue terrible et insoutenable : Emile, tout en continuant ses dépenses, n'avait point trouvé les répétitions sur lesquelles il comptait, et la place de première demoiselle dans une maison de province ne pouvait suffire aux besoins du frère et de la sœur.

Les lettres de Jacques leur brûlaient les yeux; mais une sagesse instinctive les retenait cependant, les empêchait de dire oui au moment décisif, et les faisait défaillir. Ils avaient beau lire et relire ces lettres, il leur était impossible d'y rien trouver de précis, de formel, de positif. C'étaient des vues générales, des espérances en l'air, des perspectives chimériques; il y était fort question d'aller ensemble aux cours du collége de France, de se promener sur le boulevard Italien, de dîner au Palais-Royal, et de courir le dimanche les environs de Paris, mais d'une place, si humble fut-elle, d'un emploi même médiocre, il n'en était pas question. Jacques n'était nullement un homme pratique, c'est là sa seule excuse en cette affaire, si c'en est une.

Quoiqu'il ait pu souffrir plus tard, il est bien certain qu'il ne souffrit que d'une situation qu'il se créa par son propre égoïsme; et il ne fut en définitive frappé que du ricochet des souffrances qu'il avait occasionnées.

Pendant trois mois, lui qui vivait chez un de ses parents à Montmartre doucement, chaudement et en réalité plus heureux qu'il n'avait jamais été; il fit briller devant ces pauvres amis le mirage trompeur de sa sécurité exceptionnelle. Il ne comprit pas qu'en arrivant à Paris, ils n'auraient eux, les pauvres enfants, ni famille où loger, ni bon feu pour les chauffer, ni bon lit le soir à les attendre quand ils rentreraient fatigués. Parce qu'il vivait de la vie bourgeoise, il se figurait naïvement qu'ils en vivraient comme lui; ou plutôt il ne se donnait point la peine d'examiner ce qui adviendrait de leur destinée; et pourvu qu'ils vinssent et qu'il pût causer avec eux, il se tenait suffisamment satisfait.

Enfin, il l'emporta; et un soir qu'il rentrait du théâtre, on lui remit une lettre; elle était d'Emile et ne contenait que ces mots :

« Nous venons à Paris tenter la fortune,
» puisse-t-elle nous être moins marâtre : je
» dis nous pour t'apprendre que ma sœur
» m'accompagne, et ne me quittera jamais.
» Nous allons donc être réunis : maintenant,
» mon vieux, c'est à la vie et à la mort.

» *P. S.* Trouve-toi mardi, à quatre heu-
» res du matin, aux Troyennes, à l'entre-
» prise du Petit-Loisel; je crois que c'est
» rue Coq-Héron, je ne sais pas le nu-
» méro.

» 15 janvier. »

Il était minuit, Jacques partit à trois heures.

Il descendit lentement la montée, se heurtant à chaque minute contre des tas de pavés qui avaient été relevés pour les travaux du gaz, et qu'éclairaient fort peu quelques rares lanternes qui donnaient plus de fumée que de lumière. En marchant par ces rues silencieuses, il s'interrogeait curieusement, et il était surpris de ne pas se trouver plus ému : — « Je croyais les aimer plus que ça, se disait-il. » La pensée de voir Emile lui causait cependant un sincère plaisir : celle de retrouver Caroline lui inspirait une inquiétude vague et comme un chatouillement de désir et d'amour-propre.

Arrivé à la rue Montmartre, il s'arrêta un instant à contempler avec surprise la longue file des becs de gaz que réfléchissait l'asphalte mouillé du trottoir et les flaques d'eau de la chaussée : il n'avait point encore vu Paris à cette heure où ces gerbes de lumière font un si fantastique contraste avec le silence des maisons et des rues, et il eut un véritable émerveillement.

A quatre heures, il était devant les Troyennes.

Il faisait une nuit humide et presque douce. Il attendit sans trop s'impatienter, allant de la rue Coquillère à la rue Montmartre, regardant les passants qui circulent sans cesse dans ce quartier populeux, regardant surtout les charrettes encombrées de choux et de carrottes qui commençaient à s'entasser les unes à la suite des autres et à prendre leur rang pour déboucher sur le carreau des halles. Le tumulte assourdissant, le va-et-vient continuel, les légumes qu'on amoncelait sur les trottoirs sans prendre garde au ruisseau, les fourgons de poissons qui passaient en laissant derrière eux un parfum révélateur, les porteurs aux larges épaules, les paysannes encapuchonnées dans leurs mantes, les types étranges qui n'appartiennent qu'à ce quartier, les cris, les disputes, les voix éraillées, le choc des verres sur les comptoirs d'étain, tout cela l'étonnait, le distrayait et l'empêchait de ressentir trop fiévreusement la longueur du temps.

A cinq heures trois quarts, du côté de la rue Croix-des-Petits-Champs, il vit accourir une énorme lanterne rouge : c'était la diligence qui arrivait comme un ouragan ; les chevaux retenus d'une main vigoureuse et aiguillonnés par des batteries de coups de fouet, secouaient leurs blanches crinières dans un nuage de vapeur chaude : on entendit un cliquetis de chaines, le pavé ronfla formidablement, les maisons tremblèrent. Jacques se haussa sur la pointe des pieds pour voir si par les vitres baissées il n'apercevrait pas ses amis, mais la lanterne lui projeta dans les yeux un flot de lumière qui le colla contre la muraille. Sans ralentir sa course, la voiture entra sous les portes de l'hôtel, et avant qu'on les refermât, Jacques s'empressa de la suivre.

Il vit descendre du coupé, de la rotonde et de l'intérieur plusieurs créatures extrêmement hétéroclites, enveloppées dans des manteaux, des châles, des mouchoirs, des foulards, et qui se tiraient les bras en poussant des bâillements sonores et gigantesques ; mais Emile et Caroline, il ne les vit point. Il fit plusieurs fois le tour de la diligence, alla examiner les voyageurs sous le nez, s'insinua dans les groupes qui s'embrassaient, pénétra dans le bureau, où il lui sembla qu'on le regardait comme un voleur, et revint désespérément à la voiture. On la dételait. Il dut se résigner à croire qu'Emile et Caroline ne viendraient pas ce jour-là.

Il rentra à Montmartre brisé de fatigue, de très mauvaise humeur et assez inquiet.

Le surlendemain, il reçut une nouvelle lettre d'Emile qui lui disait :

« Après mille contretemps, nous sommes arrivés : tu nous trouveras aujourd'hui toute la journée rue de Verneuil, n° 20, à l'hôtel du Pérou. »

Jacques alla tout droit rue de Verneuil, et, arrivé en face du numéro indiqué, il vit en effet se détacher sur une façade qui n'avait jamais subi les bienfaits du récrépiment, ces mots : *Hôtel du Pérou* ; le rez-de-chaussée qui donnait sur la rue était occupé par une boutique de mercerie, contre laquelle s'ouvrait une allée étroite et sombre.

Cela ressemblait si peu à un hôtel, que Jacques hésita un instant, mais enfin, il se décida et entra dans la boutique.

— Est-ce que c'est bien ici l'hôtel du Pérou, demanda-t-il?

— Oui, monsieur, répondit en pinçant les lèvres une petite femme qui était au comptoir.

— Est-ce que vous avez deux jeunes gens arrivés de Caen?

— J'ai une demoiselle, monsieur.

— Mademoiselle Foulogne?

— En effet, monsieur.

— Elle y est?

— Oui, monsieur, mais je ne sais si.....

Jacques n'entendit pas la fin de la phrase, il montait les escaliers; par un calcul assez sensé, fondé sur la position de fortune de ses amis, il ne frappa à une porte que lorsqu'il se sentit dans des régions élevées.

— C'est M. Jacques, dit une voix matinale et fraîche, je vous attendais.

Et Caroline lui tendit les deux mains.

Elle était seule. Emile était déjà allé faire des visites. Elle expliqua brièvement à Jacques par quelles suites de circonstances ils se trouvaient dans cet hôtel. Il était tenu par la mère d'un des camarades d'Emile, — mauvais camarade au collége, qui s'était trouvé bon à distance. — Cependant, lorsque Emile lui avait écrit pour lui annoncer son projet d'établissement, et lui dire qu'il comptait loger quelques jours chez sa mère, Alphonse Genty lui avait répondu par une lettre de quatre pages d'une écriture élégante, d'une ortographe supportable, et qui attestait une lecture attentive de la *Muse du Département* et du *Grand homme de province à Paris*. Il se posait en Lousteau, essayant d'arrêter ce nouveau Lucien de Rubempré sur les bords de l'abîme, faisait à Emile une peinture fantastique et Balzacienne des grands journaux de Paris, où il n'avait jamais mis le pied, et il lui parlait avec une éloquente amertume des misères de la vie d'artiste, qu'il ne connaissait pas davantage. Il terminait cependant en lui disant que sa mère, qui était pauvre, serait tout à leur disposition dans la mesure de ses moyens.

— Cela ne me plaît pas, pensa Jacques en rendant la lettre, puis tout haut il ajouta : — Est-ce qu'Emile sera longtemps sorti?

— Je ne pense pas, répondit-elle, il est allé voir d'anciens camarades qui sont étudiants, MM. Roblot, Dourdan et Pyrou.

Les déceptions de Jacques commençaient; il avait fait venir ses amis pour lui tout seul et il les trouvait tombés dans le domaine public; il croyait se les approprier, il se les figurait isolés, perdus dans Paris, n'ayant que lui pour Cornac, pour Providence, et indépendamment de Alphonse Genty, ils connaissaient Roblot, Dourdan et Pyrou.

Il maîtrisa de son mieux sa contrariété, Caroline paraissait si contente d'être à Paris, si heureuse de le revoir, elle était si expansive, si gaie que le nuage qui avait un instant obscurci la joie de Jacques, se dissipa rapidement : il oublia les fâcheux camarades et s'abandonna au plaisir de causer à plein cœur avec cette charmante jeune fille, qu'il trouvait plus ravissante encore que le souvenir, pendant ces derniers mois, ne la lui avait montrée.

Ils bavardaient tous les deux depuis une heure, lorsqu'on frappa à la porte : Jacques se sentit mal à l'aise. il eut des pressentiments de Roblot, des avant-coureurs de Pyrou.

C'était Emile : Jacques respira en le voyant entrer, il était seul. Lorsqu'ils se furent embrassés, Caroline dit à son frère :

— Tu ne les as donc pas trouvés?

— Pas un seul, c'est une fatalité.

Jacques éprouva un plaisir secret à voir les étudiants se mettre ainsi dans leur tort. Il rentrait en possession de ses amis.

Il passa presque toute la journée avec eux au coin du feu, et ne les quitta que vers cinq heures pour remonter à Montmartre.

— Oui, mais vous viendrez déjeuner demain avec nous, dit Caroline.

— Fraterniser, reprit Foulogne.

Nous n'avons que trop peu de temps à nous voir, continua Caroline ; je vais sans doute trouver une place, Emile aussi, il faut donc profiter des deux au trois jours qui nous restent à être ensemble.

Combien d'argent avaient-ils au juste, et par quels sacrifices se l'étaient-ils procuré, c'est ce que Jacques lui-même n'a jamais bien su; seulement je crois que, de la succession de leur père, il leur restait quelques droits indivis qu'ils avaient dû vendre à perte pour deux ou trois cents francs.

Le lendemain matin, en arrivant, Jacques trouva sur la table des belles tasses dans de belles soucoupes, et devant la cheminée où il y avait un grand feu, un vrai feu de province, le chocolat qui achevait de bouillir.

Ce fut comme cela pendant huit jours. Jacques repartait pour Montmartre vers quatre heures, et ses amis le reconduisaient jusqu'au boulevard.

Mais le neuvième jour, il vit le revers de la médaille : Emile et Caroline déjeûnaient, mais ils ne dînaient pas; il comprit alors leur merveilleux appétit au repas du matin.

Ce soir-là, il avait prévenu chez lui qu'il rentrerait tard, et il s'était promis de rester à dîner avec ses amis. Il trouva Emile seul devant deux tisons qui fumaient mélancoliquement ; Caroline était sortie.

Jacques s'ennuya cruellement, et pour la première fois il comprit bien que ce n'était pas Emile tout seul qui le rendait si fidèle. A chaque instant, il était prêt à demander où était Caroline, mais il sentait ce qu'une pareille question avait d'indiscret et il n'osait la faire.

Enfin il se hasarda à poser une question indirecte.

— Ta sœur est bien longtemps.

— C'est vrai, dit Emile, elle est sortie pour aller à côté du Luxembourg faire une visite à Maret; et j'ai peur qu'elle ne se soit égarée. Si nous allions chez Maret.

Ils descendirent, mais sur le trottoir au coin de la rue de Beaune, ils rencontrèrent Caroline qui arrivait donnant le bras à un jeune homme.

Sylvain Maret était la dernière incarnation de la paresse. Il ne marchait pas, il se laissait aller, et dans les cas graves, il glissait. Il parlait avec des modulations adoucies et autant que possible par monosyllabes. Aussitôt qu'il voyait un siége, il s'asseyait; quand il causait dans la rue, il commençait par appuyer son bras sur l'épaule de quelqu'un, et pour peu que la conversation se prolongeât, il semblait disposer à y reposer sa tête.

Jacques lui lança un regard furibond, mais Sylvain, sans se laisser déconcerter, se contenta de dire :

— Si nous montions, nous pourrions nous asseoir un peu. Il y a loin de la rue de l'Est ici.

— Il s'implante pensa Jacques, c'est le commencement.

Ils montèrent, et Maret resta deux heures, enfin il se décida à se lever. A peine était-il au bas de l'escalier

— Va vite chercher la nourriture, dit Emile à sa sœur, nous mourons de faim.

Ils dînèrent avec un peu de fromage, une livre de pain et un litre de vin.

— Ce ne sont plus les dîners du *Grand-Turc*, dit machinalement Jacques.

— Non, mais c'est toujours l'amitié du *Grand-Turc*, n'est-ce pas Jacques ?

— Sans doute, dit celui-ci; mais il le dit froidement, cette misère le glaçait, et il ne se sentait pas de force à la supporter même dans ses amis.

Cependant cette impression s'effaça bientôt : on changea de conversation, on fut gai, on chanta, on fit ce qu'on appelait une fédération, et Emile se hâta de déclarer qu'elle était indissoluble.

Il était à peu près dix heures lorsque Mme Genty, que Jacques appelait « la Petite Souillon, » entra discrètement dans la chambre.

— Je voudrais vous dire un mot Mlle Foulogne.

— Oh! vous pouvez parler, madame, dit Caroline en montrant Jacques. Monsieur est l'intime ami d'Emile.

— Tu peux dire que c'est un frère, s'écria celui-ci.

— Mon Dieu, il n'y a rien de bien mystérieux, reprit la Petite Souillon; j'ai trouvé pour vous une place de troisième demoiselle dans la maison Chafflotte, Brassart et Hoefer.

Quand ils se retrouvèrent seuls tous les trois, ils n'osèrent pas se regarder; enfin, Jacques crut que c'était à lui de parler le premier.

— Voilà une heureuse affaire, dit-il.

— Oui, mais je te laisse seul, interrompit Caroline, en prenant la main de son frère.

Ils se turent encore.

— Pourquoi diable sommes-nous tristes? dit Foulogne. C'est notre première bonne nouvelle, et on dirait qu'elle nous désole.

— C'est que nous étions déjà faits à vivre tous les trois ensemble, dit Jacques, et qu'on s'habitue vite au bonheur.

— Mais Caroline aura ses dimanches.

— Il faut l'espérer.

— Et toi, Jacques, tu nous viendras.

— Sans doute.

— Hé bien, c'est égal, conclut Foulogne, j'aurais mieux aimé ne savoir cette bonne nouvelle-là que demain matin.

En remontant à Montmartre, Jacques était horriblement oppressé.

— Au surplus, fit-il, je verrai toujours Emile.

Puis, ayant fait quelques pas:

— Oui, mais je ne verrai plus Caroline.

Et quelques larmes lui montèrent aux yeux.

— Comme je les aime, continua-t-il, comme je les aime!

Déjà hypocrite avec son cœur, il cherchait à le tromper, mais ce cœur ardent et vierge n'accepta point ce mensonge, et fermement, quoique bien bas, il murmura:

— Comme je l'aime, comme je l'aime!

## CHAPITRE X.

### AMOUR.

Jacques avait désormais une occupation dominante, sa vie morale avait un centre, il y avait en lui et autour de lui un grand vide de comblé.

Après avoir constaté le sentiment qu'il commençait d'éprouver pour Caroline, il n'avait pas même songé à y résister. Sans aucune pensée de séduction, et plutôt avec des idées de fixité bourgeoise et d'établissement définitif, il se mit à caresser cet idéal d'une famille à trois.

Il se croyait tellement sûr de l'affection de ses amis, que l'absence de Caroline ne le fit pas trop vivement souffrir. D'ailleurs il devait la voir tous les dimanches, et il se flattait déjà de lui écrire.

Je ne sais si ce sentiment tendre et partagé serait devenu une grande passion, et s'il ne se serait pas éteint de lui-même dans un commerce prolongé et amical; mais différentes circonstances, en l'irritant, contribuèrent à lui donner plus de vivacité.

Jacques, séparé de Caroline et pensant à elle toute la semaine, s'était promis de grandes joies des premiers dimanches de printemps.

Le deuxième dimanche d'avril il arriva de Montmartre tout joyeux: il devait aller à Fontenay-aux-Roses avec ses amis. C'était un projet qu'il avait formé dans sa tête sans le leur communiquer, et il se réjouissait de leur faire une agréable surprise.

Il monta fort allégrement les trois étages de l'hôtel du Pérou, mais son allégresse se refroidit sensiblement lorsque, dans la chambre, il aperçut Roblot, Dourdan et Pyrou, et debout près de la cheminée, Caroline, tête nue il est vrai, mais habillée cependant comme une personne prête à sortir.

Les trois étudiants qui n'aimaient pas Jacques, quoiqu'ils le connussent peu, ricanèrent méchamment en le voyant, Caroline fit effort pour paraître naturelle, et Emile lui-même sembla gêné. Il alla à la fenêtre avec Jacques et se penchant un peu, il lui dit tout bas :

— Mon pauvre garçon je suis bien contrarié; voilà ce qui nous arrive : c'est la fête de Mme Genty, elle nous a invités à déjeuner avec les camarades de son fils, et elle veut que nous dînions aussi, mais assurément nous n'en ferons rien. — Est-ce que tu retournes dîner ce soir à Montmartre.

— Je n'en avais pas l'intention, mais si cela devait vous gêner...

— Tu nous désobligerais de ne pas rester, interrompit Foulogne; et si le déjeuner dure longtemps, Caroline ou moi nous trouverons bien moyen de nous échapper quelquefois et de venir te tenir compagnie.

Jacques ne se sentit pas le courage de répondre non, mais lorsqu'ils se retournèrent, il avait des larmes dans les yeux, et il se sentait tellement pris à la gorge par le dépit et le chagrin, qu'il n'osait parler..

Les étudiants causaient entre eux et fumaient sans s'inquiéter de lui. Roblot, qui était du pays de Caroline, et qui la tutoyait, l'accaparait avec affectation.

Cela dura dix minutes. Jacques devenait de plus en plus rouge.

Tout à coup Alphonse Genty entra, et après avoir serré la main de ses camarades et dit à Jacques un bonjour plus qu'indifférent, il s'inclina cérémonieusement devant Caroline, et d'une voix importante :

— Nous sommes servis, cria-t-il.

On se dirigea en masse vers la porte, et il y eut un peu de confusion.

Au moment de sortir, Alphonse s'arrêta sur le seuil et regarda Jacques avec un demi sourire comme pour lui dire : « Eh bien! vous ne venez pas, mon petit ? » Tandis que Caroline, elle aussi, le regardait avec une expression qui implorait patience et pardon.

Quand la porte se referma, Jacques entendit Roblot qui disait, sans baisser la voix :

— Il est joliment attrapé.

Il revint à la fenêtre et se laissa tomber plutôt qu'il ne s'assit. Elle était ouverte, et en face, par-dessus un mur, on voyait un grand jardin avec des lilas en fleur et des marronniers qui, sous le soleil du matin, déplissaient leurs tendres feuilles. Malgré sa douleur et sa sombre préoccupation, cette vue et le pénétrant parfum de la sève lui rappelèrent son projet et ses espérances. Il se vit à la campagne avec Emile et Caroline. Ils couraient dans les herbes déjà molles et fleuries; ils s'asseyaient dans les bois déjà pleins de fraîcheur et de verdure; ils marchaient dans les cavées de la Vallée-aux-Loups, sous la voûte déjà ombreuse des érables et des coudriers; elle s'appuyait tendrement sur son bras : il lui parlait tendrement à l'oreille; et pendant qu'Emile sommeillait au pied d'un chêne, assis non loin de là tous les deux, il la contemplait avec ravissement, et elle se laissait contempler avec bonheur; il s'enhardissait, il cédait à son cœur, il disait son amour, et frémissante sous sa parole, émue sous son regard, enivrée des vertigineuses séductions du printemps, elle ne s'éloignait pas, elle l'écoutait, elle souriait, et ils restaient la main dans la main, les yeux dans les yeux. Ah! la belle promenade, la douce ivresse. .

Longtemps il la fit cette promenade; mais le contraste de la réalité avec son rêve ne l'en étreignit que plus cruellement. Ce bonheur, dont l'espérance seule le transportait si follement, il allait peut-être le perdre. Par la scène qui venait de se passer, il se sentait menacé, presque évincé. Si Caroline allait lui échapper, si l'un de ses hommes allait se faire aimer d'elle : Genty était bien mielleux depuis quelque temps, Roblot lui prenait bien souvent la main.

Ce fut dans ces douloureuses réflexions qu'il attendit trois heures : à la fin, fou de colère et d'orgueil, il allait repartir pour Montmartre, lorsque Caroline rentra.

Elle le regarda et courut à lui :

— Qu'avez-vous? votre figure est bouleversée ; pauvre ami, vous vous êtes bien ennuyé ?

— Non, j'ai souffert, dit sèchement Jacques en retirant sa main, qu'elle voulait prendre.

— Pourquoi vous fâchez-vous? ce n'est pas ma faute.

Et alors elle entra dans ces détails qui ne sont des raisons que pour les femmes. Mme Genty lui avait montré les robes de sa fille, ces robes à elle, les dentelles qui avaient servi pour une noce, et le chapeau qui devait servir pour un baptême ; puis il était venu une demoiselle *des amis*, une demoiselle très aimable. Précisément, sa cousine était de Caen, et par un fait exprès, elle habitait en face du magasin de Caroline. Naturellement, on avait beaucoup causé, puis cette demoiselle, qui demeurait à côté, rue de Lille, avait prié ces dames d'être assez gracieuses pour la reconduire chez elle. Elle leur avait montré son logement. C'était très joli, très propre ; il y avait des tapis partout, et une armoire à glace achetée par le système des à-comptes. La demoiselle lui avait donné l'adresse du marchand, et elles devaient y aller le dimanche suivant, de deux à cinq heures.

Jacques fut abasourdi de ce flot de niaiseries débité avec volubilité, et avec une gaieté irritante; plus Caroline parlait, plus sa colère augmentait; mais sur le dernier mot, il éclata.

— Ainsi, lui dit-il, ce n'est pas assez de perdre ce dimanche, il faut que nous perdions l'autre : en vérité, je ne vous comprends pas;. aujourd'hui, vous déjeunez avec des espèces de brutes et chez des gens que vous n'estimez guère, et dimanche, vous irez courir avec une folle que vous ne connaissez pas du tout.

Caroline, à son tour, se redressa pâle de colère.

— Vous êtes injuste, monsieur Jacques, lui dit-elle; ces jeunes gens ne sont point des brutes, ce sont les amis de mon frère ; et quant à mes sorties, je suis libre de mes actions, je crois.

Jacques était allé trop loin, il le sentit ; mais il était malheureusement dans sa nature de ne jamais convenir de ses torts, au moins sur-le-champ, et de les exagérer quand c'était possible. Il se mordit les lèvres, et voulant savoir au juste jusqu'où allait son influence sur Caroline, il lui dit d'un ton d'interrogation impérative :

— Est-ce que vous dînerez ce soir avec ces gens d'en bas ?

— J'espérais que non, répondit-elle, et je me faisais une fête de dîner avec vous ; maintenant, c'est autre chose.

— Alors, je vais remonter à Montmartre.

— Comme vous voudrez.

— Où est Emile ?

— Au café, avec ces messieurs.

— C'est juste, quand on est avec ces messieurs, on est au café. Adieu, Caroline, amusez-vous bien.

— Je tâcherai.

Jacques descendit, mais il n'alla pas à Montmartre. Par une lâcheté qu'il ne s'expliquait pas lui-même, il alla droit au café; malgré la répugnance que lui inspiraient les trois jeunes gens, et l'inutilité d'une pareille démarche.

Au bout de deux heures qui lui parurent éternelles, les amis se décidèrent à abandonner le café ; mais, à la grande surprise de Jacques, ce ne fut point du côté de la rue de Verneuil, où il avait espéré revenir avec eux, qu'on se dirigea.

— Où allez-vous donc? demanda-t-il à Emile.

— Ces dames sont au Luxembourg, et nous devons les y rejoindre.

— Est-ce que Caroline y est aussi ?

— Je le pense. Tu viens avec nous, n'est-ce pas ?

— J'ai l'air de gêner tes amis.

— Au contraire, tu leur fais plaisir ; ce sont de bons et nobles cœurs, sous une enveloppe grossière, et ils comprennent, sois-en sûr, les délicatesses de l'amitié. Vous vous entendrez un jour, leur cœur battra à l'unisson du tien, et nous ferons tous ensemble une fameuse fédération.

Jacques se laissa traîner au Luxembourg plutôt qu'il n'y marcha de bon cœur.

Caroline affecta, en le voyant, une surprise qui lui parut exagérée, et elle se promena pendant une demie-heure au bras d'Alphonse Genty.

Alors la colère, le désespoir et la jalousie le poussèrent à bout, il eut peur de lui-même et sans la prévenir, sans la regarder, il s'éloigna.

— Oui, se dit-il avec rage, cette promenade qu'elle n'a pas voulu faire, je la ferai tout seul; ces joies du printemps qu'elle a dédaignées, tout seul, je les goûterai.

Et par la rue d'Enfer, Montrouge et Chatillon, il gagna Fontenay.

Mais ces joies dont il voulait jouir, il n'y pensa guère : le cœur gonflé, la tête basse, il marchait rapidement. Son esprit était à Paris, auprès de Caroline, il n'était point aux distractions du chemin, point aux frais et moelleux horizons, point aux parfums des arbres en fleur, point aux petits cris amoureux des hirondelles qui tournoyaient en se poursuivant.

Il savait dans les bois d'Aulnay une joyeuse clairière qui lui avait paru si bien faite pour des amants, qu'il s'était promis d'y amener Caroline. Il y alla, c'était une sorte de vengeance, de profanation : ce fut pour lui une cruelle épreuve. Il n'était point assis depuis cinq minutes, qu'il vit venir dans un étroit sentier un jeune homme et une jeune femme qui marchaient côte à côte en se tenant enlacés : ils étaient si peu aux choses de la terre, ils étaient si bien absorbés en eux-mêmes, que ce fut seulement lorsqu'ils se trouvèrent devant lui qu'ils l'aperçurent : tous deux ils rougirent et confus ils se regardèrent; mais ils ne se quittèrent point et continuèrent leur route : quand ils eurent disparu sous le taillis, on entendit un doux murmure de paroles, et de sonores baisers. Cette vision d'amour fit à Jacques un mal horrible : lui aussi il eut pu être heureux, et il était seul. Alors ses larmes longtemps contenues lui échappèrent, et se cachant la tête entre ses mains, s'enfonçant dans l'herbe, il pleura longtemps. Par la profondeur de sa souffrance, il put voir quelle était la force de sa passion.

Il rentra à Montmartre le cœur gros de chagrin, le corps brisé de fatigue.

De telles scènes et de telles journées se renouvelèrent encore, sinon avec la même intensité de douleur, au moins avec le même caractère de domination chez tous deux, de jalousie chez Jacques. Mais il était déjà trop follement épris, trop absolument dompté pour bien juger son amour et sans enthousiasme envisager l'avenir; aussi ces luttes, loin de l'éclairer sur sa propre nature et sur celle de Caroline, lui troublèrent-elles les yeux, en l'exaltant chaque jour davantage.

Tantôt Caroline cédait, et lorsqu'ils avaient un peu d'argent, ils allaient dîner au Palais-Royal, *palaisroyaliser*, comme ils disaient; tantôt elle se révoltait et s'étonnait des emportements de Jacques; elle n'en voyait, prétendait-elle, ni la raison ni le droit; elle menaçait de ne plus sortir de son magasin le dimanche et de ne plus venir chez son frère, si c'était pour y être exposée à des scènes continuelles de méfiance et de reproche.

Vers le milieu de mai, je ne sais au juste à quelle époque et pour quelle cause ce fut, Caroline, momentanément sans place, passa quelques jours rue de Verneuil. La joie de Jacques n'eut pas de bornes; il arrivait dès le matin et ne repartait que le soir. Emile leur tint compagnie les deux premiers jours, mais le troisième il fut forcé d'aller au café donner une revanche à Roblot.

— Pauvre Emile, dit tristement Caroline, il s'ennuie, il est toujours sans place. Oh! vraiment nous n'avons pas de chance, et Paris ne nous a pas porté bonheur.

Jacques fit un geste comme pour se justifier.

— Je ne vous accuse pas, continua-t-elle, je ne me plains même pas; nous vous avons connu, Jacques, et nous pouvons bien payer ce bonheur par un peu de misère. Vous savez bien que je suis votre petite sœur et que je vous pardonne d'avance toutes vos cruelles colères ; vous n'êtes si rageur que parce que vous croyez qu'on ne vous aimepas.

Commencée sur ce ton, la conversation devait aller loin. Pour Jacques le moment était décisif, solennel, ils étaient seuls, l'heure était venue.

Il se mit à parler à mi-voix, les yeux baissés, tantôt avançant la tête dans la cheminée où il y avait un peu de feu, tantôt la cachant entre ses mains ; il était décidé, mais c'était à condition qu'il ne rencontrerait pas ces beaux yeux qui savaient si irrésistiblement l'émouvoir, le contenir ou l'exalter.

Il raconta une à une les misères et les espérances de sa jeunesse; il ne cacha rien des épreuves qu'il avait traversées dans ces derniers temps, de l'affection qui s'était emparée de lui, des jalousies insensées qui le torturaient, des obstacles qu'il voyait partout. Il termina ainsi :

— Je vous ai dit tout cela malgré moi, Caroline, ne m'en veuillez pas, et même quand cela vous blesserait, ne me chassez pas, j'ai besoin de vous, vous le savez, vous êtes ma gaieté, mon bonheur, ma vie.

Il se tut : son sang s'était arrêté dans ses veines, il tremblait et n'osait pas la regarder.

Il faisait clair et gai dans la chambre, et par la fenêtre entraient des rayons de soleil.

Il l'entendit remuer légèrement et il lui sembla qu'elle se penchait sur lui : sans faire un mouvement, sans relever les paupières, il attendit, dans une angoisse poignante, son cœur ne battait plus. Alors il ressentit une commotion profonde, un frisson délicieux et mortel.

De ses lèvres elle avait effleuré son front.

Haletant, éperdu, il leva les yeux sur elle ; elle le regardait rouge et souriante.

Il bondit pour la prendre dans ses bras ; mais dans un transport de sainte émotion, il lui saisit les mains, — ces mains blanches aux doigts effilés qu'il avait si souvent contemplées, — et pour elle il fut rempli d'un sentiment d'admiration.

Il se mit à genoux, et il la regarda, lui aussi avec un sourire.

Jamais ils n'avaient encore été, jamais plus ils ne furent si heureux.

Ils étaient purs, ils étaient confiants, ils pouvaient s'embrasser et ils ne le faisaient point; ils pouvaient se parler et ils ne se disaient rien ; le bonheur le plus grand qui soit au monde, ils le possédaient, et ils avaient envie de pleurer.

Ils restèrent longtemps ainsi, ne cherchant ni à s'excuser envers eux mêmes, ni à se donner aucune explication : ils se sentaient pris malgré eux, entraînés d'une égale ardeur, et ils avaient trop conscience de la brièveté de leur bonheur pour le troubler en rien.

Lorsque Foulogne en rentrant, rompit cette extase, il ne put cacher un mouvement de surprise, en entendant Caroline dire à Jacques :

— Lève-toi et donne ta chaise à Emile.

— Tiens, tiens, on se tutoie donc, fit-il moitié riant, moitié sérieux.

— Oui, dit Caroline avec sa fermeté douce, puisque je suis la sœur de Jacques quand nous serons entre nous, je le tutoirai.

— C'est bien ce que tu fais là, s'écria Foulogne ému ; il y a longtemps que je voulais te le demander ; sacrebleu, c'est aujourd'hui la fédération du tutoiement.

Pauvre Emile ! c'était une bien autre fédération qui s'était accomplie ce jour-là.

Jacques et Caroline lui semblaient tout drôles, comme il disait; il les regardait avec des yeux étonnés, il riait de leurs distractions, il était à la joie de son cœur de les voir si d'accord.

Mais eux, ils avaient pour lui des tendresses, des prévenances ; ils reversaient sur lui le bonheur qui les étouffait. Ils étaient honteux de lui cacher quelque chose, de le tromper si gravement, et ils voulaient s'excuser à leurs propres yeux à force de gentillesse et de bonté.

Quoi qu'ils fissent, cependant, c'était souvent à peine s'ils le voyaient ; ils allaient par la chambre se souriant l'un à l'autre, remarquant avec surprise combien leurs yeux étaient beaux et remplis d'expression. Ils se parlaient sans attacher un sens précis à leurs paroles, seulement pour entendre résonner leur voix, à laquelle ils trouvaient des charmes inconnus : ils découvraient dans cette voix un timbre, un accent, une musique, tout cela qui venait de naître et qui n'existait point dix minutes auparavant.

Il semblait à Jacques que le visage de Caroline rayonnait d'une joie céleste, et il se sentait pris pour elle d'un respect sans égal. Oh ! comme elle était montée en dignité depuis le matin ! Ce n'était plus une femme : la jeune fille, dans ses vêtements gris qui faisaient des plis si souples et si chastes, devenait dans son imagination une vierge de Prudhon.

Ce jour-là commença pour lui une vie nouvelle ; il cessa de s'appartenir.

Avec ce baiser sur son front, elle avait cueilli son âme.

---

## CHAPITRE XI.

### A QUOI SERT UN RIVAL.

On sait que Jacques habitait à Montmartre : il logeait dans sa famille, comme il disait un peu emphatiquement : cette famille se composait d'un cousin germain, de sa femme et de leur enfant.

M. Levêque était notaire : c'était un homme sévère et laborieux, très honnête, qui s'intéressait à Jacques, et qui étant d'une bonne foi parfaite ne suspectait jamais celle des autres : — en dehors des affaires d'étude bien entendu, car là il était délié, habile et pénétrant.

Quelque temps après son arrivée à Paris, Jacques avait dû se résigner à cet aveu pénible, qu'il n'était pas reçu à l'Ecole normale.

— Mais alors quo vas-tu faire? lui dit son cousin.

Jacques prit deux ou trois jours pour réfléchir.

Il réfléchit beaucoup à ce qu'il ne ferait pas. Il faut bien le dire, cela dut-il lui enlever toute sympathie, le démon de la littérature, — pour parler congrument, — s'était emparé de lui : il voulait écrire, il voulait étudier librement, mais il n'osait le déclarer avec franchise. Il eut très volontiers et très gaillardement, dès cette heure, embrassé la vie d'aventure qu'il devait mener plus tard, et il l'eut fait d'autant mieux, qu'il ne la connaissait pas, mais comme tous les gens timides n'osant lutter, il prit le parti de mentir.

Il mentit avec art, suite et profondeur.

Il comprit que, créant une situation, il fallait la créer solide et durable; et comme il savait qu'on ne contrôlerait pas ses assertions, il annonça qu'à partir de tel jour, — il l'indiqua, — il suivait les cours de *l'école des langues orientales vivantes*.

Il avait choisi cette école pour plusieurs raisons : d'abord, parce que c'était une des rares écoles libres qu'il pût désigner ; ensuite, parce que beaucoup de ses élèves sont plus tard employés par le gouvernement, perspective qui devait séduire sa famille ; enfin, parce que son cousin, étant parfaitement étranger aux études qui s'y poursuivent, il pourrait, quand cela serait nécessaire, inventer une gradation de difficultés vaincues et de science acquise, et même, s'il le fallait absolument, lui parler arabe ou indoustani, à la seule condition de ne pas employer le mot sacramentel : *mamamouchi*, le seul que connût M. Lévêque.

Tous les matins il partait donc avec son déjeuner dans sa poche.

Il commençait par ne pas aller à *l'école des langues orientales vivantes*, où il ne mit jamais le pied, et il se dirigeait vers la rue de Verneuil.

Il y trouvait Foulogne parfaitement endormi, et près duquel il jouait le rôle du corbeau d'Elie, c'est-à-dire qu'il partageait avec lui son déjeuner.

— Comment, il est dix heures s'exclamait Emile ; après ça, ce n'est pas étonnant, je suis resté cette nuit jusqu'à trois heures à ma fenêtre où j'ai fumé dix-sept pipes en réfléchissant aux difficultés de la vie et à une nouvelle organisation sociale : je crois avoir trouvé quelque chose.

— Pour toi ?

— Non, pour l'humanité.

Après le déjeuner, Jacques disait à son ami :

— Viens-tu à la bibliothèque ?

— Attends un peu.

Et tout en s'habillant, il se demandait gravement :

— Voyons, ai-je fini *Mauprat* la dernière fois, je crois que oui : c'est fièrement beau. Qu'est-ce que je vais lire aujourd'hui ? Mais pourquoi faire des cérémonies, je n'ai seulement pas de quoi prendre une choppe, je vais avec toi ; le temps seulement d'acheter pour un sou à fumer.

Souvent Jacques venait seul, et alors ses goûts studieux, son avidité d'apprendre lui faisaient oublier ses inquiétudes, ses espérances et même son amour. Il passa là des heures ardentes, lisant, comparant, méditant et prenant notes sur notes ; il se préparait déjà aux grands travaux qui plus tard devaient fonder sa réputation.

Vers l'heure du dîner, il remontait chez son cousin, et il passait ses soirées à se promener dans un petit jardin attenant à la maison, à lire, à songer, à songer surtout, à penser à Caroline, à faire de beaux rêves, à se rappeler de doux souvenirs. C'étaient ses heures les plus remplies, les mieux remplies de la journée : il s'arrangeait une vie calme et heureuse, vie d'amant et d'artiste ; il entrevoyait le moment, pas très éloigné peut-être, où s'étant conquis un nom, où étant quelqu'un dans la foule, il pourrait aller trouver sa mère et lui dire : J'aime une jeune fille belle, noble et bonne, j'ai mis tout en elle ; veux-tu que je la prenne pour femme. Et à la seule pensée de cette existence de famille qu'il avait toujours envieusement désirée, il était pris d'une exaltation fiévreuse et folle. Il courait à sa chambre, et dans des lettres où débordaient la jeunesse, l'entraînement, la poésie, il disait à Caroline, avec une passion brûlante et respectueuse tout à la fois, ses espérances et ses projets : il lui disait combien déjà elle l'avait fait heureux, et combien plus elle pouvait le faire encore, et lui, l'esprit méditatif si malhabile aux affaires de ce monde, il entrait dans de puérils mais délicieux détails, et pour elle il bâtissait un paradis d'amour, un idéal de béatitude parfaite, auquel hélas ne manquaient que la raison et l'expérience.

Cette félicité fut bientôt troublée par deux ordres d'incidents.

Un jour, en achevant leur frugal déjeuner, Foulogne dit à Jacques en lui tapant sur la cuisse :

— Tu ne sais pas une bonne nouvelle : Farin arrive dans quinze jours, et je crois qu'il logera avec moi. Comme Caroline va être contente.

Jacques avait entrevu Farin pendant le voyage de Caen : c'était un gros garçon qui lui avait paru assez lourd et très vulgaire, mais pour lequel il avait une affection de confiance, à force d'entendre répéter à Caroline et à Emile que Farin était un prodige de dévouement.

— Pour nous, disait Emile, Farin passerait par le trou d'une serrure.

Cette nouvelle contraria un peu la jalousie de Jacques, mais il en prit assez vite son parti.

La fin de la journée lui gardait une plus rude secousse.

En rentrant, il trouva M. Lévêque en train de lire le *Constitutionnel* ; du plus loin qu'il l'aperçut, son cousin lui cria, en frappant sur le journal :

— Eh bien! tu ne m'avais pas dit ça.

Jacques eut des affres terribles.

— Quoi donc? demanda-t-il en essayant de se donner une contenance.

— Parbleu, l'époque de vos examens; comment, c'est dans quinze jours, et tu ne m'en parle pas.

— Ah! je suis bien préparé, répondit Jacques, et si vous voulez, je peux vous traduire le *Constitutionnel* en hindoui ou en hindoustani; je vous assure que c'est très intéressant.

— Non, non, je te remercie.

Cependant, malgré cette forfanterie, Jacques ne souffla mot pendant le dîner.

— Que le diable emporte les journaux, pensait-il tout bas. Que vais-je faire : c'est encore bien heureux que je sois averti, sans cela je n'en aurais rien su.

On pourra s'étonner que Jacques se fut habitué à vivre dans une situation aussi fausse, aussi dangereuse, aussi contraire à ses principes et à ses instincts. Mais les passions ont une logique qui n'est ni celle de la raison pure, ni celle de l'expérience; et il s'amnistiait, à ses propres yeux, par plusieurs excuses qui lui semblaient assez valables.

D'abord, il ne refusait nullement de travailler, seulement il avait décidé d'embrasser la profession littéraire, et en présence des obstacles qu'il était sûr de rencontrer, il n'avait d'autre voie et d'autre issue que la ruse.

Ensuite, il ne lui semblait pas qu'il fît rien de contraire à la délicatesse, et s'il imposait à sa mère des sacrifices qu'il eût dû lui épargner, il s'en innocentait avec la certitude de sa future réussite.

Et il laissait la situation se prolonger, parce que, comme tous les gens timides, il se flattait qu'elle se dénouerait d'elle seule. Je ne prétends pas d'ailleurs que le bien-être dont il était entouré et auquel il s'était habitué, ne l'eût amolli et corrompu, et que sans ce bien-être il se fut répété avec même complaisance, que le nuage devait se déchirer bien assez vite, l'orage gronder bien assez fort, sans qu'il se mît en peine de l'aider et de le précipiter.

Il regardait donc de ce côté de son avenir comme on envisage les malheurs inévitables, avec un fatalisme résigné. Son amitié pour Emile et son amour pour Caroline, lui présentaient, d'ailleurs, dans ce même avenir, une compensation splendide, avec laquelle, selon lui, rien n'entrait en balance; et il s'était si bien accoutumé à ne plus séparer leur destinée de la sienne, qu'entre son propre avenir et le leur il ne faisait aucune distinction, il ne voyait aucune différence.

Qu'on se représente ce qu'était Jacques à cette époque : un esprit très cultivé, une âme très fière, un cœur très plein, et l'on comprendra qu'il y avait là de quoi faire de grandes choses, se conquérir une belle place au soleil, si les circonstances venaient en aide ; comme il y avait aussi de quoi faire de grandes sottises et se jeter dans des abîmes si les ressources venaient à manquer.

Que Jacques se fut trouvé placé dans des conditions de fortune non exceptionnelles, mais ordinaires, sa vie eut roulé sans la moindre secousse, et il n'eut connu de la souffrance que ce que tout le monde en connaît; mais il se trouvait condamné à vivre dans une atmosphère de difficultés, et il en reçut, dès ce moment, un pli ineffaçable.

Il lui fallait toute la robuste bonne foi de la vingtième année, toute sa puissance d'illusion, tout son besoin absolu de désirs pour regarder autour de lui sans effroi et sans désespoir, pour croire qu'il y avait des routes ouvertes et praticables, pour se figurer que son idéal n'était point une chimère.

Réduit à lui-même, dissuadé par ses proches, éclairé par la comparaison, son esprit pénétrant eût assurément fini par remettre les choses à leur place, par rendre aux objets leur vraie perspective, et par soulever le voile qui lui cachait la vie.

Ce fut ce qui le soutenait alors et ce qui l'exaltait, qui le perdit. Si Caroline, si Emile n'avaient pas tant cru en lui, il n'y eut peut-être pas cru du tout, et il eut accepté le monde selon le bon sens, au lieu d'entreprendre de le former selon sa folie. A force de se voir, de se parler, de ne compter que les uns sur les autres, ils avaient fini par se croire isolés au milieu de la société, et se croire isolé, c'est l'être. A l'instigation de Jacques, le frère et la sœur avaient fait mauvaise mine aux étudiants et aux gens de l'hôtel, et toutes les relations étrangères avaient à peu près cessé.

Alors les réunions du dimanche avaient pris un caractère d'exaltation maladive et de tendresse douloureuse ; on se plaignait de l'isolement, mais on s'en glorifiait. « Nous sommes des martyrs, se disaient-ils tous les trois, parce que nous ne voulons pas aplatir nos âmes, courber nos volontés; on nous raille, on nous insulte, on nous persécute parce que nous désirons mieux et que nous visons plus haut que les autres. » Au fond, personne ne songeait à les railler ou à les persécuter, mais ils étaient ulcérés de la mauvaise fortune, et, comme ils ne pouvaient la prendre à partie directement, il fallait bon gré mal gré que certains individus de leur connaissance fussent condamnés à la représenter et à payer pour elle.

Lancés dans cette direction, ils y allaient grand train, ils ne pouvaient plus s'arrêter : pour Jacques, Caroline était la plus chère et la plus sainte des victimes; pour Emile, Jacques était, selon son expression, « l'ange de l'amitié. » On s'étourdissait ainsi, on se grisait de sourires, de larmes et de caresses.

Ce qui donnera bien une idée de leur élévation naïve, de leur bonne foi, et en même temps de leur manque de sens pratique, c'est que jamais Foulogne n'avait dit à Jacques : « Aimes-tu ma sœur ? » C'est que jamais Jacques n'avait dit à Foulogne : « Ta sœur sera ma femme ! » Il y avait entre eux comme un pacte non avoué, comme un sous entendu [illegible] bon goût, comme un mystère de pudeur. Ils jouissaient si délicieusement de leur commerce, ils étaient si fiers de ce qu'il avait d'exceptionnel, ils se trouvaient si heureux de marcher sur la crête des monts sans avoir le vertige, qu'il leur aurait semblé s'abaisser en acceptant les conventions humaines et les formules légales.

Cette quiétude dans son amour cessa, pour Jacques du moins, par l'annonce de l'arrivée de Farin.

Il vit Emile si heureux, Caroline si anxieuse et comptant les jours avec tant d'impatience, qu'il se sentit plus sérieusement menacé que par les étudiants.

La lutte ne s'engageait plus sur le même terrain : Farin était après lui le meilleur ami d'Emile; de plus, il avait aimé Caroline, et il avait été entre eux, autrefois question de mariage. Ses lettres, assez rares, étaient très affectueuses, très tendres même ; il y exprimait, il est vrai, un vif désir de connaître Jacques, et un ferme propos d'être son ami, mais que subsisterait-il de cette intention, au contact quotidien et au choc des intérêts rivaux?

Pendant les quelques jours qui précédèrent l'arrivée de Farin, Jacques fut très agité, très partagé. Déclarerait-il la guerre à son rival? ou bien s'en rapporterait-il à Caroline, sans l'influencer en rien, en la laissant dans toute la liberté de son cœur?

Avec ses hésitations craintives, son effroi des explications, sa timidité d'amant, sa jalousie boudeuse, avec aussi une certaine fierté d'amour-propre, ce fut à ce dernier parti qu'il s'arrêta, et pendant deux dimanches consécutifs, il ne descendit point à Paris : ceux qui ont connu l'amour et la jalousie comprendront ce qu'il dût souffrir.

Pendant ces deux dimanches, Caroline avait emporté Farin avec elle au Luxembourg, aux Tuileries, au Louvre, et lui avait montré de Paris tout ce qu'on en peut voir sans argent.

D'abord, elle avait été suprise de l'absence de Jacques, puis chagrinée, puis elle avait cru à un accès de dépit qui passerait vite; mais quand elle le vit si obstiné, elle prit peur et s'affligea tout à fait; elle lui écrivit, et ce fut le pauvre Farin qui paya pour tous deux, pour ses propres inquiétudes à elle, et pour la jalousie de Jacques.

C'était un type que Farin : il était courtaud, noir et velu, voilà pour le physique; il était raisonneur et farouche puritain, voilà pour le moral. Il avait fabriqué pour sa bêtise un bouclier impénétrable. « Je n'ai pas d'esprit, moi, disait-il, mais j'ai du jugement. » Il affectait aussi la franchise, et, comme il était sournois ainsi que le sont la plupart des imbéciles qui se sentent vaguement quelque chose à cacher sans savoir quoi, il mettait beaucoup de brusquerie dans ses allures, et il entrait dans les appartements comme un grenadier qui va à l'assaut. Il buvait d'un trait, fumait avec profondeur, et restait quelquefois pendant deux ou trois heures, le pied appuyé sur le rebord de la fenêtre, ayant l'air de penser à quelque chose et ne pensant à rien. Après la franchise et le jugement, sa plus grande prétention était la bonté. C'était celle qui avait été la mieux acceptée par ses amis, et pour cela il n'avait eu qu'à leur répéter un certain nombre de fois « je suis bon, je ne peux pas voir souffrir; » dans le monde indifférent et affairé comme il l'est, on peut ainsi, sur sa propre parole et sans plus de preuves se faire passer pour bon, loyal, sincère; seulement il est plus difficile de dire : « Je suis spirituel, » non parce que cela blesse la modestie, mais parce que l'esprit reluit et éclate de lui-même sans avoir besoin de s'affirmer.

Le profond jugement de Farin, aidé des bourrades d'Emile, et des froideurs bien évidentes de Caroline, ne tarda pas à lui révéler que son amour était en péril, et qu'il avait dans Jacques un rival dangereux, un ennemi déclaré.

Lui si bon et si franc, il en fut abasourdi.

Mais lorsqu'au bout de quelques jours, il eut été violemment forcé de comprendre que la partie n'était pas égale, il résolut d'avoir une déroute mémorable, et de semer sa retraite d'actes glorieux et de traits héroïques.

Un jour de septembre, par un chaud soleil de midi, rencontrant Jacques chez Foulogne, il s'approcha de lui d'un air sombre et décidé :

— Voulez-vous sortir avec moi, demanda-t-il.

— Volontiers, répondit Jacques qui s'attendait à une explication décisive et qui se promettait de la rendre incisive.

Ils traversèrent le pont Royal.

Farin ne disait mot.

Arrivés au bout du pont, ils suivirent le quai qui longe les Tuileries, les trottoirs brûlaient les pieds et la reverbération du mur éblouissait les yeux.

— Il fait trop chaud, se dit Jacques, ce sera pour les Champs-Elysées.

Ils traversèrent la place de la Concorde, suivirent tout le Cours-la-Reine, et s'engagèrent dans les rues de Chaillot.

Farin soufflait beaucoup, mais n'articulait pas une parole. Jacques attendait avec résignation.

Quand ils furent dans une espèce de ruelle écartée, Farin s'arrêta et regarda Jacques d'un air sinistre, puis il fouilla dans sa poche.

— Il cherche peut-être son couteau, se dit celui-ci.

Il cherchait sa pipe. Uue seconde fouille amena du tabac, une troisième une allumette. Farin fit quelques pas du côté de la muraille avec la démarche d'un homme qui va mourir ou immoler son semblable, frotta son allumette contre le mur, et quand sa pipe lui parut dans un état satisfaisant, il redescendit lentement vers la Seine, suivi de Jacques, qui n'y comprenait rien.

Lorsqu'ils furent sur le quai, il faisait un soleil infernal; Farin s'arrêta, frappa du pied avec impatience, et d'une voix étranglée par la colère ou par... la soif, il s'écria :

— Nous ne pouvons pourtant pas toujours marcher comme ça.

— C'est mon opinion, dit Jacques, réprimant à grand peine une furieuse envie de rire.

— Entrons dans un bouchon, et buvons un litre ou deux, par ce temps chaud les rafraîchissants sont mauvais.

Non-seulement ces litres il les but seul et rapidement, mais il les but avec une expression sublime. C'était un poëme. Telle verrée exprimait l'espérance déçue, telle autre, la conscience indignée; il y avait des gorgées qui ressemblaient à des sanglots.

Quand ils sortirent du bouchon, un incident imprévu se déclara : la douleur, le soleil, et peut-être un peu aussi les litres avaient complètement grisé Farin. Il était scandaleusement ivre. Il se pendit au bras de Jacques.

— J'ai très mal à la tête, dit-il, est-ce que vous y avez mal aussi vous ?

— Non, mais marchons un peu, votre indisposition se dissipera.

— Je ne crois pas, murmura Farin qui, vétéran de la bouteille, avait conscience de son état; je n'ai pas envie de marcher, j'ai envie de m'asseoir.

— Nous ne pouvons pourtant pas rester sur le quai de Chaillot.

— Hé bien, écoutez, reprit Farin en regardant Jacques avec tendresse, malgré nos dissentiments, vous pouvez me rendre un grand service... Si vous alliez me chercher une voiture...

— A la place des Victoires? non, merci.

Mais l'idée de voiture était entrée dans l'esprit de Farin; il en fit arrêter une qui passa, et dans laquelle il persista à faire monter Jacques.

— Rue de Verneuil, dit-il au cocher.

Et il s'allongea sur les coussins en murmurant:

— Gredin de mal à la tête, va, j'étais si bien décidé.

A la place de la Concorde, il changea d'avis : son état expirait; il se fit conduire au logement qu'il avait pris depuis peu.

Jacques revint tout seul à la rue de Verneuil, où il trouva Emile fort inquiet :

— Hé bien, s'écria celui-ci que s'est-il passé? Farin est méchant quand il s'y met. Que te voulait-il? Que t'a-t-il dit? Que t'a-t-il fait?

— Il ne m'a pas dit grand chose, mais ses procédés sont fort honnêtes, il m'a payé des litres et une voiture.

L'aventure fut connue de Caroline, et elle ne tourna pas à l'avantage de Farin.

Je ne sais ce qui se passa d'elle à lui, mais le dimanche qui était le quatrième de son séjour à Paris, Jacques, en arrivant chez ses amis, ne le trouva pas dans la chambre, non plus que Foulogne.

— Te voilà bien content, lui dit Caroline.

— Content de te trouver seule.

— Et de ne pas trouver l'autre; eh bien, sois rassuré et traquille, il s'en va.

— Vraiment?

— Tout ce qu'il y a de plus positif. Il paraît que sa promenade avec toi l'a suffisamment éclairé; il retourne à Caen.

— Mais, dit Jacques, devenu sérieux, ce n'est là que la moitié de la question; il s'en va, c'est bien, mais moi, que faut-il que je fasse? es tu décidée?

Ils se regardèrent : elle souriante comme dans tous les moments décisifs de sa vie; lui, inquiet, palpitant, agité des pressentiments les plus contraires.

Elle eût un geste d'une grâce parfaite, d'une simplicité adorable; elle lui tendit la main, l'attira vers elle, et lui présentant son front :

— Mon Jacques, dit-elle, embrasse ta femme.

---

## CHAPITRE XII.

### LA MISÈRE DORÉE.

Les examens de l'*Ecole des langues orientales vivantes* avaient lieu huit jours après.

— Voilà, se dit Jacques, les premiers craquements de l'édifice, le moment de l'éboulement n'est pas loin.

La veille de ce grand jour, il abandonna Montmartre, en envoyant à son cousin une lettre, non pour excuser, mais pour expliquer sa conduite, et il vint rejoindre ses amis qui avaient loué un petit appartement meublé rue de Provence.

Il ne devait plus les quitter.

— Qu'est-ce que vous allez faire, mes pauvres enfants, dit Caroline, lorsque le soir de l'arrivée de Jacques ils se trouvèrent réunis.

— Ce que nous pourrons, répondit Foulogne, mais que nous importe puisque nous serons libres.

Pourquoi Jacques et Foulogne, l'un avec la vivacité pénétrante de son esprit, l'autre avec un certain sens pratique des choses qui traversait ses accès d'enthousiasme, se jetèrent-ils follement dans cette existence sans issue qui pouvait aisément devenir sans dignité.

Bien des motifs se présentent à l'esprit : jeunesse, paresse, amour. Mais cette énumération serait incomplète, et cette analyse serait inexacte si je ne nommais tout d'abord ce qui les entraîna, ce qui longtemps les soutint, l'espérance.

Ce qu'à cette époque, ils conçurent et nourrirent d'illusions est quelque chose d'inouï : ils crurent réellement et de bonne foi que le monde allait être à eux, qu'ils allaient y marcher en maîtres dans leur audace et dans leur liberté ; et dès lors ils ne virent plus rien sous son aspect vrai ; ils posèrent sur toutes les laideurs de la vie le voile éclatant de leurs illusions.

Ce sont là des gageures qu'à trente ans il serait imprudent de tenir et que très assurément on perdrait. Il faut pour s'y risquer beaucoup d'inexpérience alliée à beaucoup de courage, ne pas se croire faibles, ne pas se croire seuls.

Ils se sentaient trois et leurs forces, surtout dans le commencement, furent décuplées par le contact journalier.

Lorsque le soir Emile et Jacques se trouvaient auprès de leur feu, — quand il y en avait, — après leurs misérables besognes de la journée, et leurs repas plus misérables encore, ils n'avaient ni la pensée, ni le loisir de s'attrister : l'un à l'autre et tour à tour, ils se répétaient leurs chimères, ils se confiaient leurs espoirs, ils se soumettaient le modèle capricieux et changeant de leurs châteaux en Espagne.

Puis à onze heures ils devenaient silencieux et attentifs : un coup de marteau retentissait à la porte d'en bas, on entendait dans l'escalier un bruit de pas et le frou frou d'une robe, la clé de la chambre tournait comme d'elle-même sous une main amie, et Caroline entrait. Ce n'était qu'un instant, cette courte et chère entrevue était aussitôt finie que commencée, mais quel bien elle leur faisait à tous, comme elle les retrempait, comme leur foi mutuelle s'en trouvait redoublé. On ne se parlait guère, mais c'étaient des serrements de main, des rires joyeux sans cause, des regards qui démentaient cette gaieté en se voilant de larmes : c'était un mélange indicible d'allégresse et d'anxiété.

Quels que fussent les paroles de Caroline, au fond elles voulaient dire ceci : « Mes pauvres enfants, que la journée a dû vous paraître longue ; quels déboires vous avez essuyés, quels affronts vous avez dévorés peut-être, et tout cela pour ne point vous éloigner de moi, pour m'apercevoir pendant cette minute fugitive ; qu'elle vous paie au moins vos souffrances, et puissiez-vous comprendre par le timbre de ma voix et par l'éclat de mes yeux la joie délicieuse et les déchirements suprêmes de mon cœur. »

Mais eux, l'amant et le frère, leurs paroles aussi en cachaient, en contenaient d'autres ; s'ils l'avaient osé, ou plutôt s'ils en avaient eu nettement conscience, ils lui auraient dit : « Sœur chérie, ange de bénédiction, lorsque tu entre, dans cette chambre, avec toi y entrent pour nous la lumière et la vie, avec ton arrivée, la journée commence, avec ton départ, elle finit; laisse tes mains dans les nôtres, réchauffe-toi, frileuse amie, à notre foyer modeste, et le plus longtemps que tu pourras, car lorsque tu seras partie, il fera sombre ici, il fera cruellement froid. »

Elle demeurait avec eux environ un quart d'heure, puis il fallait les quitter; elle descendait rapidement avec Jacques, et, quand ils étaient tous les deux sur le trottoir de la rue de Provence, ils se regardaient avec des yeux pleins de larmes, et faisaient doucement quelques pas.

— En voilà donc, lui disait-il, pour jusqu'à demain soir.

— Tais-toi, malheureux, répondait-elle, ne gâte pas ta joie.

Et s'il essayait de répliquer, elle lui imposait silence en lui appliquant un doigt sur les lèvres : elle le regardait encore avec une expression de tendresse qui allait jusqu'au délire, et lui prenant la main elle disait :

— Courons.

Et ils allaient à toute vitesse, s'étourdissant à l'envi, jusqu'à ce que fatigués, épuisés, haletants, ils vinssent s'arrêter brusquement devant le magasin de Caroline.

Alors avant que Jacques fut remis de sa course violente, il sentait une chaude haleine lui passer sur les yeux, des lèvres brûlantes se poser sur son front, et il essayait encore de retenir Caroline qu'elle avait déjà frappé, et que de sa voix claire et jeune elle lui avait crié :

— Mon Jacques, à demain !

Il y avait aussi les dimanches, qui étaient de véritables fêtes. Jamais un si complet rayonnement de gaieté n'éclaira une chambre plus nue, des existences plus nécessiteuses. Il y avait dans ces trois âmes, à ce moment-là, un foyer de tendresse qui éclairait, qui réchauffait tout. C'est là ce qui distingue l'histoire de Jacques, tell 'il me l'a racontée, de mille autres histoires à peu près pareilles; c'est cette union bizarre, touchante souvent, grande quelquefois, cette confusion risible et sacrée d'amitié, d'amour et d'espérance. Ces trois cœurs exaltés et fiers volaient très haut contre le vent, par-dessus les obstacles. Lorsque, du matin au soir, dans la vie, tout est difficulté, tout est combat, lorsque c'est la sécurité qui est l'exception, lorsque le repas quotidien est une victoire, oh ! alors les choses les plus simples deviennent de ravissantes douceurs; dès qu'on a le nécessaire, on se croit des sybarites; dès qu'on a un peu de repos, un peu de bien-être, on craint de s'endormir en de molles délices.

Que faisaient-ils donc les dimanches ? Allaient-ils au spectacle, au bal; dînaient ils dans quelque splendide restaurant des boulevards ?

Non, mais ils avaient mieux que cela, ils étaient libres et ils se voyaient. Une promenade dans les rues, quelque fut le temps, la visite de quelques camarades, un dîner improvisé, ce peu de choses suffisait pour entretenir leur belle humeur, pour provoquer d'intarrissables causeries, et d'une semaine à l'autre, les mécomptes ou les souffrances devenaient des souvenirs qu'on respectait déjà :

— Nous avons eu nos fédérations, disait Foulogne, maintenant nous fondons notre légende ; nous sommes la seule Bohême, la Bohême des amis.

Le monde entier, pour eux, tenait dans leur étroite chambre. Ils en étaient arrivés à cette familiarité complète qui supprime les explications et les commentaires, ce que l'un voulait, les autres le voulaient également : but et moyens, ils étaient parfaitement d'accord sur tout, mais cela ne les réconciliait pas avec le monde, et ne leur rouvrait pas la société que volontairement ils s'étaient fermée.

De ce côté là l'abîme se creusait chaque jour davantage, leur isolement devenait un exil, ce qui était au début une résolution courageuse, mais folle, se transformait en une sorte de châtiment, ils avaient nié le réel, ils allaient en être accablés.

Comment vivaient Emile et Jacques ? c'est ce que j'ai demandé plus tard et plus d'une fois à Jacques lui-même.

— Que veux-tu que je te dise? me répondait-il; demande à un homme qui est tombé à la mer et que les flots rapportent au rivage, comment il a fait et pourquoi il est sain et sauf lorsque cent fois il devrait s'être noyé. Quand je regarde ces années-là maintenant que je sais mieux la vie, je me demande comment nous avons pu les traverser tous trois sans mourir ou sans nous corrompre. Emile donnait quelques répétitions quand il en trouvait, il était commis-voyageur pour des maisons qui vendaient des denrées impossibles. Nous avons fait des prospectus, travaillé à des biographies, à des dictionnaires, j'ai écrit dans des journaux de province des articles de critique. Caroline touchait cent francs tous les mois, et les apportait bravement à notre budget, dont ils ont souvent constitué l'élément le plus solide, et dont ils ont toujours été le pivot. Et puis il y a tout ce que j'ai oublié, tout ce qui ne semble rien et qui est beaucoup : un monsieur de votre pays qui vous rencontre et qui vous emmène au restaurant; un ami de collége qui vous mène au café; ceux qui s'intéressent à vous et qui vous prêtent dix francs; ceux que vous importunez et qui vous prêtent quarante sous; le sot ou l'important qui veut fonder un journal, et qui vous invite à un dîner préparatoire, pour y ramasser les éléments de sa rédaction; les camarades qui réalisent un gain inespéré, et qui vous convient à une noce; mille accidents, mile bonnes chances qui passent, qu'on oublie, et qui, cependant, en s'ajoutant les unes aux autres, ont contribué à vous faire vivre.

Je crois que Jacques avait raison, du moins il parlait sincèrement, et il avait sondé assez profondément, pratiqué d'assez près cette vie d'exception, pour ne se plus faire aucune illusion à cet égard.

Au fond, Emile et lui poursuivaient ardemment un but, entrer dans le journalisme ou plutôt dans un journal.

— La presse est une épée, disait Foulogne.

Il y avait cependant des jours où elle était un flambeau, d'autres où elle était un drapeau, et quelques-uns plus rares où elle était un autel dont l'écrivain était le sacrificateur.

— Regarde-moi çà, disait-il à Jacques, est-ce pâteux, est-ce incolore? Ont-ils assez peur? Ils trahissent notre cause. Ah! mon ami, le jeune journalisme aura-t-il son heure? Nous sommes pourtant une noble phalange mais on nous craint trop pour nous employer.

Et le pauvre garçon retombait dans ses désirs impuissants, dans ses regrets stériles.

Il n'avait pas, dans l'avenir de Jacques, moins de confiance que dans le sien; quoiqu'il trouvât la littérature une chose frivole, et qu'il regrettât de ne pas lui voir employer son esprit dans le pamphlet.

— Tu devrais faire du Paul-Louis, lui disait-il, ça t'irait joliment; ou bien encore, — et il s'arrêtait, — du Joigneaux, mais c'est diablement difficile.

Le journal ne venait ni pour le rêveur politique, ni pour l'historien futur; mais, au moment où ils commençaient à se désespérer, il leur arriva une bonne fortune, et, dans leur destinée assez sombre, il y eut une éclaircie.

Depuis que Jacques pris en flagrant délit de mensonge s'était enfui de Montmartre, Mme Chevalier avait absolument rompu avec lui. En voyant ce fils, pour lequel elle avait rêvé une carrière sûre et brillante dans l'Université, vivant d'une vie assez difficile à qualifier, avec un garçon qu'elle n'aurait pas hésité à appeler un farceur et une jeune fille dont elle aurait fait indifféremment une coureuse, une sauteuse ou une rien du tout; elle avait été prise d'une déception pleine de douleur et de colère. Jacques avait essayé de la toucher mais inutilement, elle ne lui avait pas répondu. Cependant, insensiblement, l'irritation s'était calmée, l'absence avait fait son œuvre, la blessure s'était cicatrisée, et Jacques, dans ses lettres, s'était montré si amoureux si pressant, si adroit, il avait si opiniâtrément affirmé que de son mariage daterait pour lui une nouvelle période de travail et de succès, — qu'elle s'était sentie ébranlée et un peu attendrie, et sans se prononcer clairement elle avait consenti à entrer en discussion. Une lutte se livrait en elle : — quand elle pensait à ses anciens projets, elle voulait refuser, et sauver son fils du gouffre où il donnait tête baissée; — elle voulait, au contraire, consentir, quand elle se disait que ce fils n'était pas ce qu'elle avait espéré, digne des hauts emplois; quand elle se rappelait combien il était impropre aux affaires de la vie, faible, malhabile, embarrassé; quand elle pensait aux souffrances de l'isolement, plus cruelles encore pour lui que pour un autre. Cependant elle ne consentait pas et, quoiqu'elle fit tous ses efforts pour se persuader elle-même que, guidé par une femme, il serait moins malheureux que tout seul, et que, à tout prendre, et dans sa position, il valait mieux qu'il choisit une jeune fille ayant éprouvé la vie, faite au travail et connaissant le malheur, qu'une enfant sans expérience, sans force et sans volonté; elle hésitait encore, reculait toujours et ne prononçait pas le oui si impatiemment attendu.

On en était là lorsqu'un soir Jacques reçut une lettre : elle était de Mme Chevalier. Sans précautions oratoires, elle annonçait pour le surlendemain son arrivée à Paris.

A minuit, lorsque Caroline vint, selon sa coutume, et qu'on lui communiqua cette nouvelle, elle poussa des cris de surprise et d'effroi, et montra un effarement qui gagna bientôt les deux amis.

— Comment, leur dit-elle, vous êtes là tranquilles, et vous me contez cela comme une chose naturelle, mais avec quoi la recevrons-nous cette dame; vous n'avez pas un habit, et je n'ai plus une robe. Qu'est-ce que nous allons devenir?

— Il faudrait masquer la situation, dit Foulogne.

— Avec quoi?

— J'irai demain chez Loucheux, continua Emile, et en lui cédant nos derniers droits dans la succession de notre père, il nous donnera peut-être trois cents francs.

C'était une triste ressource, mais aussi la bataille qu'on allait livrer était décisive; Caroline indiqua parfaitement la nuance.

— De la pauvreté c'est bien, dit-elle, mais pas de gueuserie.

Mme Chevalier arriva comme elle l'avait annoncé, et les deux jours qu'elle passa à Paris, elle les consacra à étudier Foulogne et surtout Caroline.

Quand elle repartit pour Rouen, elle dit à son fils, qui attendait sa décision avec toute la fièvre de l'inquiétude et toute l'impatience de l'amour :

— Cette jeune fille est vraiment très bien.

Mais malgré les prières de Jacques elle ne voulut point en dire davantage ce jour-là.

Cependant c'était déjà un grand point, et quand Jacques rentrant rapporta cette bonne parole, il y eut une explosion de joie.

— Allons, mon Jacques, dit Caroline en lui tendant la main, je serai ta femme, et bien décidément l'avenir est à nous!

La perspective parut moins sombre, et l'on se reprit à espérer de plus belle, en attendant le consentement formel et définitif de Mme Chevalier.

Les circonstances se faisaient plus favorables : Caroline avait obtenu une augmentation d'appointements, et l'hiver, ce rude et cruel hiver dont ils avaient eu tant à souffrir, touchait à sa fin; il y avait déjà des journées sans pluie et sans brouillards, et l'on pouvait risquer une promenade au bois de Boulogne.

Les dimanches aussi étaient non pas plus gais, mais plus bruyants : Caroline, qui était très liante, avait amené des camarades de magasin, et tous riaient, criaient, chantaient et dansaient. Lorsque cela était possible, on en gardait une ou deux des moins raisonnables à dîner.

La semaine était également moins triste : Emile et Jacques avaient inventé ou plutôt conquis, le café du Coq Gaulois, et ils avaient désormais un endroit où passer leurs soirées, et bonheur plus grand ou lire lire les journaux.

Jacques jouit moins qu'Emile de cette bonne aubaine, mais cependant il partagea aussi cette sorte d'engourdissement agréable que donne la vie de café.

Un dimanche que Caroline avait amené tout son monde avec elle, et que la chambre était pleine de jeunes filles espiègles et rieuses, on entendit sonner à la porte. Jacques alla ouvrir, et un grand jeune homme très bien mis, à la physionomie dédaigneuse et sensuelle, aux traits bien dessinés, mais fatigués, à la lèvre gouailleuse, aux allures d'hommes d'esprit viveur entra délibérément.

— On vous retrouve enfin, dit-il aux deux amis, ce n'est pas malheureux.

C'était Arthur Chaisemartin.

Il s'arrêta brusquement en apercevant deux jeunes filles.

— Ah! ah! fit-il, on est en bonne compagnie.

Au même instant, la porte du cabinet s'ouvrit, et Caroline sortit accompagnée encore d'une nouvelle jeune fille.

Chaisemartin se mit à rire; mais il s'inclina très convenablement, lorsque Emile, tenant Caroline par la main, lui dit :

— Je vous présente ma sœur.

— Ah ça! mais, mon cher Jacques, s'écria Arthur, vous m'aviez fait connaître monsieur, — il montra Emile, — et je vous en remercie; mais, vous ne m'aviez pas parlé de mademoiselle, et j'ai le droit de vous en vouloir.

Comment Chaisemartin tombait il aussi inopinément, rue de Provence, et se trouvait-il si vite en pleine familiarité avec les deux amis. C'est ce qui mérite quelques mots d'explication, car ce fait, en apparence insignifiant, eut pour le reste de la vie de Jacques de terribles conséquences.

---

## CHAPITRE XIII.

### CHAISEMARTIN.

Arthur Chaisemartin, notre ancien camarade de la pension Heudelay, appartenait, comme on l'a déjà dit, à une famille fort riche. Je ne sais s'il était né bon, et par moment je suis tenté de le croire, mais son éducation l'avait prédestiné à être mauvais. Sa mère était la sécheresse et la dureté même; c'était une personne froidement moqueuse, tout à l'intérêt et à l'orgueil, sans pitié, sans entrailles. Son père était un égoïste faible, bouffi de vanité, et qui, physiquement, ressemblait à ces magots chinois qu'on donne aux enfants pour jouer; pendant la révolution de 1848, il avait fait imprimer sur indienne un dessin de mouchoir contenant le portrait des représentants les plus avancés : il en avait, pour lui, tiré quelques exemplaires sur des foulards de soie, et quand il entrait dans une maison où il savait trouver des républicains, il déployait son mouchoir avec affectation, disant à haute voix : « Je me mouche dans la Montagne. »

A la pension, on a vu Chaisemartin arrogant, prétentieux, insolent.

Quand il entra dans le monde, ces qualités se développèrent et s'accrurent. Il vécut dans la jeune société rouennaise, mélange singulier — du moins à cette époque — de grossièreté et de culture, de littérature et de commerce. Il fréquenta les théâtres, connut des actrices, et apprit avec elles à mépriser les femmes. Il lut les revues et les journaux de Paris, choisit les opinions qui, en toutes choses, prêtaient le plus au dédain, et s'appropria merveilleusement l'esprit du *Charivari* et du *Corsaire*.

Ses parents voulurent le placer dans une grande maison de Rouen pour apprendre le commerce. Il y resta juste assez pour plaire à la patronne, déplaire au mari et faire des dettes.

Quand il eut derrière lui un certain passif, il partit pour Paris, où ses relations, son nom et les démarches de son père lui firent promptement trouver une belle place dans une des maisons les plus importantes du commerce des tissus.

Il n'interrompit pas pour cela ses flâneries littéraires. Il se lia avec quelques acteurs, eut des billets pour tous les théâtres, tutoya les cabotins et les cabotines, et prit le goût de l'imitation singeresse; il se dandina comme Numa, parla comme Arnal, gesticula comme Ravel; enfin, dans un souper où il y avait toute sorte de monde, des filles, des comédiens, des journalistes et même quelques hommes de la haute société, on le présenta au critique attitré d'une des grandes revues parisiennes. Ils causèrent beaucoup ensemble, se grisèrent de paroles et d'eau-de-vie, et lorsqu'ils se quittèrent, en trébuchant, ils se promirent de se retrouver.

Dès lors, en effet, ils devinrent inséparables; on les vit partout ensemble, au théâtre, au café, dans la rue : Chaisemartin se fit le familier, le compagnon, le caudataire du Critique; et il se passa là une chose singulière, digne, il me semble, d'attention : ces deux natures négatives, privées jusqu'alors d'affections et qui n'en éprouvaient guère le besoin, s'attachèrent l'une à l'autre aussi fortement qu'elles en étaient capables.

Le Critique réunissait toutes les qualités qui pouvaient concourir à former l'idéal de Chaisemartin, s'il en avait un. C'était un homme d'un goût juste et ferme, mais étroit et dédaigneux; il écrivait avec correction, et dans la disette universelle où se trouvait la France, de nobles esprits capables d'inventer et de créer en critique, il devait regner et exercer une autorité presque sans contrôle. L'admiration qui chez nous est souvent bonne fille, s'attachait, non à sa personne, mais à ses articles écrits d'un ton rogue, blessant même pour ceux qu'il louait, et d'un orgueil outrecuidant. Sa sévérité lui avait valu une sorte de prestige : il n'avait pas son égal dans l'éreintement; malheur aux architectes qui bâtissaient des clochers peu solides ou qui décoraient mesquinement des monuments publics; malheur aux sculpteurs qui moulaient au lieu de modeler, ou qui montaient leurs héros sur quelque cheval du Limousin ou du Mecklembourg; malheur enfin aux peintres qui faisaient du métier au lieu de faire de l'art, et qui ne mêlaient pas dans une proportion, comme de lui seul Critique, le Réel avec l'Idéal, l'exécution solide avec la conception élevée. Mais c'était aux littérateurs qu'il gardait ses semonces les plus vertes, ses épigrammmes les plus mordantes; il n'avait jamais cru au Romantisme, quoiqu'il l'eût vu naître, il ne croyait pas davantage à l'Ecole du bon sens, il se moquait du Lyrisme et il avait le Réalisme en mépris : aussi, tout écrivain qui débutait, était-il à l'instant classé dans son cerveau, sous une de ces trois ou quatre rubriques; et c'étaient alors des réprimandes sans fin, des conseils de retourner à l'école; de lire Sophocle s'il s'adressait à un auteur dramatique, Aristophane si c'était à un vaudevilliste; il allait même, lorsqu'il était en verve, jusqu'à lui conseiller l'étude des deux ou trois vers qui nous restent d'Eupolis et de Cratinus; avec Phidias, il écrasait Pradier; avec Shakspeare, Hugo; avec Mozart ou Beethoven, Meyerbeer ou Rossini; et, comme l'a dit un de ses envieux, il avait chez lui les plâtres des maîtres, mais pour les jeter à la tête de ceux qu'il n'aimait pas. C'étaient ces défauts chez cet homme qui charmaient Chaisemartin : dès le collége, il avait dévoré les articles signés de ce nom, il s'en était approprié les plaisanteries et les avait employées pour faire pièce aux jeunes admirations qui se manifestaient autour de lui. Il en était de même dans la vie privée, la raillerie pédantesque du Critique confirmait la gouaillerie vulgaire et l'ignorant dédain du commis émancipé. Chaisemartin était fier de son grand homme, il le produisait, il le menait partout; mais le grand homme avait bien aussi quelques obligations à son séide ; et du jour où il le connut il tourmenta moins le caissier de sa revue, et il accorda une plus libre carrière à son indépendance d'humeur : car, il faut le dire à sa louange, cet homme était pauvre ; lui, qui faisait trembler les artistes, qui gênait les académies, qui empêcha plus d'une fois les administrations de faire des sottises; il n'avait aucun grade, aucun titre, pas un bout de ruban ; il n'était d'aucune des classes de l'Institut, quoique toutes le craignissent, et il n'avait exactement pour vivre que sa plume. Il habitait seul et triste dans un méchant hôtel garni, livré au dénûment le plus absolu, travaillant quand le besoin le prenait, et se hâtant de dépenser son salaire qui, presque toujours, était à moitié mangé d'avance. Ce fut là sa grandeur, ce sera son honneur. Tout négatif qu'il était, il a laissé sa trace dans notre littérature, il n'a suscité personne, il n'a rien inventé, mais il a empêché beaucoup de folies, arrêté plus d'une ambition soulevée par le seul caprice de la foule idiote, et bafoué plus d'une niaiserie prétentieuse, plus d'une vanité scandaleuse : pendant vingt ans, au milieu de ses épreuves personnelles, sans se laisser émouvoir un seul instant par la crainte, la camaraderie ou l'ambition, il a fait parler à la critique un langage précis, clair et mâle.

Du jour où Chaisemartin eut rencontré cet objet de fanatisme il se sentit complet : il avait un arsenal où prendre ses railleries, une autorité reconnue pour les appuyer.

Ce fut quelques mois après cette liaison qu'apercevant Jacques sur le boulevard Saint-Martin, il vint à lui, et quoique la cordialité ne fût ni dans ses habitudes ni dans ses manières, il l'engagea à déjeuner avec lui et le Critique.

Les circonstances empêchèrent cette réunion. Plusieurs fois le hasard remit les deux anciens camarades en présence, et ce fut dans une de ces rencontres fortuites que Jacques présenta Foulogne à Chaisemartin. La connaissance fut rapidement faite, et un déjeuner, suivi bientôt de plusieurs autres, donna à Emile une haute idée de ce qu'il appelait « l'urbanité bourgeoise. »

— Quel malheur ! disait-il un soir en rentrant un peu gris, qu'un garçon aussi aimable soit un réactionnaire enragé : ce sont des préjugés de famille; il est républicain par les sentiments, conservateur par l'éducation... Funeste malentendu !

Comme Jacques ne répondait pas, Foulogne, mêlant plusieurs ordres d'idées, continua :

— Il était fameux, le petit vin de Beaune. Je comprends qu'avec un pareil ordinaire, on soit conservateur. Ah ! qu'il est difficile d'allier des principes sévères avec une table trop bien servie ?

Jacques n'avait pas été très satisfait de l'influence que la splendeur de ces déjeuners avait exercée sur Foulogne ; aussi par une sorte de pressentiment et en même temps par une pudeur d'amant bien naturel l'avait-il prié de ne jamais parler de Caroline.

— Que ce libertin ne la voie pas, avait-il dit, qu'il ne sache même pas qu'elle existe.

— Comment, avait répondu Foulogne, tu ne veux pas que Caroline connaisse ces déjeuners ; on n'en rencontre pourtant pas de pareils à la douzaine. Pauvre sœur, je m'étais réjoui de l'idée qu'elle goûterait du petit Beaune, mais enfin il en sera comme tu voudras ; je ne dirai rien.

Et il tint parole ; jamais dans ses effusions les plus bavardes il ne prononça le nom de sa sœur.

Le hasard avait créé ces réunions, le hasard les rompit; et Jacques, qui pendant tout le temps qu'elles avaient eu lieu, avait été oppressé d'une inquiétude jalouse et secrète, respira plus librement. Aussi, lorsque le dimanche où Chaisemartin ouvrit si brusquement la porte, il le retrouva comme par fatalité sur son chemin, fut-il saisi d'un sentiment étrange et douloureux. Il eut une vision soudaine, prophétique de sa destinée. Comment ? Pourquoi ? Dans quel temps ? Il n'aurait pu le dire ; mais il sentit que le malheur était entré dans sa vie, et cette fois pour n'en plus sortir.

Caroline tendit la main à Arthur.

— Vous êtes l'ami de mon frère, monsieur, et celui de Jacques, cela suffit pour que vous soyez le mien.

Sur ce ton, qui supprimait toute cérémonie et qui supposait déjà une certaine familiarité acquise, la conversation s'engagea.

Vers cinq heures, les amies de Caroline prirent congé.

— Vous allez dîner ? dit Arthur.

— Oui, répondit Emile avec mélancolie, à la gargotte.

— Eh bien, alors je vous demanderai la préférence pour la mienne. Allons, Jacques, intercédez pour moi.

Jacques se pencha à l'oreille de Caroline, il était pâle et sa voix tremblait.

— Je te défends d'accepter.

Ile le regarda, se leva toute droite, puis se tournant vers Chaisemartin et d'une voix brève :

— Le temps de mettre mon chapeau, monsieur.

— Merci, Jacques s'écria Arthur, si vous réussissez toujours aussi bien, je vous ferai mon diplomate ordinaire auprès de mademoiselle.

Jacques essaya de sourire et ne répondit pas ; il frémissait de colère.

On sortit.

Arthur donnait le bras à Caroline. A côté d'Emile marchait Jacques, silencieux, navré.

— Est-ce que ça te contrarie lui demanda Foulogne.

— Pas du tout.

— Vraiment, il est très convenable ce garçon là, et s'il pouvait rester toujours ainsi ce serait très agréable, parce que tu comprends, les dimanches on se verrait quelquefois, ça ferait une société.

— La mienne ne te suffit donc plus ?

— Si, mon vieux camarade, mais ce n'est pas la même chose : tu es notre âme, il serait notre distraction.

Arrivés au restaurant, Arthur les fit attendre un peu en bas, puis bientôt il les introduisit au premier dans un cabinet, où il y avait une table richement servie avec des fleurs partout.

Ce fut avec une peine bien cruelle que Jacques vit chez Caroline la joie que ce luxe relatif lui inspira.

Pendant tout le dîner elle eut des émerveillements sans nombre : elle s'extasia, elle fut aimable, attentive, presque carressante ; Jacques, naturellement, fut boudeur, et tout le monde le railla, ce qui ne contribua point à l'égayer.

Au moment de se séparer, Foulogne, un peu lancé, dit à Arthur en lui serrant les mains :

— Ce n'est pas ça, vous ne pouvez pas toujours nous recevoir sans que nous vous fassions une politesse ; si vous ne venez pas dîner un dimanche avec nous, je ne remets pas les pieds ici.

— Votre franchise me va au cœur, répondit Arthur, et si mademoiselle n'y voit pas d'inconvénient ?

— Au contraire, j'y vois un plaisir.

— Eh bien ! comptez sur moi, mes amis : je ne sais trop pour quel jour, car je vais voyager, mais un de ces quatre matins, vous me verrez tomber au milieu de vous et accepter gaiement votre hospitalité.

Lorsque Jacques et Caroline furent sur le boulevard, Emile, les voyant se parler avec animation, ne voulût pas les gêner ; il se tint en arrière et s'arrangea pour ne rentrer qu'une demi-heure après eux.

— Qu'est-ce que tu avais donc ? disait Caroline à Jacques, comme tu as été maussade.

— Fallait-il pas prendre un air aimable pour encourager Chaisemartin à te faire la cour.

— Et, où vas-tu chercher ça, mon pauvre enfant ? Pourquoi ce monsieur, que je vois pour la première fois aujourd'hui, me ferait-il la cour ? Il a été poli, voilà tout ; tu as bien tort de t'inquiéter pour si peu. Si tu prends ainsi la mouche, avec tous ceux que nous rencontrerons, tu ferais bien mieux de ne pas te marier, et même de ne pas aimer.

— C'est toi qui m'en donne le conseil.

— C'est dans ton intérêt.

— Je te remercie : veux-tu que je t'en donne un aussi dans ton intérêt ?

— Et lequel ?

— Je suis pauvre et ce monsieur est riche : tu aimes la richesse...

Elle fit un geste.

— Ne t'en défends pas; je l'ai vu dans tes yeux. Tu as joui tout autant du beau linge, des verres de cristal, des couteaux en vermeil, de l'argenterie, des fleurs, que des mets et des vins que l'on nous a servis. Après une année de misère, tu as eu un quart d'heure de bien-être, de luxe, de fortune, et quand tu pourrais éterniser ce quart d'heure, quand tu n'as qu'à faire quelques grimaces et quelques avances tu hésiterais : allons donc ! Dans ton intérêt, ma chère, épouse Chaisemartin.

Ils étaient arrivés devant le magasin de Caroline. Depuis quelques minutes, elle ne parlait plus. A la lumière d'un bec de gaz, il la regarda. Elle pleurait.

— Ah ! Jacques, vous êtes cruel. Je ne veux pas vous quitter sur de si mauvaises paroles; marchons jusqu'à la rue de Provence.

Ils étaient l'un et l'autre bien embarrassés de reprendre cette terrible conversation; Jacques était honteux, Caroline désespérée. Ils allèrent jusqu'à la maison.

— Viendras-tu dimanche ? demanda Jacques sèchement.

— Ah ! ne nous séparons pas ainsi, répondit-elle en lui prenant les mains, j'étouffe.

Quand ils furent dans la chambre, Jacques alluma une bougie; Caroline s'était assise, et la tête dans ses mains, les bras accoudés sur la table, elle pleurait.

— Tu me méprises donc bien pour me parler ainsi ? dit-elle. Quel motif t'ai-je donné pour être si amer, si impitoyable ? Est-ce que jamais avec toi, ou devant toi, avec les autres, j'ai fait la coquette ? Est-ce que j'ai jamais demandé les plaisirs que nous n'avions pas ? Ai-je regretté le spectacle ou les promenades à la campagne ? Tu manges le pain de la pauvreté ; mais auprès de toi et sans mauvaise humeur, je le mange aussi, moi, et à belles dents. Les honteux calculs que tu me prêtes, si j'étais femme à les faire, crois-tu que je ne les aurais pas déjà faits; et si j'étais femme à me vendre, crois-tu que j'attendrais pour cela le temps où je serai laide et vieille ? Ah ! le malheureux ! — continua-t-elle en se parlant à elle-même et en s'échauffant de sa propre exaltation, — Ah ! le fou ! ah ! le méchant ! Que lui ai-je fait pour qu'il m'écrase ainsi le cœur, pour qu'il me barbouille ainsi le visage avec de la fange ?... Je l'ai aimé comme une mère, comme une sœur, comme une fiancée !... Mais c'est à toi, — s'écria-t-elle en le regardant en face, — c'est à toi-même que tu manques de respect en m'insultant ! Si Emile savait ce que tu viens de me dire, il te haïrait autant qu'il t'aime !... Tiens, — fit-elle en remettant son chapeau, — je m'en vais, je ne veux plus te voir, je t'exècre !...

Et comme elle devina qu'il voulait l'accompagner :

— Laisse-moi, — continua-t-elle avec un regard étincelant de colère, — je ne veux pas de ta compagnie, je n'ai pas besoin de ton assistance ; va-t'en, mais va-t'en donc !

Jacques avait écouté et suivi cette imprécation avec une stupeur profonde; mais, à cette dernière parole, il crut que s'il ne tentait un suprême effort, il allait peut-être pour toujours perdre celle qu'il aimait.

Il se jeta aux genoux de Caroline, et crispant ses mains autour de sa robe :

— Pourquoi m'accabler ainsi ? J'ai eu peur de te perdre, j'ai eu comme un pressentiment, j'en suis devenu fou. Ah ! je ne t'en demande pas pardon. J'ai été coupable, c'est vrai, mais je me sens à chaque minute disposé à l'être plus encore. Quand je pense à cette affreuse soirée que nous venons de passer, que je te vois près de cet homme, que je songe à ce que cette rencontre fortuite et passagère m'a fait souffrir, je ne me sens pas le courage d'arracher la colère de mon cœur. Caroline, si tu n'es que juste avec moi, je suis perdu dans ton affection, ce n'est donc pas de la justice qu'il me faut, c'est de l'indulgence, de la pitié.

— Mais, malheureux enfant, — reprit Caroline, désarmée et touchée, — que demandes-tu de moi?

— Que tu ne le revoies jamais.

— Et comment?

— Le dimanche qu'il viendra, aussitôt après que nous aurons dîné, dis que tu as un travail pressé, et retourne à ton magasin. Si tu fais cela deux ou trois fois, il ne reviendra pas.

— Hé bien je te le promets, quoique ce soit bien insensé ; mais pour notre première entrevue au bord des prés de Louvigny, pour nos joyeux déjeuners de la rue de Verneuil, pour nos bons dimanches de misère et d'amour, pauvre et cher Jacques, je te le promets. Allons, ne crains plus rien, donne-moi ta main, et crois-moi quand je te dis, je serai ta femme. — Mais c'est égal, vois-tu, ne me fais plus de ces horribles scènes, nous nous y perdrions tous les deux ; depuis un an notre affection était si tranquille et si pleine, ah! pourquoi l'as-tu troublée? Il y avait sur notre amour une première fleur; ah! mon pauvre Jacques, j'ai peur de ne pas la retrouver demain.

---

## CHAPITRE XIV

### LES BOIS DE CRILLON

Il est dangereux de trop creuser certaines situations : c'est s'exposer à voir l'analyse prendre corps et devenir une réalité; ce qu'on avait prévu arrive, ce qu'on avait indiqué s'effectue.

La clairvoyance de Jacques, dans cette circonstance de sa vie, tenait autant à son inquiétude qu'à sa finesse. Il avait d'ordinaire beaucoup de tact pour reconnaître d'où le danger devait venir, et par quelle tempête son bonheur pouvait être menacé; de sorte que s'il venait à s'ouvrir à une personne avec laquelle il fût en rapport, par ses reproches et par ses hypothèses, il lui traçait presque un plan de conduite ; et ce à quoi on n'eût jamais pensé sans ses observations ce qu'on eût rejeté avec horreur, pouvait peu à peu prendre place dans l'esprit, et, harcelé par ses soupçons, en pouvait en arriver à se dire : « Ce qu'il prédit là est assez vilain, mais ce n'est pas fou. »

Non, à coup sûr, la première pensée de Caroline en voyant Chaisemartin et pendant le dîner n'avait point été l'intérêt; non, elle n'avait pas dit en elle-même « ce jeune homme est riche, je le préfère à l'autre; » seulement elle avait joui instinctivement de ce moment, de bien-être, et elle avait été charmée par les séductions du luxe.

Mais lorsqu'elle fut seule, pendant les longues heures de travail au magasin, les paroles que Jacques avait si brutalement lancées lui revinrent à l'esprit. Elle y pensa, elle les pesa, et si Chaisemartin ne lui parut pas alors plus aimable, ni Jacques moins digne d'amour, cependant pour la première fois elle se formula clairement à elle-même cette vérité, que tous trois ils étaient pauvres, et qu'invinciblement cette pauvreté leur fermerait le bonheur.

Jusque-là, en son illusion touchante, elle avait vécu dans la misère sans en avoir bien conscience; sur les difficultés et les laideurs réelles, elle avait répandu sa gaieté, sa grâce, son affection, et tout lui était apparu voilé et embelli d'espoir; mais la dernière scène qu'elle venait d'avoir lui montra la misère désagréable et odieuse, le présent triste et incertain, l'avenir sombre et plein de dangers. Non, assurément, elle n'en aima pas moins Jacques; elle continua à se vouloir bien marier avec lui, mais elle n'accepta plus avec autant d'insouciance la perspective d'un mariage nécessiteux et famélique.

Dès lors, et malgré son application à cacher sa préoccupation intérieure, elle ne put se défendre de parler quelquefois à Jacques de cet avenir qui l'effrayait, et de l'engager à chercher un métier moins aléatoire et moins fantastique que celui qu'il exerçait; elle parla aussi et très vivement dans ce sens à son frère.

Celui-ci se contenta de répondre avec calme :

— Tâche de rendre la société juste, et toutes les poitrines auront de l'air.

Pour toute réponse, Jacques lui dit :

— Veux-tu que je fasse les premières démarches auprès de Chaisemartin ?

Elle se tint pour blessée et garda le silence, mais intérieurement elle revint sur ce sujet, elle l'examina sous toutes ses faces, et sa gaieté si folle et si entraînante en souffrit vivement; on la vit souvent triste et préoccupée, et les petites querelles qu'elle eut avec Jacques ne se terminèrent ni aussi facilement ni aussi promptement qu'autrefois.

Cependant, à cette époque déjà troublée, ils eurent encore quelques beaux jours, et des moments d'une douceur ineffable.

On était en plein été, et cette année là l'été fut splendide. Ils firent, le dimanches, de longues promenades au parc de Saint-Cloud, à Fontenay-aux-Roses, à l'île Saint-Denis, à Saint-Ouen, à Meudon.

Plus libres, plus familiers qu'ils ne l'avaient jamais été, ils marchèrent dans les bois en se tenant par la main; ils jouirent délicieusement de la pureté du ciel, de l'ombrage des arbres, de la fraîcheur des eaux, de la solitude et du mystère.

Jamais ils ne se parlèrent avec autant d'effusion : on aurait dit qu'ils avaient besoin de se rassurer contre quelque ennemi secret, et de se confier tout ce qu'ils ressentaient de tendresse l'un pour l'autre : ils furent ingénieux à se faire mille joies réciproques, à se ménager de douces surprises, à prolonger, à suspendre la vie pour la mieux goûter. On aurait cru que leurs lèvres, touchant déjà le fond de la coupe, s'y collaient avec obstination et ne voulaient plus s'en détacher, qu'ils se délectaient aux dernières saveurs, qu'ils respiraient les derniers parfums, et que tous deux, dans leurs années printanières, au milieu du plus riant et du plus doux des étés, ils touchaient déjà à l'automne de leur bonheur.

Cela fut bien sensible pour eux, dans un petit voyage qu'ils firent à quelques lieues de Paris, au Breuil, village de la Brie, où les attirait une invitation d'une des campagnes de Caroline qui venait de s'y marier.

Jacques n'était point invité, on avait seulement prié Mlle Foulogne et son frère; mais celle-ci trouva un moyen, et comme Jacques se désespérait :

— Rassure-toi, lui dit-elle, j'ai une combinaison.

— Laquelle?

— Emile ne viendra pas, tu le remplaceras.

— Mais pour qui me feras-tu passer?

— Pour mon fiancé, et on te recevra bien je te le jure.

Jacques était trop heureux pour discuter ce moyen et la question de convenance : ils n'avaient jamais voyagé ensemble; quel bonheur!

Quand ils se sentirent emportés par le chemin de fer, qui les conduisit jusqu'à Lagny; surtout quand une voiture qui faisait la correspondance pour Rozoy, le Breuil et le château de Lagrange, les eut repris à Villeneuve-le-Comte, et que pendant trois heures ils roulèrent en pleine forêt, ils crurent que leur cœur allait éclater.

L'enchantement dura pendant les cinq ou six jours qu'ils passèrent au Breuil.

Jacques, présenté avec une hardiesse naïve, fut traité avec une simplicité cordiale. Il prit ses repas chez leurs hôtes et logea à l'hôtel; il fut de tous les divertissements, de toutes les promenades, mais il ne voyait que Caroline et elle ne voyait que lui.

Le matin qui précéda leur retour à Paris, Jacques entendit vers cinq heures frapper à sa porte :

— C'est moi, cria la voix joyeuse de Caroline, il fait un temps admirable, on ne déjeûne qu'à huit heures, nous avons trois heures à nous, habille-toi vite et viens courir la campagne. Je vais t'attendre en bas.

Ils montèrent gaiement la côte qui s'en va vers Paris.

A droite il y avait des plaines : les plaines plates et crayeuses de la Brie, dont çà et là quelques bouquets d'arbres interrompent à peine l'uniformité.

En face la grande route toute blanche de poussière, s'étendait indéfiniment et se coupait au sommet avec l'horizon.

Derrière eux ils laissaient le village endormi, son église du moyen âge sans ornementation, mais intéressante par le manteau de lierre qui, l'enveloppant jusqu'au sommet, adoucissait l'aspect triste et grave de sa vetusté, et çà et là pêle-mêle ses maisons qui, baignées dans l'air du matin, paraissaient si fraîches, si coquettes, et si neuves, qu'on croyait les voir pour la première fois.

Lorsqu'ils furent au haut de la côte, après une petite plaine, à deux portées de fusil de la route, ils virent un rideau de bois que le brouillard teintait de bleu par places, et dont partout il tempérait le vert clair : ce fut par là que, sans s'être consultés, ils prirent leur course.

Quand ils furent entrés sous les arbres, ils n'éprouvèrent pas ce saisissement grave que presque toujours donnent les forêts. Les bois dans lesquels ils se trouvaient étaient de moyenne futaie, ils étaient bien entretenus, et paraissaient être l'accompagnement et la continuation d'un parc seigneurial ; les sentiers étaient très larges, sans ronces, sans ornières, tapissés d'un gazon souvent coupé, et de chaque côté les branches montaient épaisses et feuillues, taillées comme une charmille : c'étaient évidemment de petites routes ouvertes pour être parcourues par de belles dames en calèche, avec d'élégants cavaliers caracolants autour des voitures. L'impression, qu'en se prolongeant dans leur encadrement vert, produisait ces sentiers était douce, fraîche, matinale : les pieds y marchaient sans fatigue, et les yeux s'y reposaient avec plaisir sur les feuilles qui se mariaient harmonieusement à la lumière du matin dans des demi-teintes légèrement grises : on ne pouvait pas n'y point être heureux ; mais les conversations graves, les confidences douloureuses, les inquiétudes poignantes n'eussent pas été à leur place dans cette gracieuse nature.

Aussi Caroline et Jacques ne pensèrent-ils qu'à marcher devant eux, se pressant tendrement l'un contre l'autre, respirant à pleine poitrine, regardant les yeux grands ouverts, oubliant tout, s'oubliant eux-mêmes.

De place en place, dans les allées qu'ils suivaient, il y avait des demi-cercles avec des bancs de gazon. Lorsqu'elle se sentit un peu fatigués, ils s'assirent sur un de ces bancs, en un endroit qui faisait éminence, et d'où l'on voyait sans être vu. Leurs regards couraient sur un espace dégagé, où l'année précédente il y avait eu une coupe : les cépées commençaient à repousser et à s'élever au-dessus des broussailles des herbes et des fleurs ; à la lisière ils apercevaient ou croyaient apercevoir les toits d'un village frappés par le soleil levant.

— Ah ! que c'est joli ! quelle belle matinée ! Comme je me sens heureuse ! l'esprit léger, le cœur tranquille. Ah ! si nous pouvions mourir en ce moment.

— Non, mais vivre ici et ne plus revoir Paris.

— Tais-toi, interrompit Caroline en lui mettant la main sur les lèvres, pourquoi parler de Paris ? ces beaux arbres nous en voudront.

En ce moment un paysan, la faulx sur l'épaule, passa devant eux, et affectueusement il les salua.

— Comment appelez vous ces bois ? demanda Jacques.

— Les bois de Crillon.

Il avait fait quelques pas au devant du paysan; il revint près de Caroline.

Elle était toute pensive et ne disait plus rien.

— Qu'as-tu donc? demanda Jacques; t'ennuies-tu déjà?

— Non; mais j'ai une prière à t'adresser. Ecoute-moi, Jacques et ne me refuse pas. La vie, nous n'en sommes pas maîtres, elle peut nous tromper et nous trahir; notre cœur aussi peut avoir ses égarements et ses défaillances; mais il y a des heures qu'on n'a pas le droit d'oublier, qui sont uniques dans leur charme comme d'autres dans leur horreur: tu as du génie, toi, mon Jacques, — et lui écartant les cheveux, elle regarda son front, — eh bien, quand même je t'aurais abandonnée, quand même tu ne m'aimerais plus, promets-moi de jeter dans un livre (tu t'y prendras comme tu pourras), ce seul mot « les Bois de Crillon; » et dans mon souvenir j'embrasserai ta chère tête, comme en ce moment je l'embrasse.

— Vous arrivez bien mes enfants, leur dit Foulogne, — quand de retour à Paris, ils entrèrent dans la chambre de la rue de Provence, — vous allez me donner un coup de main.

— Et pourquoi faire?

— Pour déménager.

— On nous signifie donc congé?

— J'ai eu une discussion politique avec le propriétaire; je l'ai collé sur la question de la Plata, et il nous renvoie.

Jacques fut attristé. Il avait souffert dans cette chambre, mais aussi il y avait été si heureux, que la pensée de la quitter lui fut cruelle. On chercha et on trouva un nouveau logement rue de Buffault, au cinquième, avec une superbe terrasse, comme disait le concierge.

Toutefois, avant d'entrer dans cet appartement, Jacques vit reparaître son ennemi, et surgir encore le danger qu'il redoutait tant.

Le lendemain même de son retour, il travaillait, lorsque Emile entra brusquement.

— Laisse tout cela et descends vite, lui dit-il.

— Pourquoi donc?

— Chaisemartin est en bas avec le Critique. Je les ai rencontrés ce matin dans un café, et depuis nous sommes en voiture, c'est un quatre places, mais nous n'y serons pas trop à notre aise, car le Critique est gros. Prends ton chapeau; nous allons au Moulin de la Galette.

Jacques arriva tout ému à la portière de la voiture.

Chaisemartin, plus railleur que jamais, dit au Critique:

— Je vous présente une jeune gloire de la littérature à venir, un jeune homme de beaucoup d'esprit, qui a peut-être plus besoin de leçons qu'il ne croit, mais qui recevra les vôtres avec déférence.

Le Critique qui avait la figure très empourprée, et qui, le menton appuyé sur sa canne, paraissait dormir, ouvrit les yeux, regarda dans le vague, puis les referma aussitôt.

— Il est un peu fatigué, dit Chaisemartin, qui malgré son aplomb rougissait sensiblement, il travaille beaucoup depuis quelques jours.

On s'attabla au Moulin de la galette, mais au bout de quelques minutes et probablement à cause de la chaleur, Foulogne et le Critique d'un commun accord se renversèrent sur le dossier de leur chaise et ronflèrent formidablement.

— Laissons les dormir, dit Arthur à Jacques, et allons faire un tour sur les buttes, je voudrais causer quelques instants avec vous.

— Mais fit Jacques en montrant le Critique et Emile...

— Oh! soyez sans crainte, ils en ont pour longtemps, et quand nous reviendrons, ils dormiront encore: je les accompagne depuis ce matin, j'ai payé le déjeuner, je sais ce qu'ils ont eu, ils en ont pour deux heures au moins, je connais mon Critique.

Jacques aimait généralement assez peu les conversations de Chaisemartin; mais cette fois, il ne se fit point prier. Etonné de cette proposition, intrigué de cette insistance, il se leva, et moitié soucieux, moitié curieux, il le suivit.

Tout en cheminant et en regardant Paris, Chaisemartin commença l'entretien.

— Voyons, mon cher Jacques, dites-moi donc au juste ce que c'est que cette jeune fille avec laquelle nous avons dîné. Lui êtes vous... beaucoup, ou ne lui êtes-vous rien?

— Elle est ma fiancée.

— Très joli, très joli; vous avez bien dit ça « elle est ma fiancée! » Eh bien, ma parole d'honneur, je croyais qu'il n'y avait plus de fiancée qu'au théâtre; nous avons a *Fiancée* d'Auber, la *Fiancée de Lamermoor*, et puis *Zampa*, ou la *Fiancée de marbre*; nous aurons la *Fiancée de M. Jacques*, ça fera quatre. Très joli.

— Mais enfin de quelle expression voulez-vous que je me serve?

— Si elle ne vous est rien, dites : « Mademoiselle, » si elle vous est tout, dites : » ma maîtresse; » mais, bonté divine, — c'était un juron du Critique qu'Arthur lui prenait quand [illegible]ait, — ne dites plus : » ma fiancée; » c[illegible] demoiselle n'est pas plus votre fiancée qu'un avoué est un procureur, ou un notaire un tabellion. Laissez là cette couleur Henri IV et parlons sérieusement, n'est-ce pas?

— Je parle très sérieusement, et si le mot est un peu bizarre, c'est que notre situation l'est aussi. Nous nous aimons, nous devons nous marier, ma mère y consent, des obstacles purement matériels s'y opposent seuls.

— Autrement dit, vous êtes sans le sou; et vous vivez comme ça, faisant du sentiment, regardant la lune, soupirant des élégies comme deux chastes âmes qui sont désespérées d'avoir un corps? Cherchez d'autres à qui le faire croire; mais je vous avoue que si cela était vrai, j'aurais d'elle et de vous une triste opinion. Comment, vous avez vingt ans tous les deux, elle est jolie, vous êtes laid, mais d'une laideur intelligente, elle vous croit du talent, vous lui croyez de la vertu, en mitonnant tout cela, ça fait une espèce d'amour, et vous n'en seriez qu'à vous serrer la main, les yeux dans les yeux en écoutant votre âme. Ah! mais non, non : vous êtes trop fort pour moi, mon garçon; et si vous n'êtes pas un être plus primitif qu'un chêne druidique, vous êtes diablement corrompu.

— Ainsi, vous croyez que je mens?

— Ma foi, mon cher, je ne voudrais pas vous fâcher, mais, je vous le répète, si vous dites vrai, tant pis pour vous.

— Vous croyez aussi, sans doute, que je ne l'épouserai pas?

— Ah! là-dessus, dispensez-moi de me prononcer : moi, je n'ai jamais eu de fiancée, et je ne sais pas comment on agit avec elles; seulement, comme vous ne roulez sur l'or ni l'un, ni l'autre, vous ferez, en vous mariant, une chose insensée. Au bout d'un an, elle en aura assez de vous, et vous plantera là; ce n'est pas poétique, mais c'est historique. Ce serait aussi sage de se jeter à la rivière sans savoir nager; mais comme c'est une chose très extravagante, elle pourrait bien se faire.

— Ah! ça, mon cher, qu'avez-vous donc? que voulez-vous et pourquoi me parlez-vous ainsi?

— Pas pour vous dégoûter de cette demoiselle, croyez-le bien. Je ne l'ai vue qu'une fois et ne la reverrai peut-être pas; elle est assez gentille, son frère est un bon garçon; je m'intéresse à eux, à vous, sans m'y intéresser précisément; et je ne serais pas venu exprès de la rue Vendôme à Montmartre pour vous dire ça, mais un hasard nous rapproche, nos compagnons dorment comme des bûches, il faut bien passer le temps, vous me parlez, je vous réponds; je vous vois prêt à sauter dans un trou, je vous retiens par le pan de votre habit, s'il me restait dans la main, il ne faudrait pas m'en vouloir.

— Je crois que vous voyez la vie trop en noir, mon cher Arthur ; nous sommes courageux, Caroline et moi, nous travaillerons, nous lutterons contre la fortune et nous la vaincrons, je l'espère.

— Ceci est du mélodramme, mon bon, et vous êtes véritablement trop littéraire; mais ici nous changeons de littérature, après l'Opéra l'Ambigu : je vois ça d'ici avec des décors, ça sera superbe : votre femme honnête, vous, honnête aussi, et extrêmement pané, un enfant dans un berceau, et pas d'autres accessoires pour simuler la misère, ce qui réjouit la direction; puis un monsieur bien mis, un peu canaille, moi, si vous voulez, s'introduit par la porte ou la fenêtre, pendant que vous faites des démarches pour obtenir la quatre-vingt-troisième place qu'on vous promet depuis deux mois; la jeune femme repousse le séducteur; vous rentrez en annonçant que vous venez d'être nommé concierge; le monsieur se sauve, l'enfant crie, vous le prenez dans vos bras, sa mère vous le dispute, vous vous embrassez tous, — tableau, — au bruit des applaudissements. Je connais cette histoire, et le bon c'est que vous n'y croyez pas plus que moi; au fond, vous savez très bien qu'avec deux misères on ne fait pas ce que les vaudevillistes appellent une honnête aisance, et qu'au lieu de mettre le pot au feu tous les jours, on met tout simplement sa chemise au Mont-de-Piété, quand toutefois on a une chemise.

— Et mon travail, interrompit Jacques en regardant Arthur avec une noble fierté.

Mais celui-ci prit une figure étonnée, digne d'un des comiques du Palais-Royal.

— Quelle profession exercez-vous donc?

— Eh parbleu! vous le savez bien, j'écris.

— Dans votre chambre, oui, mais dans quel journal, s'il vous plaît? Grâce au désœuvrement dans lequel je passe ma vie, quand je ne suis pas au Champ-de-Mars à voir défiler les régiments, je suis au café, et comme on ne peut pas toujours boire, parce que ça fait mal, je me forme le cœur et l'esprit en lisant toutes les feuilles de chou parisiennes. C'est peut-être défaut d'attention de ma part, mais je n'ai jamais vu votre nom ni dans la *Revue des Deux-Mondes*, ni dans les *Débats*, ni même dans le *Moniteur de l'Epicerie*. Si je me suis trompé, rectifiez je vous prie, mes idées. Je n'ai rien lu de vous, mais j'aurais un vif plaisir à faire connaissance avec votre prose... imprimée, s'entend.

— Vous vous amusez gratuitement, et vous savez aussi bien que moi qu'on n'entre pas facilement dans un journal ; mais, malgré vos railleries, je sais que j'ai du mérite, et il faudra bien que je perce.

— Décidément, vous êtes colossal; mais si vous n'êtes pas plus original dans ce que vous écrirez que dans votre conversation, vous n'aurez pas de succès. Voilà une heure, — il regarda à sa montre, — non, trois quarts d'heure, mais ça ne fait rien, que vous défilez devant moi toutes les balivernes qui ont bercé mon enfance ; vous avez une fiancée; vous vivez dans une mansarde; vous avez du mérite ; vous percerez; qu'est-ce que vous percerez? vos bottes, si vous en avez, et voilà tout. Tenez, ma parole d'honneur, si je vous laissais encore parler, vous me diriez, d'un air tragique, comme ça, — et il se décomposa la figure : — « Eh bien! si je ne réussis pas, je me tuerai. » Vous croyez qu'on se tue parce qu'on n'a pas de quoi vivre? Moins on a de quoi vivre, plus on s'accroche à la vie. Si vous ne réussissez pas, — et vous ne réussirez pas, parce que, quand vous auriez du talent, ce que j'ignore, il faut au moins un intrigant pour vous lancer, et qu'il n'y a pas en vous matière à une opération, — si vous ne reussissez pas, vous ne vous plongerez aucun poignard dans le sein, mais vous plongerez une main très indiscrète dans la poche de vos amis; comme par une fatalité, vous arriverez toujours chez eux au moment où l'on mettra la soupe sur la table; vous roulerez toujours dans votre tête un livre gigantesque, et vous appartiendrez en première ligne à la rédaction d'une foule de journaux qui n'auront d'autre tort que de ne pas exister. Vous arriverez comme ça assez avant dans la vie, en donnant pas mal d'entorses à votre conscience, et en faisant des trous à la lune pendant que votre femme raccommodera ceux de votre pantalon ; et puis un jour vous disparîtrez, on ne saura pas ce que vous êtes devenu, vous ne le saurez pas vous-même tant vous différez du jeune homme intelligent qui se tient raide et colère devant moi ; vous végéterez, vous vous éteindrez dans quelque servitude infime, heureux si elle n'est pas crapuleuse. Ah ! vous croyez, — s'écria-t-il en montrant Paris, — que c'est en faisant du sentiment avec les petites modistes, et en se berçant de chimères, qu'on arrive à monter le cerveau et à gonfler le cœur de tous les gens qui habitent dans ces maisons-là : si vous n'êtes pas un homme vraiment extraordinaire, vous croyez qu'ils vont quitter leurs occupations pour s'intéresser à vous, et vous regarder passer. Certainement, par le temps qui court, un monsieur, qui a une fiancée et qui se figure que le mérite perce, est un monsieur précieux et rare, mais ça ne suffit pas. Tenez, continua-t-il, en désignant du doigt le Moulin de la Galette, — ce gros homme qui dort là, et qui vous a paru vulgaire sans doute, savez-vous ce qu'il a subi de douleurs, remué d'idées, traversé d'abîmes pour écrire sur son front : « Je suis le Critique ; » vous sentez-vous les reins assez forts pour faire comme lui ? Non, n'est-ce pas ; eh bien ! alors, redescendons et buvons d'autant.

---

## CHAPITRE XV

### LES ROUBRIES DE L'EXPÉRIENCE

Le soir du jour où cette conversation eût lieu, on redescendit au café du Coq Gaulois : le lendemain Chaisemartin et le Critique y revinrent : puis ce fût une habitude et personne n'y fit plus attention.

Personne, excepté Jacques cependant ; ainsi sa prévoyance, ses plaintes, ses menaces avaient été inutiles, le destin était plus fort que lui, la liaison avec Chaisemartin était accomplie, et il lui fallait engager une lutte, dans laquelle il se sentait vaincu d'avance.

Que faire en effet? quel parti prendre?

Chercher querelle à Chaisemartin ; mais celui-ci n'en offrait jamais l'occasion, malgré son audace naturelle, malgré son insolence affectée, il savait très habilement s'arrêter à la limite où la plaisanterie devient insulte, et si parfois il allait trop loin, il le sentait aussitôt, revenait sur ses pas, invoquait en riant les droits de la camaraderie, s'excusait effrontément, se moquait de lui-même, et rendait toute discussion insoutenable, toute rupture impossible.

Le mettre franchement à la porte, mais c'était blesser Foulogne, qui ne comprendrait pas qu'on doutât de sa sœur.

Prier Caroline de le congédier elle-même, assurément c'était là le moyen le plus direct, mais c'était aussi le plus dangereux. Les premiers mots qu'ils avaient échangés au sujet de Chaisemartin étaient si promptement devenus amers, incisifs, cruels ; l'entretien avait si rapidement tourné à la querelle, que Jacques n'osait le recommencer sans avoir au moins des motifs précis, des griefs évidents qui mettraient le bon droit de son côté, et non de simples inductions, de vagues craintes qui permettraient des détours et des faux-fuyants à une conscience déjà coupable, — de justes reproches à une conscience maladroitement outragée. Au reste, devant la nécessité d'une explication immédiate, il reculait hésitant. Il commençait à connaître Caroline et savait qu'au premier signe trahissant un soupçon elle s'emporterait et voudrait rompre ; il se connaissait lui-même et savait aussi qu'il ne garderait ni son sang-froid, ni sa raison, qu'il perdrait peut être toute mesure, et qu'alors des paroles seraient lancées qui feraient un mal irréparable et créeraient une situation plus difficile et plus fausse encore que celle qu'ils traversaient en ce moment. Et puis le temps n'était plus où, habile et fier, il allait bravement et sûrement au-devant du danger; maintenant rendu lâche par la grandeur même de son amour, il avait toutes les timidités d'un amant de vingt ans, et à cette seule pensée : « Si j'allais la fâcher, si j'allais la perdre, » il se sentait sans force, sans volonté, sans espoir. Ah! s'il eût pu seulement dire : « Entre Chaisemartin et moi choisis, » cela lui eut donné courage, mais Chaisemartin s'était-il jamais prononcé, et lui-même Jacques, sans le consentement exprès de sa mère, pouvait-il se prononcer formellement. Des espérances, des promesses, des serments, c'était là seulement ce qu'il pouvait opposer à son rival.

Il fallait donc lutter et lutter furtivement contre un homme riche, expérimenté, maître de son esprit et de son cœur, quand on était soi-même pauvre, sans expérience, sans confiance, aveuglé par l'amour et la jalousie.

Il fallait attendre sans même savoir jusqu'où, et pendant ce temps, Caroline, atteinte déjà peut-être en son honnêteté juvénile, était libre de froidement raisonner et d'envisager l'avenir en ne le regardant qu'à travers les tristesses du présent; elle pouvait, sous cette trompeuse influence, comparer les deux rivaux, les juger eux et leur fortune, et, en se laissant refroidir par les laideurs de la misère et les trop justes craintes de l'incertain, se laisser corrompre par les séductions de la richesse et les trop attrayantes illusions de la sécurité.

Cependant, comme si ce n'eût point été assez de ces réunions, qui, en resserrant l'intimité d'Arthur et d'Emile, effrayaient Jacques si justement, il se présenta bientôt un incident qui la rendit encore plus vive et plus complète, et qui chaque jour amena Chaisemartin rue de Buffault.

Dans un moment de caprice et d'humeur, Caroline quitta son magasin et resta chez elle à travailler : tout le monde voulut lui tenir compagnie, et chaque soir vit réunis Emile, Caroline, Jacques, le Critique quelquefois, Chaisemartin toujours.

Pour Jacques, chacune de ces soirées fut un cruel supplice : pour lui, elles s'écoulaient avec une mortelle pesanteur, tantôt coupées par des silences significatifs, tantôt traversées et envenimées par les plaisanteries de Chaisemartin ou par quelque épigramme du Critique, qui tous deux, par instinct, l'avaient choisi comme une cible où décocher leurs malices.

Caroline, généreusement, essaya d'abord de le défendre, de se mettre entre lui et ses persécuteurs; mais Chaisemartin était si drôle, le Critique touchait si juste dans ses observations, qu'il fallait en rire et passer de leur côté.

Alors commença dans le cœur de la jeune fille un désenchantement plus cruel que celui de l'amour, et qui, d'ailleurs, lorsqu'il aurait atteint cette dernière limite, devait emporter l'amour avec lui.

Jusque-là, d'une bonne foi robuste, d'une confiance entière, elle avait cru au génie de Jacques; elle n'avait mis, au point de vue de l'intelligence, aucun homme, aucun nom, si célèbre qu'il fût, en comparaison avec son amant, elle pensait, elle disait sans forfanterie et sans hésitation, que le jour où il serait donné à Jacques de se produire, il étonnerait le monde ; qu'il y avait en lui des trésors d'esprit et de science depuis longtemps accumulés, et que lorsque tout cela déborderait, les plus matois ouvriraient les yeux et les plus fiers baisseraient pavillon.

L'inaction de Jacques, qu'elle attribuait à la fatalité des circonstances ne l'avait nullement ébranlée.

Mais lorsqu'elle le vit chaque soir en butte aux railleries d'un homme qui était célèbre, et dont lui-même il lui avait appris à connaître le nom et à respecter l'autorité, le doute commença à se glisser dans son esprit, et elle se demanda si elle ne s'était point trompée, si elle n'avait pas pris un écolier pour un maître, le bavardage pour l'éloquence, la facilité pour le talent, un enfant pour un homme.

Elle chercha au milieu de ses incertitudes à s'appuyer sur son frère, dans lequel elle avait toujours trouvé le plus fanatique admirateur de Jacques; mais Emile, lui aussi, avait subi la même mauvaise influence, et quoique moins troublé, parce qu'il réfléchissait moins, il se sentait assez disposé à faire des restrictions et des réserves, auxquelles il n'eût point songé quinze jours auparavant.

Ne recevant aucun aide, aucune lumière de ce côté, elle retomba lourdement sur elle-même, se demandant avec anxiété comment elle déroberait le mot de l'énigme.

Elle était d'autant plus embarrassée qu'en cette matière elle n'osait s'en rapporter à son sentiment personnel, très net et très franc, qui l'eût guidée à coup sûr. A n'écouter que son instinct, il lui semblait que Jacques était supérieur à Arthur et quelquefois au Critique lui-même; elle lui trouvait tout ce qui manquait chez eux, et tout ce qu'elle aimait, la générosité, l'élévation, la poésie; mais elle était si bien habituée à entendre le Critique parler des vraies règles de l'art, des lois de la raison, des secrets de la science, qu'elle se croyait naïvement incapable de rien décider à cause de son ignorance; et qu'elle s'accoutumait à regarder la littérature comme une chose exceptionnelle, compliquée, extraordinaire, comme l'algèbre, le sanscrit ou la philosophie. Or, il n'y avait pas à dire, un docteur en cette science avait tâté le pouls à l'esprit de Jacques, et il l'avait condamné. Ainsi Jacques n'était ni un génie, ni un aigle, il était tout simplement un des plus humbles et des plus mesquins parmi les deux ou trois mille petits jeunes gens qui, sur le pavé de Paris traînent la savatte littéraire.

Elle souffrit beaucoup dans sa vanité, mais cependant elle ne cessa point pour cela d'aimer Jacques. Certes, elle eût préféré être fière de lui, mais en pensant qu'il n'était qu'un déshérité, elle se sentit prise à son égard d'une tendresse maternelle, et elle se dit : « Ne laissons point paraître la lumière qui s'est faite en moi, et entretenons-le dans son illusion, dans sa vanité littéraire. »

Mais la réflexion, en lui présentant les choses sous un autre aspect venait corrompre cette dernière joie. En réalité c'était non seulement le grand avenir qui se fermait devant eux, la belle carrière du succès, de la gloire et de la fortune; mais c'était le petit avenir, le pain du ménage, la sécurité, l'honnêteté. Si Jacques n'était qu'un mauvais littérateur, incapable cependant de faire autre chose que de la littérature, comme cela se voit trop souvent, que deviendrait-elle? que deviendraient-ils tous deux?

Un soir, que son frère et Jacques étaient à dîner dans le quartier Latin, et que le Critique était retenu chez lui par un accès de goutte, Chaisemartin en arrivant à l'heure ordinaire, la trouva seule, plongée plus que jamais dans ses tristes réflexions.

Après les premières politesses et les informations prises sur l'heure probable à laquelle rentreraient les deux amis Emile et Jacques, Chaisemartin regarda Caroline assez longtemps et d'une voix presque rude :

— Vous êtes bien pâle aujourd'hui; vous aurez encore travaillé trop tard la nuit dernière.

— Malheureusement non, répondit-elle, je n'ai pas assez de travail pour cela, et s'il ne m'en vient pas ces jours-ci, je ne sais trop comment nous ferons.

Il se leva et se promena dans la chambre comme un homme de mauvaise humeur.

— Il est inconcevable, s'écria-t-il en frappant du pied, qu'avec deux hommes jeunes et forts auprès de vous, vous en soyez réduite à des extrémités pareilles.

Il fit le tour de la chambre, s'arrêta devant Caroline pendant quelques minutes, la regarda travailler sans rien dire, puis reprenant l'entretien du ton de quelqu un qui veut échapper à son embarras à force de brusquerie :

— Si la position d'un homme de mon âge envers une jeune fille... une jeune femme... — je ne sais comment vous appeler, — n'était pas parfaitement ridicule, je pourrais, lorsque j'accroche quelque sous à un usurier ou à mon père, ce qui m'est tout un, les partager amicalement avec vous et Emile. Mais que diable, je n'ai le droit de rien offrir à la fiancée de M. Jacques, moi, et il aurait, lui, parfaitement le droit de vous faire une scène, et à moi de me faire la mine. Mais laissons ce sujet désagréable.

Caroline répondit qu'elle le remerciait, mais qu'il se méprenait assurément sur le caractère de Jacques. Il n'était pas assez mal élevé pour refuser un service si obligeamment offert.

Quand elle eut fini, il s'assit tout d'un coup, et la regardant fixement :

— Ce que c'est que les situations fausses; si Jacques acceptait un service de moi à vous, je le mépriserais et vous ne l'estimeriez guère. Personne autre que lui ou votre frère n'a le droit en ce moment de venir à votre aide. Comme ils n'ont l'air de se presser ni l'un ni l'autre, vous pourriez bien mourir de faim à côté d'amis dévoués, qui ne demanderaient qu'à vous être utiles. Mais il y a les convenances, — il se mit à rire, — belles convenances, avouez-le, car enfin supposez, qu'au lieu d'être amoureux comme je le suis d'une autre femme, je sois amoureux de vous, que je vous fasse une déclaration, que je me jette à vos genoux; voyons, auriez-vous le droit de vous fâcher? Etes-vous une femme mariée? êtes-vous madame Jacques? Ah! alors je me trouve en présence de quelque chose de réel, il y a le code, la société, le devoir. — Etes-vous sa maîtresse? très bien; il y a la passion qui vous garde mieux que tous les magistrats et tous les gendarmes du monde : dans les deux cas, vous n'avez qu'à me mettre à la porte et moi je n'ai qu'à prendre mon chapeau et à descendre vos sept étages. Mais vous n'êtes ni amante, ni épouse ; vous êtes quelque chose de fabuleux, de fantastique, d'insensé; vous êtes une fiancée... Comprenez-vous ce qu'il y a d'équivoque, et en même temps de séduisant pour certains hommes dans votre position. Tenez, je suis peut-être un personnage fort matériel, mais je ne comprends pas que ce Jacques, qui vit depuis si longtemps auprès de vous, ne vous ait pas épousée, ou que, dans un moment de transport et d'égarement, il n'ait pas fait de vous sa concubine.

Toute rouge de honte et de colère, elle se leva avec un geste de dégoût.

— Oh! le mot n'est pas beau, je le sais, j'en conviens... Mais, que voulez-vous, je ne suis pas un poète, moi; je ne sais pas mettre de belles étiquettes aux vilaines choses; et si je vivais maritalement avec une femme, quand ce serait Jeanne d'Arc en personne, je ne l'appellerais pas une fiancée...

Caroline garda le silence et ne leva pas les yeux; visiblement elle était blessée : il comprit qu'il était allé trop loin.

— Hé mon Dieu! ce n'est pas vous que j'accuse; je sais que vous êtes pure et blanche comme le lis; ce n'est ni Jacques, ni votre frère, ils n'ont péché que par excès de naïveté. Quand vous aurez un peu vécu, vous saurez qu'il n'y a que les honnêtes gens pour se fourrer héroïquement dans des bourbiers, et y rester le plus vertueusement du monde : ils ont des motifs, des explications, des raisons à eux qui feraient rire un diable, et qui font damner un homme de sens. Jacques vous respecte; il sait que s'il vous avait proposé d'être sa maîtresse il aurait pu y avoir rupture entre vous; alors comme il vous aime et que s'il ne vous épouse pas c'est parce qu'il est sans un sou, ne pouvant pas vous avoir et ne voulant pas vous perdre, il a inventé ce que j'appelle « le truc fiancée; » c'est une hypothèque qu'il a mise sur vous. Ce garçon qui n'est pas bête se dit en lui-même : De deux choses l'une, où il m'arrivera de l'argent et je l'épouserai, ou par la force des choses et compromise aux yeux du monde par une vie en commun, ennuyée d'avoir tous les déboires qu'aurait une vraie maîtresse, à quelque dimanche soir, elle jettera son bonnet par dessus les moulins et voudra connaître les avantages et les plaisirs de sa situation. Au fond, vous comprenez bien que tout ça m'est parfaitement égal; ce ne sont pas mes affaires; vous allez me détester pour ma franchise, et vous redirez tout à Jacques qui me détestera encore bien plus; mais, en vérité, je ne veux pas voir une belle fille comme vous, — car vous êtes belle, — gâter et perdre sa vie à plaisir. Retenez bien ceci : vous êtes une épouse peu probable, et vous n'êtes qu'une maîtresse en expectative. M. Jacques est comme le hibou qui avait coupé les pattes aux souris; il vous élève et vous engraisse; je n'aime pas ça.

Foudroyée par ce langage cruel, dans lequel il y avait tant de vrai, et où ce qu'il y avait de faux et de perfide disparaissait sous le tranchant de la forme, Caroline fondit en larmes :

— Oh! de grâce, monsieur, lui dit-elle, ne parlez plus, taisez-vous.

Il se tut en effet pendant quelques secondes, puis quand il vit que le plus fort de la douleur était passé, il recommença :

— Que voulez-vous, je suis un libertin, moi, Jacques n'aura pas manqué de vous le dire, je n'ai ni velours, ni fleurs, ni charme dans les paroles. Ma mère m'a été marâtre; au collége, j'ai vécu avec d'assez mauvais gredins qui me battaient quand ils étaient les plus forts, et qui léchaient mes bottes quand ils étaient les plus faibles; pour m'attendrir le cœur, on m'a, plus tard, mis dans le commerce; c'était un moyen, mais il n'était pas bon; je me suis ennuyé, et, quoiqu'on ne me laissât guère d'argent, me sachant riche, j'ai fait des sottises. Comme dans la haute société on n'a pas encore tout à fait pris l'habitude de boire du punch, de fumer des cigares et de dires des ordures, j'ai fréquenté des cabotins qui, en province, représentent tous les beaux arts, et j'ai soupiré par des cabotines, qui m'ont grugé et fatigué en se moquant de moi. Je vous avoue que tout cela ne m'a pas prédisposé à une poésie folle. De désespoir, je m'étais rabattu sur les plaisirs de la table, comme on dit. Mais en cela, comme dans le reste, j'ai abusé, je me suis détruit l'estomac, ce qui fait que je suis très sobre. Il me reste donc beaucoup de dettes, seize heures à dépenser par jour, l'horreur du travail, une certaine estime pour l'eau-de-vie, et le sentiment que ce que je fais et ce que je dis est plat, vilain, ignoble, indigne de moi et des autres.

— Vous vous calomniez, monsieur Arthur; vous êtes bon, généreux : je vous ai vu pleurer au théâtre; je vous ai vu faire l'aumône; je vous ai vu vous indigner contre l'injustice.

— Oui, c'est possible, je ne dis pas non; j'ai des jours où je suis moins méchant, moins aigri, ou plutôt, — ajouta-t-il en riant, — moins gris. C'est quand je me suis levé le matin avec cette idée aussi stupide que fixe, que je pourrais refaire ma vie, avoir un bon et solide établissement bourgeois, m'entourer d'honnêtes gens, regarder en face des visages qui ne seraient ni grimés ni fardés, laisser là cette ironie qui me pèse et me fatigue autant qu'elle irrite les autres, et me payer enfin les sentiments naturels dont ma jeunesse a été privée et dont je me prive moi-même en ce moment.

— Mais ne m'avez-vous pas dit que vous aimiez une personne.

—Oui, et ce n'est pas ce qu'il y a de mieux dans mon affaire : d'abord, parceque la personne en question est une femme mariée, et puis ensuite, parce qu'elle demeure à Lyon et que nous sommes obligés de remplacer les entrevues par huit pages d'une prose hebdomadaire. Cet amour est donc à la fois une faute et un ennui de plus dans ma vie. Non, ce qu'il m'aurait fallu pour me tirer de ce bourbier, — autant que dans mon désordre d'idées et de vie je peux savoir ce qu'il me faudrait, — ç'aurait été, ou ce serait quelqu'un de jeune, d'intelligent, d'honnête et surtout d'indulgent, quelqu'un qui serait assez fort pour museler mes vices, assez bon pour avoir pitié, et qui avec mes débris recréerait un homme; une sœur de charité qui n'aurait ni peur ni dégoût d'un être qui a roulé avec toutes les courtisanes de Paris. Ah! ça ne serait pas une petite cure, et la femme qui accomplirait en moi cette transformation pourrait se vanter d'avoir fait un fameux miracle. Mais qui diable se souciera d'une pareille tâche? On me laissera retourner à mon vomissement et j'y creverai comme un chien que je suis.

Il regarda Caroline : elle était profondément pensive; il jugea que pour ce soir-là il en avait dit assez.

— Allons, fit-il en regardant à sa montre, il est onze heures, et nos amis n'ont pas l'air de se presser de rentrer. Comme vous n'êtes pas ma fiancée, je ne veux pas rester trop tard avec vous, ça serait parfaitement innocent, mais ça aurait l'air décolleté.

Caroline se leva, balbutia quelques paroles confuses, et, marchant comme une personne qui rêve, le reconduisit la bougie à la main.

A la porte du corridor, il lui prit la main gauche et lui dit d'un ton paterne :

— Oubliez, je vous prie, toutes les sottises que je viens de débiter; il n'y a pas, dans tout cela, un grain de bon sens. Jacques est un honnête garçon qui tiendra sa promesse, je n'en doute pas. Je n'ai voulu vous faire peur que pour que vous le talonniez un peu, afin d'abréger une situation qui devient vraiment intolérable : — Ah! oh! vous me trouvez bien prude, — fit-il en rencontrant le regard surpris qu'elle attachait sur lui, — il vous semble, n'est ce pas, qu'un libertin comme moi, n'a guère le droit de chapitrer une honnête fille comme vous, une créature séraphique comme monsieur Jacques, mais ce dont vous ne vous doutez pas, ma chère enfant, c'est que ma chasteté me vient de mon libertinage : c'est que nous sommes friands de pudeur comme le gourmet l'est d'une viande simplement apprêtée; c'est qu'on nous a servi le plaisir sous tant de formes ignobles ou hypocrites, que nous en avons la nausée. Je suis bien délabré, bien entamé au moral et au physique, et cependant, si j'avais une sœur, je voudrais qu'elle vécut enveloppée jusqu'à son mariage dans sa robe de première communion, parce qu'alors je serais sûr qu'il n'y aurait pas une tache sur sa robe de noce : nous avons le flair de ces choses-là nous autres, tandis que les honnêtes gens qui vivent dans des mansardes, au milieu des chats, des chiens, des puces, fenêtres et portes fermées, ne devinent rien, ne sentent rien avec leurs nez vertueux.

Et sur cette boutade, il descendit rapidement l'escalier.

Les jours qui suivirent cet entretien furent cruels pour Caroline; elle ne comprenait plus rien de ce qui se passait en elle : il y avait des jours où elle méprisait Jacques, et où elle se surprenait à plaindre Arthur, à partager ses souffrances, à se dire que ce serait une noble tâche que de le régénérer; puis elle écartait cette pensée avec horreur, elle rougissait d'avoir été infidèle même en pensée à son amour, et elle accablait de ses caresses Jacques plus inquiet que touché, et qui se demandait anxieusement d'où pouvait venir cette mobilité d'humeur.

Ce désordre moral, ces agitations intérieures réagissaient sur sa santé; souvent elle se plaignait de n'avoir pas dormi; elle mangeait à peine; elle avait un malaise générale, des lassitudes, des frissons irréguliers, une grande sensibilité au froid; elle fut deux jours sans sortir, accusant une effroyable courbature, des maux de tête extrêmement violents; enfin, un soir qu'elle était allée travailler dans un magasin qui l'employait ordinairement à domicile, Jacques, en venant la chercher, la trouva assise à moitié évanouie sur un banc du boulevard; ses dents claquaient; elle se plaignait de douleurs terribles dans la poitrine et dans la tête; elle avait mal au cœur, et ses jambes ne pouvaient plus la porter; il eut toutes les peines du monde à la ramener rue de Buffault, et elle se mit au lit immédiatement.

Pour lui il courut trouver Foulogne qui était au café du Coq-Gaulois en train de jouer à l'écarté, plusieurs consommations successivement accumulées sur sa tête.

— Qu'est-ce que tu veux? demanda-t-il en voyant Jacques.

— A vous de donner.

— Viens tout de suite, j'ai à te parler.

— A l'instant. — J'en demande: vous refusez très bien, je joue atout.

— Mais je ne puis attendre, Emile?

— Rien qu'une seconde. — Vous jouez, je marque le roi. Ah! sacrebleu, vous aviez la dame.

— Tu ne veux pas venir?

— Je n'ai plus qu'un point, tu vas voir.— J'en demande. Vous refusez encore, c'est parfait. Atout, atout, atout, je fais la vole: un point de plus qu'il ne me faut. Vous endossez les consommations, mon cher.

— Est-ce que vous ne me donnez pas ma revanche? demanda le joueur épouvanté de se trouver à la tête de douze demi-tasses et de quinze canettes.

— Ah! par exemple, non, s'écria Jacques.

— Mais, enfin, qu'est-ce qu'il y a donc? demanda Emile indécis.

— Caroline est malade, très malade, viens avec moi chercher un médecin.

— Animal, va! il fallait me le dire tout de suite. Que le diable emporte les cartes!

Ils sortirent en courant. On leur indiqua un médecin rue Lamartine; ils eurent la chance de le rencontrer chez lui et le ramenèrent avec eux.

Il considéra longtemps et attentivement la malade, et lui dit doucement:

— Ce n'est rien, mademoiselle; avec un peu de repos et quelques tasses de tilleul, vous en serez quitte dans trois ou quatre jours,

Mais aux deux jeunes gens qui le reconduisirent, jusqu'à la porte:

— Messieurs, prenez vos précautions, cec est très grave. Mademoiselle est:...

— Ma sœur, dit Emile.

— Hé bien, monsieur, je reviendrai demain matin à sept heures, voir comment elle aura passé la nuit: veillez auprès d'elle: je crains qu'elle n'ait une fièvre typhoïde.

---

## CHAHITRE XVI

### LES AFFRES DE LA SÉPARATION

C'était bien la fièvre typhoïde. Elle ne fut pas violente, mais elle fut très longue, et à deux ou trois reprises la convalescence s'interrompit, le mal sembla prêt à renaître.

Pendant les vingt premiers jours, Emile et Jacques veillèrent alternativement et veillèrent seuls auprès de la malade; personne n'entra dans sa chambre.

Mais lorsque le plus grand danger fut passé, lorsque le délire eut cessé, et que la malade sortant de son assoupissement commença à répondre plus longuement et plus promptement aux questions qui lui étaient adressées, Chaisemartin qui était venu tous les jours pour savoir de ses nouvelles fut introduit auprès d'elle: il y resta une heure, revint le lendemain dans la soirée, puis il amena le Critique, et à mesure que reparut la santé, les séances autour du lit se prolongèrent.

Pendant cette maladie et surtout pendant

cette convalescence, deux faits se produisirent qui affligèrent Jacques profondément.

D'abord, ce qui arrive très souvent dans ces sortes de maladies arriva pour Caroline : son caractère parut complètement modifié et pour ainsi dire transposé. Ce qu'elle aimait avant, elle le prit en grippe, ce qui lui déplaisait lui parut charmant : elle fut affectueuse mais froide avec Jacques, pleine d'expansion avec Chaisemartin, de calineries avec le Critique.

Le second fait, fut la triste nécessité où Emile se trouva de recourir à la bourse de Chaisemartin. L'obligation morale s'ajoutait à la dette pécuniaire : on ne lui devait pas seulement telle ou telle somme, on lui devait la vie d'une chère et inestimable créature ; il passait ainsi à la fois à l'état de créancier et au grade de bienfaiteur.

Lorsque le mieux prenant définitivement le dessus et s'affermissant chaque jour, il fut question de lever la malade et de la faire sortir, il se trouva qu'elle était grandie et maigrie, et que ses robes ne lui allaient plus.

Le lendemain de cette découverte on apporta de la part de Chaisemartin une pièce de soie marron très simple mais cependant très riche d'aspect.

— Permettez-moi, lui dit-il le soir lorsqu'elle voulut refuser ce cadeau, de vous offrir la robe avec laquelle vous ferez votre première sortie et recommencerez une existence qui, je l'espère, sera complètement nouvelle.

On était alors au mois d'octobre, et le temps était doux : cette heureuse circonstance avait hâté le rétablissement de Caroline, et la voyant assez forte, le médecin lui avait conseillé quelques promenades en voiture au bois de Vincennes et au bois de Boulogne. Ah ! comme Jacques eût voulu les faire avec elle seule ces promenades, la tenir doucement appuyée dans son bras, la tête sur son épaule ? Quelle récompense pour ses fatigues ! quelle espérance pour ses désirs ! Mais le pauvre garçon était dans un dénûment tel, que ce bonheur lui était cruellement interdit. Elle eut voulu prendre un omnibus qu'il n'eût même pas pu satisfaire cette fantaisie.

Un dimanche Emile était sorti. On sonna, Jacques va ouvrir : c'était Chaisemartin.

— Caroline est-elle ici ?

Il ne disait plus *mademoiselle*.

— Oui.

— Nous venons la chercher ; le Critique m'attend en bas dans la voiture.

Il va au fond du couloir et sans attendre la réponse de Jacques, il frappe à la porte de Caroline.

— Qui est là ?

— C'est moi Chaisemartin, n'ayez pas peur : nous venons vous prendre pour essayer vos forces et étrenner votre robe.

Elle fut promptement habillée quoique bien faible encore ; mais la perspective d'aller au Bois, et d'y aller en voiture l'avait excitée.

Elle descendit appuyée sur le bras d'Arthur.

Jacques, auquel on n'avait rien dit, les suivait silencieusement et d'instinct.

Lorsqu'ils furent arrivés en bas, Caroline monta la première, et Arthur se retournant vers Jacques :

— Sacrebleu ! mon pauvre garçon, comme c'est contrariant, nous n'avons que trois places. A tantôt.

— A tantôt, Jacques, dit Caroline d'une voix gaie, en lui faisant signe de la main.

— Allons, continua le Critique, ne perdons pas le temps en vains discours, et levons les glaces, crainte des courants d'air. — Cocher au pavillon de Madrid dans le bois de Boulogne.

Jacques resta immobile, il ne pouvait croire que ce qui se passait devant ses yeux, fut une chose réelle : l'écroulement se faisait complet, intense, affreux, sans que rien l'eût annoncé, présagé. C'était fini, ils étaient partis ensemble, lui persifleur, elle souriante. On le comptait pour rien, lui Jacques, qui depuis deux ans lui avait donné sa vie, lui qui l'avait si tendrement soignée, lui qui l'adorait si ardemment : on ne savait s'il était absent ou présent; on le laissait là, sûr de le retrouver au retour. Il n'avait plus à choisir qu'entre une colère qui pouvait lui faire tout perdre, et une complaisance honteuse qui probablement ne lui ferait rien gagner.

Découragé, abruti, ne sachant plus ce qu'il faisait, il remonta l'escalier, et rentra dans l'appartement.

Mais, lorsque dans la chambre de Caroline, il vit les divers objets de sa toilette épars çà et là sur les chaises, il en reçut exactement la même impression que s'il fût entré dans la chambre d'une morte, — d'elle, sa bien aimée, morte à jamais...

— Oh! oui, se dit-il, je ne me trompe pas, elle est morte, pour moi du moins; — et il prenait dans ses mains, et il embrassait avec transport les vêtements dont elle venait de se dépouiller. — Pauvre chère robe elle t'a quittée aussi, toi qu'elle portait si gaiement dans nos promenades, toi que la première fois elle fut si heureuse de mettre; elle vint à moi ce jour-là, me consulta, me dit : « Mon Jacques ai-je bien choisi? Suis-je à ton goût? Est-ce gentil. » Elle t'a rejetée avec dédain, elle a revêtu son insolente robe de soie, et avec elle une nouvelle âme impitoyablement froide.

Il s'assit sur le lit, et les larmes aux yeux il contempla la place où si longtemps il avait anxieusement regardé pendant les cruelles veilles de la nuit, cette tête chérie pâle alors, livide, décolorée.

— Si elle était morte là, dit-il, de sa cruelle maladie, je ne serais pas plus malheureux que maintenant; je la pleurerais avec reconnaissance, avec l'espoir de la retrouver ailleurs, tandis que je la pleure avec honte, avec rage, sans même espérer la retrouver ici-bas. Et tout cela est arrivé d'un coup, en une minute, cela n'était pas il y a une heure. Elle était là, parlant de son ton de voix habituel, me regardant de son même regard, m'appelant son Jacques, et il est venu, il est entré par là. — Il regarda le parquet comme si les pas de son rival y eussent laissé des traces. — Elle l'a suivi; oui, oui, je ne suis pas fou, ils sont sortis tous les deux.

Il alla à la porte restée ouverte, regarda dans l'escalier et écouta quelques secondes.

— Partie! partie! s'écria-t-il en éclatant en sanglots; ils sont partis!

Alors il se mit à errer dans la chambre, croyant toujours la trouver dans la pièce où il n'était pas, toujours foudroyé de ne la point rencontrer, se heurtant aux tables, renversant les chaises, jusqu'à ce que, hébêté, endolori, n'y voyant plus, n'en pouvant plus, il se jeta comme une masse sur le tapis de la chambre de Caroline.

Mais cette masse avait conscience, sans trop se préciser son malheur, elle se savait atrocement malheureuse; l'esprit qui se sentait submergé par l'immensité de la douleur, se débattait par instinct de conservation, et bientôt ce corps gisant à terre redevint un homme : Jacques essuya ses larmes, fit effort pour réfléchir, se leva, équilibra ses jambes, affermit son âme.

— Puisqu'elle est morte, dit-il, je mourrai aussi; mais auparavant, sans être vu d'elle, je veux la revoir. Je vais aller aux Champs-Elysées, dans cette confusion de voitures, et au milieu de ces imbéciles qui croient participer au luxe en le voyant passer; elle ne me reconnaîtra pas : j'emporterai dans mes yeux l'empreinte de son doux visage; quand il fera nuit, j'irai au bord de la Seine, je me placerai sur la crête du talus, je me donnerai un coup de couteau et ce sera fini.

Il partit.

Ses yeux plongeaient avidement dans les voitures qui redescendaient vers Paris, mais dans aucune il ne vit Caroline. Il se souvint du pavillon de Madrid et se dirigea de ce côté.

Il alla jusqu'à la porte Maillot et ne vit personne. Il redescendit en explorant toujours les voitures. Arrivé à Passy, il se retourna et rentra dans le bois : il avait perdu tout espoir de la rencontrer, et il marchait emporté seulement par la sauvage satisfaction de se sentir libre, d'aller d'un pas rapide, devant soi, sans s'arrêter, coupant l'air qui, en se raffraîchissant déjà, lui faisait du bien. Il était en plein sous le bois, ne faisant plus même attention aux voitures qui le croisaient ou le dépassaient, quand derrière lui il s'entendit appeler par une voix stridente et moqueue, — celle de Chaisemartin.

— Je vous dis que c'est lui, criait la voix; il n'y a que lui au monde pour marcher d'un air aussi tragique.

En entendant cette voix, Jacques s'était retourné et presque immédiatement il avait été rejoint par la voiture d'où elle partait.

— Cocher, arrêtez, cria Chaisemartin qui ouvrit la portière, et se penchant vers Jacques encore tout interdit, continua avec un effarement grotesque :

— Comment, c'est vous Werther de la mansarde, Réné de l'écritoire? Bon Dieu quelle mine! Est-ce que vous allez vous tuer? Qu'on le fouille, il doit être bourré de pistolets; tâtez dans les goussets de son gilet, il y a peut-être du poison en poudre.

Jacques était resté quelques instants immobile, regardant sans bien voir, écoutant sans bien comprendre, tout engourdi qu'il était encore dans sa poignante méditation. Mais à ce dernier mot, il eut conscience de ce qui se faisait et de ce qui se disait : un frisson de colère secoua sa torpeur; il regarda Chaisemartin en face et franchit les quelques pas qui le séparaient de la voiture, serrant convulsivement dans sa main le couteau qu'il caressait lorsqu'il s'était entendu appeler.

Et pendant ce temps, comme s'il ne s'apercevait de rien, Chaisemartin continuait joyeusement :

— Allons, montez, jeune homme triste et lugubre; vous en êtes venu à vos fins, qui étaient de vous empiler contre nos personnes sacrées. Vous auriez mieux fait de le dire quand nous sommes partis : vous vous seriez moins crotté.

Jacques était arrivé depuis deux ou trois secondes contre la voiture, et pâle, livide, effrayant, il dévorait Arthur des yeux, le brûlant presque de son haleine.

Il y eut un moment de silence que l'attitude de Jacques rendit terrible.

Aussi tout à coup Caroline comme si elle eût pressenti ce qui allait arriver, se pencha vers la portière en écartant Chaisemartin et tendant la main à Jacques.

— Allons, dit-elle d'une voix douce, montez donc avec nous.

Il la regarda et il lui sembla lire, dans ces yeux qu'il croyait ne plus revoir, de la tendresse, de la prière et même de l'amour. Il fit quelque pas en arrière comme pour s'enfuir, puis ayant encore rencontré les yeux suppliants de Caroline, il s'arrêta de nouveau.

— Eh bien! montez donc, fit à son tour le Critique, d'un ton presque affectueux.

Une minute de plus, et il allait être ridicule ou fou de fureur, il le comprit.

— Oui, se dit-il, souffrons jusqu'à la fin, et voyons si elle me laissera insulter, et jusqu'où.

Il monta, et sans dire un seul mot, il se blottit dans un coin, ayant en face de lui Caroline qui ne le quittait pas du regard.

Il resta ainsi en apparence insensible, mais après la crise dont il venait de traverser le paroxysme, il avait les traits bouleversés, les yeux boursouflés et rouges.

— Je vous prends à témoins qu'il a pleuré, dit Arthur, continuant ses railleries qu'il lui semblait impossible d'interrompre sans paraître avoir peur. Ah! que c'est beau! Hé bien, Critique, vous le voyez, il y a encore dans notre France chérie des jeunes gens qui pleurent..... parce qu'ils ne vont pas en voiture avec les grandes personnes. Savez-vous pourquoi Jacques se mariera, s'il renonce un jour à l'état sacro-saint de fiancé, qu'il affectionne particulièrement, ce sera pour aller en voiture de chez lui à la mairie, de la mairie à l'église, et de l'église chez lui. Vingt ans de sa vie pour deux heures de voiture.

— Mon royaume pour un cheval! dit le Critique.

— Oui, le cheval de sa voiture, continua Chaisemartin.

Caroline ne put s'empêcher de sourire ; elle n'avait plus le courage de sa compassion : Jacques une fois encore était sacrifié.

Jusqu'à la place de la Concorde, ce fut sur le pauvre garçon, une pluie de quolibets, une grêle de droleries. En passant en face de la Madeleine, Arthur comme subitement inspiré se frappa le front.

— N'avez-vous pas remarqué, s'écria-t-il, que Jacques devient effrayamment maigre.

— Il y a, dit le Critique, un degré de maigreur qui est scandaleux.

— Je crois que Jacques mange trop peu, ou qu'emporté par ses hautes idées, il mange mal, et digère plus mal encore, d'où cette maigreur scandaleuse, comme dit le Critique, et qui fait l'objet de ma sollicitude : c'est pourquoi je vous invite tous à l'intention de Jacques, à un festin de première classe chez Bonnefoi. On y enseignera à ce jeune homme l'art de se consoler..... d'une promenade manquée par la nourriture et la boisson.

— Je crains, dit Caroline qui sentit tout ce qu'il y avait d'atrocement cruel dans cette invitation, qu'Emile en rentrant ne soit surpris de ne pas nous voir ; et d'ailleurs pour moi-même je suis encore bien faible.

— Prétexte frivole ! dit Chaisemartin. Emile n'est jamais surpris, il ira dîner au Coq-Gaulois, sans s'inquiéter de nous. Quant à vous, Altesse, on vous mettra dans du coton ; vous n'aurez ni trop chaud ni trop froid ; on reprendra une voiture pour s'en aller, ce qui fera grand plaisir à Jacques, et comme il paraît ignorer ce que c'est qu'un dîner, il pourra au moins, une fois dans sa vie, s'édifier à ce sujet. Si vous avez quelquelque amitié pour lui, ne le privez pas de ces deux bonheurs.

Ce que Jacques souffrait, je ne pourrais le dire, et cependant il accepta : la rage, la fatigue, l'apathie, la pusillanimité, le prétexte qu'il se donnait de voir jusqu'où iraient les insultes d'Arthur sans blesser Caroline, s'emparaient de lui tour à tour ; mais surtout, ce qui le domina et le dompta irrésistiblement, il faut en convenir, ce fut la lâche pensée de ne pas se séparer de Caroline une seconde fois, ce fut l'horrible pensée que peut-être il ne la verrait bientôt plus.

Il savait tout ce qu'il allait souffrir pendant ce dîner, et cependant il y alla, et jusqu'au bout il endura son supplice ; il ne cherchait plus d'excuse à sa lâcheté, il se savait lâche, et il n'en souffrait pas : devant son amour menacé, tout disparaissait, son caractère, sa dignité, son honneur !

Lorsque vers dix heures on rentra rue de Buffault, il avait passé par des sensations si extrêmes, si intenses, qu'il se croyait incapable d'éprouver aucune surprise, et néanmoins il fut bien étonné, ainsi que ses compagnons, en voyant Foulogne leur présenter une longue créature qui tenait le milieu entre l'homme et le peuplier.

Chaisemartin, qui était habituellement insolent, et qui l'était infiniment après dîner, toisa ce roseau humain, et dit à Emile :

— Ah çà, mon cher, où avez-vous donc pêché ce nouveau commensal ?

— C'est mon cousin, le brigadier Ledanois, répondit Foulogne.

— Depuis quand le connaissez-vous ?

— Depuis tantôt.

— Et comment, s'il vous plaît ?

— Je n'en sais trop rien moi-même, mais voici ce que j'y crois comprendre.

Emile alors s'engagea dans de longues explications.

Comme il rentrait une heure après le départ de Jacques, le concierge l'avait appelé :

— Monsieur Foulogne, il y a là dans ma loge, un de vos parents qui vous attend.

Émile regarda le parent, le parent regarda Émile, ils ne s'étaient jamais vus, ils ne se resemblaient pas, ils ne se connaissaient pas. Le parent était très long et revêtu d'une souquenille verte qu'il appelait un twine, et qui quoique longue paraissait courte à cause de l'infinité des jambes ; il avait une espèce de sombrero gris que les ans et les voyages avaient déformé; mais ce qui frappa le plus Emile, ce furent d'ignobles savates éculées et vertes comme le twine, dans lesquelles nageaient les pieds de son cousin.

— D'où venez-vous donc? s'écria-t-il.

— De Rome, mon cousin.

Instinctivement Emile regarda les savates.

— Ah! dit doucement le brigadier, en coulant modestement ses yeux jusqu'à l'extrémité de son individu, c'est une longue histoire.

— Allons, montons chez moi et asseyons-nous.

Comme vers six heures, le nouveau parent, qui parlait depuis trois heures, n'en était qu'à établir sa filiation avec les Foulogne par les femmes...

— Votre histoire m'intéresse, interrompit Emile, mais il y a longtemps que vous parlez, vous devez avoir soif, venez dîner.

— Est-ce loin? demanda le brigadier en regardant ses savates.

Emile comprit.

— Je vous offrirais volontiers des souliers, dit-il, mais en été je n'en ai d'habitude qu'une paire.

— Cependant...

— Soyez sans crainte, c'est tout près d'ici, dans un établissement où mes opinions et mon caractère m'ont acquis quelque estime; je dirai que vous êtes blessé.

Lorsqu'Émile eût raconté cette histoire assez singulière, Chaisemartin, cessant de rire et devenant assez brusque :

— J'espère, dit-il, que vous n'allez pas prendre ce lézard-là en pension : il me paraît un animal à sangfroid, mais il y a assez d'hommes ici; si on y introduit un brigadier, ce sera une caserne, ou tout au moins un poste.

— Soyez tranquille, demain il partira, seulement pour ce soir on va lui faire un lit par terre, il doit être fatigué.

— Je crois bien, dit le Critique, s'il est venu à pied de Rome.

— C'est dans cet itinéraire mémorable, ajouta Arthur, que ses bottes, par un phénomène connu en physique sous le nom d'usure, se sont transformées en savates.

Et ils s'en allèrent en riant.

— Caroline j'ai à te parler, dit Jacques au moment où elle entrait dans sa chambre.

— Est-ce que tu vas me faire une scène, ami? Dépêche-toi alors, j'ai bien sommeil.

— Je n'ai pas de scène à te faire; je veux seulement te poser deux questions : Quel jour veux-tu que je m'en aille? Et à quand ta noce avec Chaisemartin?

Elle lui répondit d'un ton très doux, mais très ferme, en regardant la pointe de ses pieds :

— Je te croyais assez puni de ta sotte jalousie par les railleries de ces messieurs; il paraît que je me suis trompée. Eh bien, mon cher, je suis malade, je suis faible, je ne puis pas vivre au milieu des bouderies et des violences; si tu n'es pas disposé à changer, dis-le moi, je préviendrai Emile, je le prierai de faire respecter sa sœur. A force de douter de mon amour, tu finis par m'en faire douter moi-même. Je t'épouserai parce que tu as ma parole et que je suis une femme d'honneur, mais prends garde que je ne fasse par devoir ce que j'aurais fait par passion.

Elle parlait ainsi tenant la porte entrebaillée d'une main et de l'autre se soutenant au châssis; mais alors elle se redressa, et fixant sur Jacques des yeux sévères depuis la première fois qu'ils se connaissaient.

— Tu es bien mal avisé de toucher, fût-ce du bout du doigt, à notre situation réciproque; tu nous a mis dans un impasse, tu as fait de moi une créature sans nom, sans avenir, une espèce de fille que tu décores d'un nom pompeux, tu dis toujours que tu veux m'épouser, que tu crains de me perdre; hé bien, fais comme moi, travaille. Le jour, — je ne dis pas où tu gagneras de l'argent, — mais le jour où tu m'apporteras la preuve que tu as un état, quelque chose de fixe, de solide, de sérieux, ce jour-là je mettrai avec joie ma main dans la tienne, parce que je ne serai plus cette fiancée dont le monde ricane, mais ta femme légitime que tu pourras faire respecter.

Et disant cela, elle fit un pas en arrière, et sans un mot, sans un geste d'adieu, avant que Jacques, abasourdi, eût trouvé une parole, elle poussa la porte, et, rapidement, elle tourna la clef dans la serrure.

---

## CHAPITRE XVII

### LES PAROLES DU SPHINX

La nuit fut, pour Jacques, terrible à passer.

Ainsi, Caroline l'avait laissé insulter sans le défendre, elle l'avait vu souffrir sans le consoler, et même, au lieu de se disculper, au lieu d'avouer sa faute, elle l'avait encore aggravée, et la dernière pierre, la plus lourde, la plus écrasante, c'était elle qui, comme coup de grâce, l'avait lancée.

Ainsi, elle ne l'aimait plus; c'était bien fini; et déjà, sans doute, elle aimait Arthur; car, sans ce nouvel amour, est-ce qu'elle eût pu se montrer si dure et si impitoyable, elle d'ordinaire si tendre et si généreuse.

Ainsi, il avait brisé les espérances de sa mère, abandonné sa famille, compromis son avenir; il s'était jeté dans une vie d'aventures et de honteux expédients, il avait abaissé son caractère, fait de sa dignité litière à sa passion; lui autrefois si fièrement chatouilleux, il avait supporté les railleries du Critique et de Chaisemartin, et s'humiliant avec une gaieté forcée devant eux, il avait chaque soir étouffé de honte devant lui-même, — pour se voir maintenant délaissé, trahi, bafoué.

Ainsi, pas un de ses sacrifices, elle ne l'avait senti ou deviné : l'abnégation qu'il avait montrée, elle l'avait peut-être toujours prise, elle la prenait peut-être encore pour de la lâcheté : le silence qu'il s'était tant de fois si douloureusement imposé, ce n'était pas à un amour tout puissant, c'était sans doute à une misérable faiblesse, à une honteuse frayeur qu'elle l'attribuait.

Ah ! pendant qu'il en était temps encore, avant que l'habitude de la lâcheté volontaire ne l'eût rendu lâche tout à fait, il fallait s'arracher à cette vie de souffrance et de tromperie, il fallait rompre, il fallait fuir.

Et dans son étroite chambre, agitant ces pensées, il marchait fiévreusement : ce retour sur ce qu'il avait enduré l'indignait contre Caroline, et l'indignait encore plus contre lui même.

Oui, oui, il fallait rompre, il voulait rompre. Longtemps il se répéta ces paroles, comme pour s'habituer un peu à la terrible idée qu'elles exprimaient, puis, après bien des hésitations, bien des larmes, bien des colères, se croyant solidement affermi dans sa résolution, il voulut tout de suite prévenir Caroline, et il se mit à sa table pour lui écrire.

Toutes ses humiliations, tous ses sacrifices, il les rappela avec une douloureuse complaisance; mais, en évoquant ainsi le passé dans ce qu'il avait de poignant, il l'évoquait aussi dans ce qu'il avait d'enchanteur : joies et souffrances se présentaient en même temps, luttaient ensemble; et contre les irrésistibles frissonnements des heureux souvenirs, les blessures cicatrisées des tristes heures avaient une bien faible importance. Alors, les larmes lui montaient aux yeux; il s'arrêtait le cœur gonflé, il revivait dans les jours écoulés; elle était souriante, affectueuse, pleine de tendresse et d'amour; il la revoyait dans leurs soirées au coin du feu, dans leurs promenades à Fontenay, dans leur paradis des bois de Crillon. Où retrouverait il jamais une femme qui eut une telle grâce et une telle beauté? où retrouverait-il jamais des promenades qui eussent un pareil charme, une pareille poésie. Contre cette magie vertigineuse cependant, il tâchait de réagir; dans tous ses souvenirs, il s'efforçait de faire un choix partial, cherchant les mauvais, repoussant les bons; mais, plus d'une fois le courage lui manqua, les hésitations lui revinrent, bien souvent il s'interrompit; pendant de longues heures, il resta la tête plongée entre ses mains, partagé entre la colère et l'amour, et il n'avait point encore fini sa lettre quand les bruits de la rue lui annoncèrent que le jour allait bientôt paraître.

Mais, le matin a des faiblesses et des défaillances qui lui sont propres, et il apporte avec lui de vagues tristesses, mêlées à de vivaces espérances, qui ébranlent toujours et modifient souvent les déterminations du soir ou de la nuit. Jacques était à bout de force, frissonnant de fièvre, anéanti de désespoir, et les choses matérielles en même temps commençaient, sans qu'il pût trop savoir pourquoi, à lui paraître plus inquiétantes, plus lugubres : l'aube qui, triste et grise, blanchissait la fenêtre, la lampe qui, épuisée d'huile, donnait une lumière jaune et fumeuse, la pluie qui, continuement, frappait le toit; ces influences, sur lui s'abattirent lourdement. Il se sentit plus indécis, plus effrayé, plus malheureux encore. Il touchait au moment de l'exécution; il allait partir; il ne la verrait plus; tout serait fini. A la place de sa résolution, il ne trouvait plus en lui que d'étouffantes angoisses.

Pour s'exciter, il relut sa lettre. Mais elle ne l'affermit point; elle l'affaiblit et l'attendrit encore plus. Elle lui sembla injuste. Il avait été aveugle; non Caroline n'était pas, ne pouvait pas être aussi coupable. Cette lettre était stupide et lâchement cruelle. Et, avec la même ardeur qu'il avait mise à entasser les griefs, il tâcha de grouper et de lier des excuses concluantes : excuses pour ce qu'avait fait Caroline, excuses pour ce qu'il se sentait prêt à faire lui-même. Elle était malade, il avait été un fou de ne pas le comprendre; il serait maintenant au moins un maladroit de vouloir rompre. Chaisemartin, seul, avait tout fait, fallait-il lâchement lui céder la place? Pourquoi ne pas aller jusqu'à la fin? Elle avait parlé d'un état, pourquoi n'en pas essayer? N'était-ce pas une preuve d'amour que cette tentative? Que demander de plus que cette affectueuse prévision de l'avenir.

Ainsi lancée dans cet ordre d'idées, il en vint à trouver la conduite de Caroline presque naturelle, à l'innocenter, en rejetant sa dureté sur la maladie. Il brûla sa lettre, qui, maintenant, lui faisait horreur, et ne songea plus qu'à réaliser le moyen qu'elle lui avait indiqué. Mais là, précisément, était la difficulté; que faire? Il n'était bon qu'à être homme de lettres, il le sentait, il le voyait.

Cependant, à force de chercher dans les métiers qui touchaient le plus près à la littérature, il en vint à penser à la typographie.

Il n'avait jamais vu l'intérieur d'une imprimerie, et son excessive maladresse eût dû le détourner de concevoir un pareil dessein; mais, en ce moment, il ne raisonnait pas, on lui avait indiqué une issue, et il s'y engageait follement sans savoir quel serait le résultat de sa témérité.

En traversant le passage du Caire, sur la devanture de presque toutes les boutiques, il avait lu le mot *Imprimerie*, et il en avait conclu que le quartier général de la typographie était situé là; il y alla donc tout d'abord. Mais avant d'entrer, il regarda par les vitres; l'aspect des presses lithographiques, la force qui lui parut nécessaire pour mettre ces machines en mouvement, la rude physionomie des ouvriers l'effrayèrent tellement qu'il n'osa point s'y risquer.

Il alla dans la rue Saint-Denis, la traversa, et au dessus d'une porte cintrée assez basse qui ouvrait sur une allée ou une rue, il lut ces mots : *Cour des Bleus*; machinalement il entra.

C'était une agglomération de maisons, au milieu desquelles circulaient plutôt des ruelles que des rues; ces étroites voies étaient encombrées ou de meubles hors de service, ou d'ustensiles de ménage qu'on n'avait pu mettre ailleurs, ou d'objets qui frappaient les yeux de Jacques pour la première fois et qui, par leur étrangeté, leur noirceur et leur odeur d'encre lui parurent devoir relever de la typographie. Dans la maison qui avait la devanture la plus encombrée, il entra, et par un escalier raide et droit comme une échelle, il monta au premier étage. Il se trouva face à face avec un bonhomme sec, grand et rapé qui avait plutôt l'air d'un usurier que d'un imprimeur.

— Vous êtes imprimeur, monsieur? demanda Jacques.

— Certainement, répondit le grand bonhomme choqué de la question.

— Eh bien! monsieur, je voudrais l'être aussi.

Le grand homme parut assez surpris d'une demande aussi saugrenue.

— Vous voulez acheter un brevet, dit-il?

— Non, monsieur, je suis plus modeste, je voudrais être ouvrier.

Le grand bonhomme eut l'air de se dire? « Qu'est-ce que ça me fait, » et il commenta aussitôt cet air :

— On n'est pas ouvrier sans être apprenti; avez-vous travaillé quelque part, savez-vous quelque chose du métier?

— Non, je voulais vous demander si d'abord c'était bien difficile, et ensuite si vous pourriez m'employer parmi vos ouvriers.

— Je n'ai pas d'ouvriers, et ne fais pas travailler, j'ai des rapports avec les imprimeries, mais je n'imprime pas. Quant à vous expliquer le métier, je n'ai pas le temps c'est très long; mais je vous conseille de ne pas aller dans beaucoup d'établissements vous proposer comme vous venez de le faire, vous auriez peu de chances d'être accepté.

Jacques s'en retourna, fort désappointé, rue de Buffault.

— Il paraît, se disait-il en marchant, qu'on n'entre pas facilement dans la typographie. Ne pas me présenter ainsi; comment diable veut-il que je me présente? Je ne peux pourtant pas dire que je sais parfaitement le métier, quand je ne me doute même pas comment ça se fait.

A mesure qu'il approchait de la maison, la honte le serrait à la gorge; rentrer sans résultat, sans espérance, c'était mal débuter.

Il était cependant arrivé jusqu'à sa porte, lorsqu'en levant les yeux il remarqua qu'une des boutiques d'à côté était précisément occupée par une imprimerie.

— J'ai peut-être été chercher bien loin ce que j'avais sous la main, se dit-il.

Et sans se donner le temps de la réflexion il entra.

Une petite femme grassouillette, à l'œil vif et provoquant, marchant en développant sa poitrine, qui tremblait dans son corsage bien serré, vint au devant de lui avec un air souriant :

— Que désire monsieur? Nous faisons les morts en deux heures et les mariages aussi.

— C'est en effet pour mon mariage que je viens, pensa Jacques; mais il ne se fera pas en deux heures.

Quoique cela lui coûtât beaucoup, il renouvela exactement, dans les mêmes termes, l'aveu qu'il avait fait au grand bonhomme de la Cour des Bleus.

La petite femme l'écouta attentivement, en le regardant avec douceur et intérêt, et quand il eut fini :

— Pauvre jeune monsieur, dit-elle, je comprends, vous voudriez être compositeur.

— Je crois, répondit Jacques; enfin, dit-il, en ouvrant un livre qui était là, et en essayant de se faire comprendre comme un Anglais perdu dans les rues de Paris, je voudrais être de ceux qui font ça, — il montra la page, — de ceux qui mettent ça sur le papier.

— Pauvre monsieur, il n'en sait pas le premier mot; je vous emploierais avec plaisir, — continua-t-elle en lui lançant de ses petits yeux humides et noirs un regard ému, — mais nous n'avons pas de compositeurs nous autres.

— Oh ! je ne tiens pas à être compositeur ; si vous voulez m'employer à autre chose...

— Je le voudrais, interrompit le regard de la petite femme.

— Ça m'est bien égal, continua Jacques, pourvu que je sois dans l'imprimerie.

— Vous êtes bien faible, pour être pressier.

— Mais je ne tiens pas à être pressier.

— Tenez, fit-elle avec douceur, si mon mari était là, il vous expliquerait ça plus en détail ; mais nous sommes lithographes et c'est dans la typographie que vous voulez entrer.

— Décidément, se dit Jacques en sortant, je n'ai pas de bonheur ; je ne me doutais pas ce matin qu'il y avait des imprimeurs qui n'imprimaient pas, et d'autres qui ne prenaient pas d'ouvriers ; enfin, à la grâce de Dieu, j'irai demain dans ce que cette brave petite femme appelle une typographie.

Il était si honteux que, n'osant rentrer et affronter le regard de Caroline, il se réfugia au Coq gaulois, où il conta tous ses chagrins à la maîtresse de la maison.

— Ecoutez-moi, lui dit-elle, et ne vous désesperez pas ; vous savez bien ce libraire qui vient tous les soirs avec son associé, ce libraire qui a un si grand nez et qui est si insolent et si vantard, eh bien il fait imprimer, il doit avoir des relations dans ce monde-là, je lui parlerai de vous.

En effet, lorsque les deux associés entrèrent, elle alla les trouver, et, quand ils furent bien disposés, elle fit signe à Jacques de venir les rejoindre.

— Vous savez qu'on ne gagne rien, lui dit le libraire, qu'on fait au moins deux ans d'apprentissage, qu'on se tient debout toute la journée, et que l'odeur du caractère rend souvent malade.

— Pour mon premier état, pensa Jacques j'ai diablement mal choisi, mais son parti était pris d'aller jusqu'au bout.

— Je le sais, dit-il, comme aurait pu le faire un vétéran de chez Didot ou de chez Claye.

— Hé bien, trouvez-vous ici demain à huit heures, je vous conduirai à notre imprimerie, s'il y a un coin de libre on vous le donnera ; je ne vous réponds pas que vous serez très bien ; c'est un établissement où il y a des canards, il faut marcher promptement.

Ces singuliers mots : canards, lithographie, typographie dansaient dans la tête de Jacques ; mais l'épouvante que lui inspirait cette nouvelle sphère où il allait entrer, était dominée par la joie de pouvoir dire à Caroline :

— Je travaillerai demain.

Lorsqu'il rentra, Emile, Caroline et Chaisemartin étaient autour du feu ; il se mit à chantonner en allant et venant superbement.

— Jacques chante, dit Arthur, hélas ! est-ce le chant du cygne ?

— Non, répondit-il en souriant tristement, c'est le chant du travailleur : j'entre demain dans une imprimerie.

— Vraiment ! dit Caroline en le regardant avec tendresse.

— Alors, demain sera une grande journée pour tout le monde, continua Chaisemartin, car tout le monde entre quelque part : Emile fait un voyage pour notre maison ; Caroline rentre dans un magasin, d'où cependant elle reviendra le soir ; et j'espère que nous finirons par faire entrer le brigadier dans des souliers pour qu'il s'en aille... Tiens, où est-il donc passé ?

— Il se repose.

— Et ses savates aussi chanta Arthur sur l'air de Malborough... En voilà qui feraient pâlir le Juif-Errant. Mais est-ce qu'il n'a fait que ça toute toute la journée, votre lézard ?

— Ah ! pour ça non, dit Caroline ; cette bonne soupe aux choux, c'est lui qui l'a cuisinée.

— Nous en ferons notre chef, s'écria Chaisemartin, demain je lui apporterai un bonnet de coton. Eh bien ! Jacques, continua-t-il, en se tournant vers celui-ci ; voilà un gredin ou un niais, qui n'est ici que depuis hier, et il a inventé, pour se rendre utile, une chose à laquelle vous n'avez jamais songé. Ah ! si vous aviez su faire la soupe aux choux, mon cher ! mais trop de littérature, voilà le mal.

Les jours suivants, la maison fut bien triste : tout le monde, sauf Emile, qui était en voyage, ne se retrouvait que le soir : Jacques était à son imprimerie où il apprenait sa casse ; Caroline était à son magasin ; Chaisemartin et le Critique étaient au café ; le brigadier seul, « pris par les pattes, » comme disait Arthur, restait toute la journée, accoudé au balcon perdu dans des méditations sans fin.

Quand on lui demandait pourquoi il ne cherchait pas à se placer, il se contentait de répondre modestement :

— Oh ! un homme en savates n'inspirerait pas de confiance.

Ces savates étaient devenues un texte de plaisanteries habituelles : c'était la seule gaieté de cette maison désolée où fermentaient sourdement tant de passions contraires ; c'était en quelque sorte le terrain neutre sur lequel chacun se donnait rendez-vous ; et c'est pour cela que Jacques, en me contant son histoire, s'est souvenu de cet épisode avec plus de complaisance que peut-être il n'en méritait.

On s'était habitué à cet esclave vert, qui parlait doucement, qui glissait sur le parquet sans faire le moindre bruit ; il obéissait au Critique, allait lui chercher tous les soirs sa demi-bouteille d'eau-de-vie cachetée, ses *prençados* ou ses *regalias*, et, comme disait Arthur, il rapportait la monnaie ; il obéissait à celui-ci devant lequel, d'ailleurs, il tremblait ; il était doux et complaisant avec Jacques et d'une docilité fanatique avec Caroline.

Quand le cercle était formé le soir, toutes les chaises étant souvent occupées, il se posait sur un tabouret, et il trouvait encore m... d'être trop long ; il s'enfonçait dans l'ombre, fumait modestement les cigares qu'on lui donnait pour sa commission ; puis à un certain moment, il se sentait pris d'un sommeil invincible ; on le voyait glisser le long des murs, et le Critique disait :

— Il est dix heures ; les lézards rentrent.

Mais qui peut sonder le cœur des hommes ! Sous cette humble souquenille battait une âme ardente, et comme n'eût pas manqué de le dire Chaisemartin,

Pour traîner la savate on n'en est pas moins homme.

Ledanois était épris d'un amour très violent pour Caroline. Il ne lui en avait jamais rien dit, et il est probable qu'on n'en aurait jamais rien su, si un soir que pour une bévue elle l'avait un peu grondé, Jacques en rentrant n'avait entendu partir des sanglots de la pièce qui donnait sur la rue. Il y entra par une porte en même temps que Caroline y entrait par l'autre.

C'était le brigadier qui faisait ce bruit ; appuyé sur la table du secrétaire, assis de travers sur une chaise, la tête dans ses mains, les jambes allongées, il sanglotait lamentablement, et ses jambes avaient des convulsions grotesques.

— Regarde-le, dit Jacques à Caroline, comme il pleure avec ses jambes.

— Qu'avez-vous, mon pauvre garçon ? demanda Caroline.

Il la regarda hébété, ne répondit pas, se leva brusquement et s'enfuit dans la cuisine.

— Suis-le, dit-elle à Jacques, et tâche de le calmer.

Ledanois s'était mis la tête dans le fourneau, où il hurlait en faisant voler un tourbillon de cendres.

— Ah ! que je l'aime ! ah ! que je l'aime ! criait-il.

— Mais qu'est-ce que vous avez ? demandait Jacques ; qu'est-ce que vous aimez ?

— Elle, ma cousine.

— Quelle cousine ?

— Mademoiselle Foulogne. ci-

— Lui aussi, fit Jacques ; le malheurirs, il ne nous manquait plus que ça. sur-

Et moitié colère, moitié riant, vre au

coucher, laissant le brigadier, qui beugla encore une heure :

— Ah ! que je l'aime ! ah ! que je l'aime !

Lorsque le lendemain Jacques raconta les amours du brigadier, ce fut un rire général, seul, Chaisemartin ne rit point.

— Tant que cet animal n'a tenu que de la place, dit-il, on a pu le tolérer, il devient nuisible, il faut s'en défaire : on lui donnera des bottes.

Le lendemain ces bottes arrivèrent, mais ce fut sous une forme tout à fait imprévue.

Un des anciens amis de Foulogne, un des fameux étudiants, Pyrou, qui était retourné en province, écrivit qu'il viendrait passer deux ou trois jours à Paris, pour subir un dernier examen, et qu'il comptait déjeuner rue de Buffault.

Quoique Emile fût en voyage, on se prépara à recevoir dignement Pyrou, et tout le monde se réunit pour son arrivée.

Au jour dit, il fit son entrée tout flambant neuf, non en costume de voyage, mais en toilette de visite ; il avait surtout des bottes vernies admirablement luisantes.

En les voyant ces bottes merveilleuses, le pauvre brigadier poussa un soupir d'envie ; mais bientôt il ressentit une joie naïve lorsqu'il entendit Pyrou se plaindre, gémir, de la gêne que lui causaient ces bottes, gesticuler en grimaçant, puis finalement s'écrier d'une voix piteuse :

— Est-ce que vous n'auriez pas des savates ici Je suis bien honteux, mais vraiment...

— Nous en avons de fameuses, dit Chaisemartin ; elles viennent de Rome.

Puis, se levant, il alla dans la cuisine.

— Ledanois, dit-il, vous allez donner vos savates à ce monsieur.

— Et moi, je ne peux pas marcher complètement nu pieds, cependant.

— Je le sais, quoiqu'un homme qui est venu de Rome avec des savattes trouées ne doive pas être bien difficile. Mais j'ai une proposition à vous faire. Vous devez convenir, brigadier, que nous en avons tous [illegible] vous ici, vous nous avez toujours promis que si par fraude, dol ou crime, vous vous procuriez des bottes, vous fileriez promptement. Eh bien ! voici des bottes qui arrivent de Caen à votre intention : elles sont un peu petites, c'est vrai, mais en revanche elles sont vernies. Nous allons garder ce monsieur deux heures dans vos savates ; vous, entrez dans ses bottes, faites vos courses, et bonne chance.

Le déjeuner fut très gai, on le fit durer le plus longtemps qu'il fut possible, et chacun prévenu par Chaisemartin, apporta son contingent de plaisanteries : le Critique entama des dissertations à perte de vue et fut religieusement écouté par Pyrou, qui ne comprenait pas mais qui admirait le grand homme ; Jacques raconta toutes les anecdotes qu'il savait, et Arthur fit les calembours les plus monstrueux. Cependant les deux heures s'écoulèrent et le brigadier ne revint pas.

Pyrou commença à parler de visites qu'il avait à faire ; et il annonça en même temps son intention d'offrir le café.

— Pourquoi sortir? dit Chaisemartin en saisissant au vol cette proposition ; si vous m'en croyez, nous ferons venir le café ici.

Le café monta. Quand il fut épuisé, le Critique, qui avait quelques louis dans sa poche, fit venir deux demi-bouteilles cachetées.

Pyrou but et fuma ; puis lorsqu'il eut entendu une longue comparaison que fit le Critique entre Ponsard et Casimir Delavigne, et qu'il termina en les déclarant tous les deux idiots, il se sentit la tête lourde, et demanda à se mettre un quart d'heure sur un canapé.

— Oui, dormez, lui dit-on, en chœur, ça vous fera du bien.

Il dormit jusqu'à six heures, et lorsqu'il se réveilla, le brigadier n'était pas revenu.

— Le misérable se sera enfui dans les bottes, disait Arthur.

— Non, répondait le Critique, le misérable était habitué aux savates, il en aura racheté avec le produit des bottes, et il sera retourné à Rome.

— Nous ne pouvons pourtant pas toujours garder Pyrou.

— Pourquoi pas? il a l'air bonasse : il mettra les savates, et on pourra peut-être lui apprendre à faire la soupe aux choux.

— Il n'aura jamais le prestige du brigadier.

— Pourquoi donc?

— Il n'a pas le twine.

On mit la table; Pyrou voulait partir, mais cette vue le dompta. On traîna la soirée aussi longtemps que l'on pût. Enfin, vers onze heures, on entendit sonner.

Chaisemartin alla ouvrir. C'était le brigadier. Mais dans quel état, bon Dieu, il était ruisselant de sueur et se soutenait avec peine sur ses pieds. Il se laissa tomber sur une chaise dans la cuisine et se mit à geindre.

— Où souffrez-vous?

Avec ses mains il indiqua les bottes. Chaisemartin se baissa pour les examiner : sur plusieurs points, elles paraissaient s'être ouvertes.

— Mais, malheureux, on vous a confié ce meuble tout neuf, et vous le rendez délabré. Allons, défaites vite ces bottes.

Le brigadier poussa un soupir et hocha la tête.

— Est-ce qu'il ne veut pas les rendre? demanda Jacques en survenant.

— Voilà qui est fort, n'est-ce pas? Voulez-vous rendre ces bottes?

Le brigadier, sans répondre, tendit ses longues jambes à ses interrogateurs.

— C'est clair, dit Arthur, il nous offre de le déchausser; c'est humiliant. Vous ne pouvez donc pas les ôter vous-même?

— Non, il me semble qu'elles sont collées à mes pieds.

— Allons, Jacques, résignons-nous à ce métier de décrotteur.

Ce fut alors un mélange d'efforts, de sou-[illegible] de larmes.

[illegible]ndront.

— Elles ne viendront pas, ou les jambes viendront avec.

A chaque nouvelle secousse le brigadier poussait des : ah! là, là, qui retentissaient jusque dans la salle à manger.

Le Critique comprit la nécessité de couvrir ces cris, et il objurgua vivement l'infortuné Pyrou sur ses tendances romantiques; mais celui-ci n'écoutait pas, il prêtait l'oreille aux clameurs qui venaient de la cuisine

— Je crois, dit-il, qu'on se bat là-bas.

— Non, ce n'est rien; ce sont ces messieurs qui font du thé.

Enfin, Chaisemartin et Jacques rentrèrent. On aurait juré, en effet, qu'il y avait eu bataille : ils avaient des taches de boue jusqu'au collet de leur habit.

— Est-ce fait, mes enfants, demanda le Critique.

— Oui, mais quel travail!

On eut donc la douce satisfaction, à minuit, lorsque Pyrou déclara qu'il allait se retirer, de pouvoir lui offrir [illegible]es bottes.

Il était, par bonheur, dan[illegible] [illegible]e situation à ne pas s'apercevoir du désastre.

Quand il fut parti :

— Et le brigadier? demanda le Critique.

— Il a les pieds enflés, comme feu Œdipe.

— J'ai peur qu'il ne puisse plus remettre même ses savates.

Deux ou trois jours après cette scène, il les remit cependant, et il disparut. Il entra comme lecteur chez une vieille dame, à Montreuil-aux-Pêches.

La maison se dépeuplait rapidement; Jacques sentit que, s'il ne prenait une résolution énergique, il serait peut-être bientôt forcé d'imiter le pauvre brigadier.

Caroline, depuis ces derniers temps, cachait à peine sa froideur et son éloignement pour lui; elle n'avait d'attentions, de soins, de prévenance que pour Chaisemartin.

Elle ne lui avait su aucun gré de la docilité avec laquelle il avait obéi à ses vouloirs, et du sacrifice qu'il lui avait fait, en surmontant assez sa timidité pour vivre au milieu d'un monde qui n'était pas le sien et où il paraissait aussi étrange, qu'il s'y trouvait lui-même étranger.

Il était bien évident qu'à dix, vingt, trente reprises, Arthur était revenu sur les données de son premier entretien; que peu à peu, il s'était présenté comme un remplaçant possible, dans le cas où Jacques serait repoussé; et qu'après avoir beaucoup parlé de la dame de Lyon, il n'en avait plus dit un mot, et avait paru l'abandonner.

En même temps qu'il avait avancé ainsi dans le cœur de Caroline, ses manières envers Jacques étaient devenues de plus en plus arrogantes et agressives : c'était entre eux à chaque instant des mots à double entente, des réparties pleines d'aigreur, des allusions envenimées.

Jacques avait essayé plusieurs fois d'avoir une explication décisive avec Caroline, mais toujours elle s'était contentée de lui répondre :

— Laisse-moi, tu me fatigues; ce que j'ai promis, par honneur je le tiendrai mais n'y revenons plus.

— Ce n'est pas par honneur, c'est par amour qu'il faut le tenir.

— Ah! l'amour entre nous, maintenant...

Et elle levait les yeux au ciel en s'en allant, et il ne pouvait lui arracher une parole de plus.

Après avoir eu ainsi avec elle plusieurs commencements d'explication qui n'aboutirent point, il se dit que puisque Chaisemartin était le maître de la situation, et qu'il en était la première cause, c'était à lui qu'il fallait s'adresser.

Il avait bien des fois pensé à une solution pratique et simple qui consistait à lui donner un soufflet et à se battre en duel avec lui; mais il savait que Chaisemartin, trop habile pour accepter un duel qui dans tous les cas lui ferait perdre Caroline, changerait la lutte en un pugilat brutal : ce qui serait une scène déplorable de plus, et non un dénoûment.

Ce qui l'irritait surtout c'était le silence que Chaisemartin gardait sur ses intentions, tout en ne les manifestant que trop par ses actes. Il eût voulu lui voir poser franchement sa rivalité, avoir un terrain déterminé où le combattre; et sortir ainsi avec honneur de cette inextricable complication. Mais Arthur ne donnait pas si facilement prise sur lui : s'il parlait à Caroline de ses projets d'avenir lorsqu'il était seul avec elle, il n'affichait jamais, même dans l'intimité la plus étroite, la moindre prétention à son amour et à sa main. Si Jacques témoignait trop d'impatience, ou laissait échapper quelque parole blessante, il se mettait à rire, s'étonnait, et ne comprenait rien à ces bouderies et à ces querelles. D'ailleurs ils étaient rarement seuls ensemble.

Mais un jour ou deux après le départ du brigadier, Arthur étant venu chercher des lettres de Foulogne, rencontra Jacques qui lui dit qu'il n'y en avait point.

— Alors je reviendrai ce soir, elles seront sans doute arrivées.

— Est-ce que vous êtes pressé en ce moment? demanda Jacques.

— Non, pourquoi?

— Parce que je désirerais vous dire quelques mots.

Arthur le regarda en face.

— Très bien; nous allons causer, n'est-ce pas? eh bien, cause-moi, comme dit Sainville, je suis résigné.

— Je n'ai pas très long à vous dire; je veux seulement vous demander, si le jour de votre mariage avec Caroline, vous aurez le courage de me prévenir.

— Je vous préviendrai, jeune homme irascible, je serais désolé de vous faire un chagrin inutile : mais dans quel coin de votre caboche prenez-vous mon mariage avec cette demoiselle? Est-ce que vous n'êtes plus fiancés?

— Croyez-vous que je ne voie ni vos empressements auprès de Caroline, ni vos continuels a-parté, ni sa froideur pour moi, ni sa préférence pour vous. Je sais où tout cela doit vous conduire l'un et l'autre, et me conduire aussi. Je ne suis pas votre dupe ; et avant de me retirer comme il convient à ma dignité blessée, je veux vous reprocher ce qu'il y a d'indigne et de déloyal dans votre conduite.

— Pas de gros mots n'est-ce pas? Craignez seulement qu'à force de parler de ce mariage extravagant, vous n'en donniez l'idée à des gens qui n'y pensaient guère. Sans votre jalousie, je n'aurais peut-être jamais fait attention à Mlle Foulogne, et elle de son côté ne se douterait pas que j'existe. Vous avez si bien aboyé au loup, que le loup est sorti du bois et qu'il est venu ; je ne vous conseille pas de continuer votre vacarme.

— En effet, vous ne devez éprouver aucun plaisir à me voir, quoiqu'un peu tard, défendre mon bonheur menacé.

— Mais qu'est-ce qui vous prend ? qu'est-ce qui en veut à votre bonheur. Voyons, vous espérez me fâcher, vous n'y réussirez pas. Au lieu de nous regarder comme deux chiens, tâchons de parler comme des hommes. Vous essayez de me mettre hors des gonds, pour savoir au juste si j'aime Caroline, si je veux l'épouser, et si vous devez m'étrangler tout de suite ou dans huit jours. Mais vous n'êtes pas encore assez fort pour me confesser. Tout ce que je veux vous dire, c'est que, si vous continuez à être ce que vous vous montrez depuis trois mois, et que votre fiancée se défiance, si elle jette les yeux sur moi pour vous remplacer, quoique je sente vivement combien je suis loin de vous, je ne me sauverai pas, et ne dirai pas non. Maintenant, supposez que cet événement fâcheux arrive, vous ne vous tuerez pas ; vous avez déjà essayé, et je me suis donné le plaisir, ce jour-là, de vous faire dîner chez Bonnefoi, parce que j'aime à me moquer des gens qui n'exécutent pas leurs projets. Que ferez-vous donc ? Vous vous traînerez aux genoux de Caroline ; vous ferez mille lâchetés ; elle commencera par avoir de la compassion, mais comme elle n'a plus d'amour, elle finira par avoir du dégoût. Un beau jour, quand je dis beau ce n'est pas pour vous, — elle vous mettra la porte sur le nez, ou bien elle déménagera sans laisser son adresse ; et, en entrant au café pour noyer vos chagrins dans un petit verre, vous lirez à la troisième page d'un journal quelconque : « Publication de mariage en-» tre M. Chaisemartin — moi ou un autre, » comme vous voudrez — et Mlle Caroline » Foulogne ; » et vous direz d'une voix vibrante : « Garçon, un autre journal ! »

Et il se mit à rire d'un méchant rire.

— Où voulez-vous en venir ? dit Jacques qui suait de colère sous cette parole acérée.

— A ceci : je ne sais pas si Caroline est gagnée pour moi, et ce n'est pas là la question, mais il est à peu près évident qu'elle est perdue pour vous. Au lieu de m'obstiner dans une fidélité aussi acariâtre qu'humiliante, à votre place, moi, je ferais une retraite honorable ; je ne vivrais pas indivis avec des gens qui ne se soucient plus de moi ; je ne leur donnerais plus de mes nouvelles, et je ne demanderais plus des leurs.

— Je comprends qu'une rupture venant de moi vous servirait merveilleusement ; mais savez vous...

— Oui, je sais... je sais ce que vous allez me dire, et comme ça n'est pas amusant, je m'en vais vous le dire moi-même. Vous voulez me déclarer que Caroline est votre premier amour, qu'elle sera le dernier ; que vous avez mis votre vie en elle, et que tant qu'elle ne vous chassera pas vous ne vous en irez point. A quoi je réponds que ce sont des enfantillages, et que si vous vivez âge d'homme — ce dont je doute, — vous aurez une douzaine d'amours, et vous oublierez si parfaitement votre premier, que si, dans quatre ou cinq ans, je vous invite à dîner chez moi, vous me demanderez avec votre air myope, vous savez : « — Quelle est donc cette dame, là-bas ? — Laquelle ? celle qui a des rubans roses ? — Non, l'autre ? — C'est ma femme, parbleu, c'est Caroline ! — Tiens ! c'est étonnant, je ne la reconnaissais pas. » — C'est ainsi, mon cher, que se terminent invariablement les premières amours. D'ailleurs, une jeune fille n'est pas votre fait.

— Je ne vous demande pas de conseils?

— Oui, mais moi je vous en donne. Je vous ai beaucoup observé, non parce que je m'intéresse à vous, mais parce que ça m'amusait; vous êtes nerveux, délicat, ombrageux, prompt aux larmes comme au rire, en un mot, vous avez le cœur tendre; ça, c'est une affaire de fibre. Si vous ne mourez pas avant trente ans, vous vous ratatinerez, vous deviendrez sec comme parchemin, et vous aurez le cœur dur comme pierre; mais ceci est un détail. J'en reviens à ma thèse et je dis: vous avez vingt-trois ans, il vous faut une femme entre trente et trente-cinq, qui vous appelle son enfant et qui vous donne de temps en temps une tape sur la joue: elle vous apprendra à marcher droit, à ne pas rire comme une crécelle, à ne pas vous tortiller la barbe quand on vous regarde, à vous asseoir, à entrer, à sortir, à saluer sans renverser les chaises et autres menues grâces que vous ne possédez pas; vous lui aurez une reconnaissance... quotidienne, qui ne finira qu'à l'apparition de sa vingtième ride; et je ne vois pas pourquoi, si vous vous êtes bien conduit, si vous avez eu assez d'esprit sans en avoir trop cependant, si vous avez été discret et suffisamment empressé, vous n'épouseriez pas sa dernière fille. Essayez, et je suis sûr que dans un an ou deux, vous me remercierez, et qu'elle me remerciera aussi, tandis que moi sacripant, je dirai comme le père Voltaire :

J'ai fait un peu de bien, c'est mon meilleur ouvrage.

— Assez, interrompit Jacques, assez ou je vous quitte la place.

— Nous nous fâchons. Ah! que c'est mal. Mais je vous ai parlé comme un père, moi, j'ai fait comme le pelican blanc, je me suis ouvert les entrailles, je vous ai offert d'anciennes patronnes que j'avais sur la planche, et tu te fâches jeune ingrat! — Sérieusement que voulez-vous de moi?

— La morale de votre conversation...

— En deux mots la voici : faites-vous chiffonnier ou diplomate, aimez ou n'aimez pas d'honorables vieilles femmes, ça m'est bien égal, et vous êtes parfaitement libre; mais dans l'intérêt de tout le monde, et surtout dans le vôtre, monsieur Jacques, renoncez à Caroline.

Il sortit.

---

## CHAPITRE XVIII

### LE CALVAIRE

— C'est la guerre, se dit Jacques lorsqu'il se trouva seul, ou plutôt c'est la défaite. Par bonheur Emile arrive dans trois jours; j'irai l'attendre au chemin de fer, je lui exposerai la situation telle quelle est et je le prierai de mettre Caroline en demeure de se prononcer définitivement.

Foulogne fut un peu surpris de trouver Jacques à la gare.

— Est-ce qu'il y a du nouveau? demanda-t-il.

Jacques lui raconta tout sans passer un mot, un fait, un geste.

Foulogne fut épouvanté. Il avait vécu depuis des années dans une heureuse insouciance, sans se demander ce qui se passait, sans s'inquiéter de ce qui se passerait. Il n'avait deviné aucune des douleurs au milieu desquelles il vivait, il n'avait pressenti aucune des tempêtes qui grondaient autour de lui, non qu'il fut méchant ou égoïste, mais comme, depuis qu'il avait renoncé à la politique, il n'avait que des passions faciles à satisfaire, il n'avait eu aucun intérêt à exercer sa sagacité, il était resté très peu pénétrant, fermement persuadé que tous étaient aussi contents, aussi heureux que lui.

— Tu t'exagères peut-être les choses, dit-il à Jacques; Caroline est avec Arthur comme on est avec un bon garçon, mais c'est toi qu'elle aime d'amour. Pourtant il ne faudrait pas se fâcher avec Arthur, nous lui devons pas mal d'argent, et tu sais aussi bien que moi que si Caroline est encore en vie, c'est grâce à lui. Ah ! tout ça est bien embrouillé et bien malheureux.

— Mais enfin, tu me promets de parler à Caroline ce soir.

— Ah ! ce soir, permets un peu. Il est dix heures; il faut absolument que je passe au Coq-Gaulois. Je ne rentrerai pas avant minuit; Caroline sera couchée. Je n'irai pas la réveiller pour lui conter des choses désagréables Mais demain matin nous aurons une explication.

— Ah ! se dit tristement Jacques, pour lui aussi je ne suis plus tout; le Coq-Gaulois vient avant moi.

Le lendemain, dès le matin, Emile entra dans la chambre de sa sœur.

Jacques, attendant le résultat avec une cruelle anxiété, se tint debout auprès de la fenêtre, regardant dans la rue. Il faisait froid, et il tombait une petite pluie grise, fine, continue, une pluie de décembre.

Émile resta deux heures dans la chambre de Caroline : deux heures mortelles pour Jacques, pendant lesquelles il passa par toutes les alternatives du désespoir et de l'espérance; deux heures pendant lesquelles il souffrit plus qu'il n'avait encore jamais souffert; car toute sa vie d'amour lui défilait devant les yeux avec une intensité de joie et de douleur d'autant plus fiévreuse, d'autant plus poignante, que le but était maintenant plus incertain, le résultat plus douteux qu'ils ne l'avaient jamais été.

Quand Emile ressortit, il était très pâle, il prit son chapeau et le brossa d'un air embarrassé.

— Tu sors? fit Jacques stupéfait.

— Oui, je vais faire une course, je rentrerai tout de suite. Caroline est un peu malade, elle est sur son lit et désire se reposer.

— Oui, mais?...

Emile avait habilement gagné la porte, et il courait déjà dans l'escalier.

Jacques s'élança après lui, l'appela désespérément à plusieurs reprises, mais ce fut en vain, Emile ne remonta pas, et même ne répondit pas.

Toute la journée Caroline et Jacques restèrent l'une dans sa chambre, l'autre dans la salle à manger, sans donner signe de vie, sans remuer, comme s'ils étaient morts tous deux.

Et de fait, ils traversaient l'un et l'autre une cruelle agonie : ils sentaient qu'entre eux l'irréparable s'était abattu, qu'au dessus de tant de journées tristes et sombres planerait cette journée plus funeste à elle seule que toutes les autres. Ils restaient là, elle sur son lit, inquiète, irrésolue, pleurant; lui, sur sa chaise, auprès de la fenêtre, un livre devant les yeux, mais ne lisant pas, regardant machinalement tomber la pluie, et attendant, sachant qu'on allait venir lui porter le dernier coup, prêtant l'oreille, sentant son cœur battre au moindre pas, effrayé de la longueur du temps, et à certains moments se disant qu'il était bien court.

Foulogne ne rentra que vers cinq heures; il n'était pas seul. Chaisemartin l'accompagnait. Celui-ci avait pris une physionomie de circonstance : l'air froid, rogue et gourmé.

Ils causèrent pendant une heure à peu près de choses qu'ils tâchèrent de faire indifférentes; puis, Caroline, qui n'avait pas paru de la journée, vint annoncer que le dîner était servi.

Pendant ce repas, qui fut très court, on parla à peine ; chacun concentré au dedans de soi, réfléchissait au langage qu'il allait tenir, à la ligne de conduite qu'il allait adopter; on savait que l'heure décisive et solennelle était arrivée.

Foulogne fit un grand feu devant lequel on se rangea. Le silence devint, morne, glacial. Au bout d'une heure, Caroline se leva, alla à la porte-fenêtre donnant sur le balcon, et, écartant les rideaux, elle regarda le ciel.

— Tiens, fit-elle, on dirait que la pluie a cessé, je vois deux ou trois étoiles.

Elle ouvrit alors la porte et sortit sur le balcon.

Les trois hommes respirèrent et se sentirent plus à leur aise.

— Est-ce que tu n'a rien à me dire, Emile? demanda enfin Jacques pris d'un courage désespéré.

Chaisemartin vint au secours de Foulogne.

— Et vous, Jacques, est-ce que vous n'avez rien à dire à Caroline? Croyez-vous qu'elle est sur le balcon pour son plaisir? Si quelqu'un peut vous apprendre du nouveau ici, c'est elle seule.

Jacques rougit de cette leçon si cruellement appliquée, et se levant :

— Vous avez parfaitement raison, dit-il, il faut que cette odieuse comédie finisse, et le plutôt sera le mieux.

Et il alla rejoindre Caroline sur le balcon.

— Te voilà, mon Jacques, lui dit-elle; pauvre enfant, comme tu souffres. Ah! je suis bien chagrine, va, de te voir souffrir ainsi; si je pouvais te bercer sur mon cœur pour endormir ta tristesse.

Elle l'entoura de ses bras, l'attira contre elle; puis, lui mettant la main sur le front :

— Comme ta tête est brûlante! Ne sois pas malade au moins, je ne m'en consolerai jamais. C'est que vois-tu, Jacques, tu seras toujoors mon frère bien-aimé, nuit et jour ta pensée me sera sans cesse présente; mais, hélas! vivre ensemble c'eût été trop de bonheur, nous n'en étions pas dignes. Il y a une fatalité sur moi, je porte malheur à ceux que j'aime; je t'aurais fait du mal en te voulant faire du bien : oui, tout serait mieux finissant de la sorte, si tu ne souffrais pas trop.

— De quoi parles-tu? fit Jacques, je ne te comprends pas. C'est donc bien vrai; c'est fini. Et tu en es déjà à faire l'oraison funèbre de notre amour. Oh! c'est horrible!

— Tu es muette maintenant; tu me regarde, tu pleures. — Mais, que veux-tu que je fasse? A mon désespoir, il faudrait des larmes de sang.

— Calme-toi, Jacques, je serai ton amie dans le malheur; nous ne cesserons pas brusquement de nous voir. Et plus tard, quand ta plaie sera cicatrisée, nous pourrons nous retrouver, et nous entretenir même de ce moment si douloureux.

— Tu es déjà dans l'avenir Ainsi, c'est mon congé. Tu ne romps même pas, tu me chasses.

— Allons décidément, fit-elle avec humeur, tu as un mauvais caractère; je te parle doucement, tu t'irrites; prends-le comme tu voudras.

Et lui tournant le dos, elle se mit à regarder dans la rue.

Lorsqu'il rentra dans la chambre, il était pâle comme la mort.

— Il paraît qu'il ne fait pas bon sur le balcon, dit Chaisemartin, cependant, en littérature, le balcon est propice aux amoureux; nous avons le balcon de *Roméo et Juliette*, celui de..... plusieurs autres enfin. Parbleu, fit il en se levant et en jetant au feu son cigare à moitié fumé, il faut que je voie si j'aurais aussi mon balcon de la Bérézina.

Quand à son tour il arriva sur le balcon, Caroline était tellement absorbée, qu'il eut besoin de lui mettre la main sur l'épaule.

— C'est vous, Arthur, fit-elle en tressaillant.

— Parbleu oui, c'est moi; les poètes s'en vont, les calicots viennent.

— Pouvez-vous avoir le cœur de plaisanter en ce moment.

— Ma foi, mademoiselle, le plus dur de nous deux, ce n'est pas moi. Je ne vous demande pas ce que vous avez dit à ce pauvre garçon; mais ça ne devait pas être consolant, car il est rentré avec une figure de déterré; cependant ce n'était assurément pas assez positif, car il s'est rassis sur la chaise plus solidement que jamais.

— Ah! vous êtes impitoyable.

— Mais, ce n'est pas moi, c'est vous. Moi je lui aurais dit va-t-en; c'est cruel, mais c'est court : tandis qu'avec votre bonté vous lui prolongez à plaisir la douleur. Dieu me garde des âmes bonnes et sensibles.

— Ah! malheureux Jacques, s'écria-t-elle en fondant en larmes, je n'aurai jamais le courage de le traiter ainsi.

— Après ça, si vous l'aimez, je ne vous en empêche pas; rappelez-le; jetez-moi tous les deux sur ce monsieur qui passe là dans la rue; accomplissez tranquillement ce fait-Paris, vous direz que j'avais bu trop d'eau-de-vie et que j'ai fait la culbute en voulant courir sur les toits. Ah! n'ayez pas peur, vous ne serez pas inquiétés, on vous croira, et ce n'est toujours pas ma famille qui vous demandera des explications : « Il n'était pas fumiste, gémira ma mère; fallait pas qu'il aille sur les toits. » Jacques fera une pièce de vers intitulée : *le Méchant*, où je tomberai pendant sept strophes, autant que d'étages. Epousez-le, votre poëte, ayez beaucoup d'enfants, mais, sacrebleu, que ça finisse tout de suite.

Elle ne répondit pas. Il frappa du pied. Il avait bu toute la soirée à petits coups, mais dans un grand verre. Il devint furieux.

— Voyons, voulez-vous que je l'empoigne par les reins, et que je lance dans l'escalier? Voulez-vous que je m'en aille?

Il fit un mouvement vers le salon.

— Arthur! s'écria-t-elle d'un ton de reproche et en lui tendant la main.

En ce moment la pluie recommença.

— Ce balcon devient malsain, dit il.

— Eh bien! reprit-elle, attendez encore deux minutes ici, vous me rejoindrez dans la chambre d'Emile, et là je vous dirai ma résolution dernière.

En traversant le salon pour aller retrouver Caroline, Chaisemartin tira sa montre.

— Il est onze heures, dit-il, sans s'adresser directement à personne, mais en regardant Jacques, — il partira encore ce soir trois omnibus de la place Cadet.

Quand il eut refermé la porte, Jacques, un instant stupéfait, fut repris d'une colère folle; il s'élança sur ses pas, et il arriva presque en même temps que lui dans la chambre d'Emile.

— Qu'est-ce que vous venez faire ici, lui dit Arthur, vous voyez bien que mademoiselle désire rester seule avec moi.

— Que mademoiselle me le dise elle-même.

Caroline les regarda tous deux avec égarement, puis, mettant sa main dans celle d'Arthur :

— Pardonne-moi, mon Jacques, mais je l'aime.

Après ce qui venait de se passer, après ce que Caroline lui avait déjà dit sur le balcon, Jacques aurait dû recevoir cet aveu sinon sans colère, au moins sans surprise; il le reçut avec stupeur. Durant quelques secondes, il resta immobile, hagard, comme s'il ne comprenait pas bien, puis le sang lui monta à la gorge, ses yeux se gonflèrent de larmes, et il sentit que la douleur allait être plus puissante que la rage, que, devant son rival, il allait pleurer. Par un dernier effort de volonté, il refoula ses pleurs, et, relevant les yeux, il regarda Caroline et Arthur. Ils étaient restés la main dans la main, lui railleur et triomphant, elle confuse et tremblante.

Pour Jacques, de pâle qu'il était quand il avait posé sa question, il était devenu livide. Qu'allait-il se passer?

Foulogne, qui était venu jusqu'à la porte de la chambre, d'où il avait tout entendu, comprit que le moment était décisif, et que l'on pouvait en arriver aux dernières extrémités s'il n'intervenait pas.

D'un bond, il courut à Jacques, le prit dans ses bras, et avant que celui-ci put se défendre et même savoir ce qu'on lui voulait, il l'entraîna dans le salon, et là, s'adossant contre la porte qui ouvrait sur la chambre :

— Allons, Jacques, lui dit-il, sois calme, mon ami, sois calme, je t'en supplie.

Mais Jacques ne répondit pas : hébété, abasourdi, il marchait en tournoyant dans le salon, s'arrêtait brusquement, et se remettait en marche comme s'il eut été frappé de folie.

Ils demeurèrent ainsi silencieux assez longtemps, puis Émile qui ne savait comment sortir de cette horrible situation, ni surtout comment dire à Jacques : « Il faut t'en aller. » tira un crayon de sa poche, chercha un carré de papier dans son portefeuille et se mit à écrire tout en murmurant : « Pauvre garçon, il n'y a pas d'autre service à lui rendre. » Quand il eut fini, il plia en deux ce carré de papier et le tendit à Jacques.

Celui-ci le prit machinalement, interrogea Foulogne des yeux, puis, d'une voix presque inintelligible :

— Eh bien quoi ? dit-il.

— Dame ! tu comprends, mon pauvre Jacques, tu ne peux pas rester ici.

— Ah ! oui, c'est juste... Sois tranquille, va, je n'en avais pas envie.

Et prenant son chapeau il se dirigea vers la porte, mais presque aussitôt revenant sur ses pas, et d'un air qu'il tâchait de rendre calme.

— Dans deux ou trois jours je te ferai savoir où je serai : tu viendras me voir, n'est-ce pas. ,

— Ah ! mon ami, s'écria Foulogne, c'est entre nous à la vie et à la mort.

Ils s'embrassèrent, et les yeux troublés, la tête perdue, le corps tremblant, Jacques descendit. Au bas de l'escalier il se souvint du papier que Foulogne lui avait remis, et à la lueur de la lanterne du concierge, il lut :

« Hôtel du Rhône, rue Dauphine ; je te le recommande, on y mange très bien ; c'est celui de Roblot. »

Muni de ce seul viatique, sans asile, sans ressources, sans amis, sans amour, Jacques se lança, à minuit moins un quart, dans les rues de Paris.

Il marcha longtemps droit devant lui dans la boue épaisse, coudoyant les passants, évitant à peine les voitures, laissant souvent le trottoir encombré pour prendre le milieu de la chaussée ; tout cela toujours sous une pluie battante, une pluie fine, menue, imperceptible. Il était transi jusqu'aux os. Il avait perdu conscience de lui-même.

Quand il ne vit plus plus de boutiques ouvertes, que les rues se dépeuplèrent, devinrent silencieuses; il se dit machinalement je vais rentrer, puis surgit cette réflexion désespérante :

« Où rentrer, je n'ai plus de maison. »

Alors il se souvint de l'hôtel du Rhône. Mais quand il arriva rue Dauphine, il était une heure du matin : seul, sans bagages, sans argent, mal mis, sale comme un chien, Jacques n'osa réveiller le maître de l'hôtel, qui, assurément, n'aurait pas voulu le recevoir à cette heure et dans cet état.

Il pensa alors qu'un de ses camarades, Boudignot, que justement il avait rencontré peu de jours auparavant, et dont la profession était de déployer toutes ses vertus chrétiennes, lui avait dit :

— Si tu as jamais des jours d'épreuve, viens te réfugier dans mon modeste asile où expirent les bruits du monde.

Ce modeste asile était situé rue des Postes ; c'était bien loin, mais Jacques n'avait pas l'embarras du choix, il y alla.

La maison où Boudignot occupait un appartement était un grand hôtel meublé, tenu par une vieille fille dévote, qui était heureuse et fière d'abriter chez elle, moyennant pécune, une nichée de futurs saints et de futurs martyrs. On s'y couchait entre huit et neuf heures : les plus mondains n'avaient jamais dépassé neuf heures et demie.

Lorsqu'à une heure trois quarts du matin on entendit résonner la sonnette de la porte, il se passa dans l'esprit de l'hôtesse quelque chose d'extraordinaire ; elle crut que c'était au moins le nonce apostolique.

Au bout de dix minutes, un domestique vint ouvrir.

— Que demandez-vous, monsieur ? dit-il à Jacques.

— Monsieur Boudignot est-il chez lui ?

— Comment, c'est pour me demander ça que vous sonnez à une heure pareille.

— J'ai absolument besoin de le voir.

— Alors, entrez; car, par ce temps affreux, il y aurait péché à laisser un païen dehors.

— D'où viens-tu, bon Dieu? et pourquoi viens-tu? s'écria Boudignot en apercevant Jacques.

Jacques exposa sa situation, et termina en disant que, n'ayant pas d'asile, il venait en chercher un.

— Mais, je ne veux te gêner en rien, se hâta-t-il d'ajouter; je dormirai dans un fauteuil; si tu as un livre à me prêter, je passerai la nuit à lire.

— Il y en a d'excellents ici, répondit Boudignot, faits pour calmer une âme malade. Si tu veux prendre sur cette tablette ce volume relié en noir, c'est le *Voyage en Tartarie*, de l'abbé Huc; je crois qu'il conviendra à ton état; tu y trouveras une saine distraction, et, si ton esprit te le permet, d'utiles renseignements.

Jacques ne répondit pas: la conscience de son malheur lui revenait vive et distincte, et affaissé dans un fauteuil, il sanglottait irrésistiblement.

— Ne pleure pas si haut, je t'en prie, lui dit Boudignot, ça éveillerait les personnes d'à côté, et on ferait des commentaires à n'en plus finir; c'est déjà bien assez que je te reçoive dans ma chambre à cette heure de la nuit. Tâche de prendre le dessus. Quand tu m'as parlé de ton amour, la dernière fois que nous nous sommes rencontrés, je n'ai pas voulu jeter une ombre dans ta joie; mais j'aurais pu te prédire mot pour mot ce qui vient de t'arriver: toutes les affections humaines se ressemblent, vois-tu, charmantes au début, affreuses à la fin, toutes elles laissent dans la bouche un goût de cendres, comme dit le Psalmiste. Du moment que tu ne t'étais pas marié avec cette personne dès le premier jour, cet état mixte, cette vie à trois que je ne veux pas qualifier devait aboutir tôt ou tard à la confusion et au désordre. J'aurais voulu que tu entendisses sur ce sujet, qui est précisément le tien, la dernière conférence du père Labutte dans une de nos réunions de Saint-Vincent-de-Paul. Dieu humilie la superbe de ceux qui cherchent un bonheur purement humain; et celui qui met sa joie dans la créature au lieu de la mettre dans le Créateur, en est toujours cruellement puni. Sans doute, tu souffres, mais la douleur c'est une langue de feu qui purifie. Tu es comme saint Paul, avant l'éclair du chemin de Damas. Que d'âmes, ajouta-t-il en levant les yeux au ciel, — que d'âmes soûlées des jouissances terrestres ont été ramenées à Dieu par des déceptions pareilles à la tienne. Tiens, c'est justement par un événement de même nature que le père Labutte, dont je te parlais tout à l'heure, a été conduit au pied des autels: il aimait la fille d'un fermier de Duclair, — car ce digne homme est fils de paysan; les deux familles consentaient au mariage, ils allaient recevoir la bénédiction nuptiale, lorsque, par un caprice inexplicable, disons mieux, par un décret du ciel, cette jeune fille épousa un caporal en congé dans le pays. Le jeune Labutte offrit au Seigneur son amour dédaigné, et il me disait encore, il y a quinze jours: « Je ne pense plus du tout à cette femme. »

— Quel âge a-t-il? demanda machinalement Jacques, qui n'avait guère écouté cette pieuse homélie.

— Il a eu soixante-neuf ans à Noël; et tu peux voir, par son exemple, que la passion n'est qu'un vain mot, et que l'homme vraiment homme peut toujours en triompher avec le secours du ciel; du reste, si tu le veux, je te le ferai connaître; il te contera lui-même son histoire, il la dit volontiers, c'est ce qu'il appelle « se donner la discipline avec le souvenir. »

Jacques n'était, certes, pas en train de rire, mais ce mot lui fit relever la tête, et il regarda Boudignot, pour voir s'il parlait sérieusement.

— Eh bien! à quoi te décides-tu? demanda celui-ci sèchement, choqué qu'il était du peu d'impression produit par cette anecdote édifiante; — te couches-tu ou veux-tu lire ?

— Je te remercie, je vais essayer de lire.

— Tu ferais peut-être mieux de t'allonger sur le canapé, parce que si tu t'endormais en lisant, quoique l'abbé Huc soit très intéressant, tu pourrais mettre le feu, un malheur est si vite arrivé.

— C'est bien, alors je vais m'allonger.

— Comme tu voudras, mon ami, comme tu voudras, avec moi, on est libre. Bonsoir.

Et il s'enfonça dans son oreiller, puis bientôt se retournant :

— C'est égal, tu m'as fait une belle peur en frappant à ma porte; j'ai cru que notre saint-père le pape était mort. Heureusement, je me trompais; quel bonheur, mon Dieu! Quel bonheur!

Le lendemain, dès le matin, Jacques, qui ne voulait pas importuner davantage l'excellent Boudignot, alla à l'hôtel du Rhône et y retint une chambre. Un camarade d'Emile, qui logeait au premier, répondit pour lui.

Quand il se trouva seul dans cette chambre sale, nue, sentant la pipe, boueuse comme une rue, et où avaient passé trente générations d'étudiants; quand il lui fut bien démontré que la journée entière s'écoulerait sans qu'il vît ou qu'il entendît Caroline, il se sentit pris d'un immense ennui, d'une lassitude absolue, d'un écœurement affreux.

Il sortit pour sortir, pour marcher, et au bout d'une demi-heure, il se trouva rue de Buffault.

Que ceux qui, pour avoir conduit de jeunes fleuristes le dimanche à Meudon et les avoir abandonné le lundi-matin sans souffrir, disent naïvement connaître l'amour; que ceux qui ont toute leur vie vécu calmes et heureux auprès d'une tranquille épouse; que ceux qui ont quitté la femme qui leur inspirait le crime; que ceux qui n'ont jamais commis ni admis les lâchetés de la passion; que les animaux à sang froid qui soutiennent, avec l'opiniâtreté de la bêtise, que toujours la tête domine le cœur, que toujours la volonté dompte le désir, la dignité la faiblesse, l'hypocrisie la vérité, que ceux-là méprisent Jacques et le condamnent impitoyablement : ceux qui ont vraiment aimé, qui ont vraiment souffert, qui ont vingt ans, ou qui les ayant eu s'en souviennent encore, ceux-là le plaindront, et peut-être même, dans leur indulgente expérience, ils lui pardonneront.

C'était une sorte d'habitude, c'était un instinct irrésistible qui avait amené Jacques devant la porte de Caroline : ce fut la réflexion qui le fit s'y arrêter.

— Comme cette terrible scène d'hier a dû la secouer, se dit il; elle est peut-être au lit, elle a la fièvre; si j'allais demander à Emile comment elle va?

Il monta.

Arrivé devant la porte, il fit deux ou trois pas pour redescendre, mais il n'en eut pas le courage.

— C'est toujours Emile qui vient ouvrir, se dit-il pour se justifier.

Il sonna.

Ce fut Caroline qui parut.

— Pourquoi n'es tu pas venu ce matin, lui dit-elle sans se troubler; je t'avais fait une bonne tasse de café au lait.

— Et c'est Arthur qui l'a mangée? dit-il malgré lui.

Caroline garda un sérieux imperturbable.

— Non, dit-elle, je te l'ai conservée; elle est là. Je vais rallumer un peu de feu; tu dois avoir faim?

— J'ai froid.

— Entre, entre donc, et viens près du feu. Je suis seule; ils sont partis.

— Quoi faire?

— Je ne sais pas... acheter des meubles, je crois.

Ils entrèrent dans le salon.

— Regarde ce que j'étais en train de faire, dit elle?

Sur le secrétaire ouvert, toutes les lettres de Jacques étaient éparpillées déployées.

— Je relisais tes lettres, mon pauvre

chéri. Ah ! c'est bien triste, va. Comme elles sont belles, comme elles sont éloquentes ! Ah ! tu m'as aimée comme il faut, toi. Sais-tu que tu as du génie et de l'esprit bien plus qu'Arthur. Tiens, — fit-elle en ouvrant un des cahiers où Jacques inscrivait ses notes, — cette nuit, quand tu as été parti, j'ai ouvert ce cahier, j'ai lu toutes tes notes, et voici ce que j'ai écrit dessous; viens, mon Jacques, viens voir.

Au milieu de la page blanche se détachaient ces mots :

*Amitié toujours.*

CAROLINE FOULOGNE.

Ils causèrent ainsi pendant un quart d'heure, Jacques était trop dompté, trop mâté déjà par l'infortune; il était trop heureux de cette fugitive entrevue et de la compassion angélique de Caroline pour récriminer ou se rebeller. Il écoutait cette voix chérie, il regardait cette tête bien aimée, et dans l'ivresse de l'heure présente disparaissait le passé, s'adoucissait l'avenir.

Tout à coup Caroline se leva :

— Et ton café que j'oubliais, mon pauvre enfant.

Elle alla dans la cuisine et apporta une tasse pleine.

La corruption fut complète : le cœur gonflé de Jacques avait déjà été amolli par ces tendres paroles, son pauvre corps transi réchauffé par ce feu joyeux ; son estomac affamé fut séduit par le parfum du lait et du café.

— Attends, fit Caroline,— et allant chercher une petite tasse qu'elle mit devant elle, elle y versa quelques gouttes de lait, — attends, mon enfant, nous allons faire la dinette tous les deux.

Jacques portait la première cuillerée à sa bouche, lorsqu'un terrible coup de sonnette se fit entendre.

— Ce sont ces messieurs, dit Caroline en se levant brusquement, cache-toi vite là.

Des pas retentirent dans le corridor.

Presque aussitôt, elle vint le déprisonner.

— C'est la couturière, lui dit-elle à voix basse, je l'ai fait entrer là dans la salle, il ne faut pas qu'elle te voie ; ces gens là sont si commères : sauve-toi vite, et tâche de venir demain à la même heure.

Jacques, plein de rage et de honte, rougissant de lui-même, maudissant sa lâcheté, haïssant son amour, mais ne pouvant s'arracher du cœur un reste de fol espoir, revint ainsi pendant un mois.

Pendant trente jours, il gravit cet escalier et sonna cette sonnette; mais il ne fut pas toujours reçu : tantôt Foulogne venait ouvrir, et au lieu de laisser entrer Jacques, il l'emmenait avec lui

D'autres fois, et le plus souvent, il n'y avait personne ; ils étaient tous partis.

Un dimanche qu'il était venu quatre fois sans la rencontrer, il la trouva enfin qui rentrait seule.

— Ces messieurs sont derrière moi, dit-elle, que me veux-tu.

— J'ai besoin de te parler.

— Hé bien trouve-toi demain à huit heures du matin, sur le trottoir à droite, dans le passage Saulnier.

Tous deux furent exacts au rendez-vous.

— Je suis bien malheureuse, va, dit Caroline. Tu ne sais pas ce qui arrive ; la concierge a dit à Arthur que tu venais tous les jours; il s'est mis dans une colère affreuse et il a cherché querelle à Émile : tu sais comme il est grossier ; et puis il a dit que désormais ce serait lui qui ouvrirait la porte et qu'il te tuerait s'il te voyait. Il est même allé hier acheter des pistolets, et il a passé tout son temps à les charger et à les décharger. S'il pensait que je suis ici, il serait capable de les employer à se faire sauter la cervelle. Ainsi mon Jacques, par amitié pour moi et pour Émile, prends un peu de forces ; habitue-toi à ne plus venir; tâche d'aimer une autre femme, l'amour guérit l'amour.

Et sur cette grande parole elle le quitta sans qu'il eût trouvé un seul mot à lui répondre, tant il était accablé, stupéfait, ahuri.

En rentrant chez lui, il aperçut Boudignot, qui avait demandé la clef et qui l'attendait.

— Je suis monté, lui dit-il, en revenant du sermon de Saint-Germain-l'Auxerrois. Je voulais t'amener le père Labutte pour qu'il te racontât son histoire et essayât de sauver ton âme; mais il est si occupé à son confessionnal que ça été impossible. Du reste, je suis content de ne pas avoir suivi cette pensée; il y avait en bas dans le bureau de l'hôtel, de ces malheureuses qui font de leur corps métier et marchandise, et la vue de ces brebis égarées, qui buvaient de l'eau-de-vie et fumaient, eût navré le cœur de ce saint homme. Moi-même j'ai préféré demander ta clé, que t'attendre dans une pareille société. Mais toi, mon pauvre garçon, ou en es-tu? Commences-tu à reconnaître l'inanité des passions? Commence tu à sortir des griffes de la concupiscence?

Jacques souffrait de sa faiblesse, mais il en avait le cynisme : il raconta sans déguisement ses houtes quotidiennes, et jusqu'à la dernière entrevue qui venait d'avoir lieu.

— Je ne te comprends vraiment pas, lui dit Boudignot, tu sais que cette femme en aime une autre et tu vas la revoir : ceci passe toutes mes idées; ne vois-tu pas, malheureux, que tu la plonges ainsi dans un double dérèglement, ne vois-tu pas .. Mais laissons là le point de vue purement religieux, pour lequel je le crains, tu n'es pas encore suffisamment préparé. Je veux m'adresser à des sentiments purement humains, à la convenance, à la pudeur, à la dignité; tu ne sais donc pas à quel point tu te dégrades?

Dans les disposition de cœur, d'esprit et de nerfs où se trouvait Jacques, ce sermon venait assez mal à propos.

— Ah! je vous trouve tous merveilleux, s'écria-t-il en éclatant, avec vos consolations et vos leçons. Celui-ci me dit : prenez mes anciennes maîtresses, elles compléteront votre éducation; celle-là ose me conseiller d'aimer une autre femme, parce que, selon elle, l'amour guérit l'amour; et voilà que toi, maintenant, tu me reproches la sincérité, la folie sacrée de ma passion, et que tu me jettes ton père Labutte à la tête. Est-ce assez de bêtise et d'hypocrisie? Vous parlez tous légèrement de ma passion, eux parce qu'elle les gêne, toi parce que tu ne la connais ni ne la mesures. Tu te figures donc qu'on est libre d'arrêter son cœur à volonté, comme on arrête une locomotive sur un chemin de fer; tu crois qu'il y a des freins pour le désir, et qu'il n'y a qu'à les serrer; tu ne sais pas que la passion vraie s'alimente de la défaite aussi bien que du succès; que satisfaite, elle veut plus encore; que contrariée, elle s'exaspère. Vous pouvez vivre peut-être, vous autres, sans tendresse, sans chaleur et sans flamme; moi je ne le peux pas. Je suis, — et quand je dis moi, je sais qu'il y en a bien d'autres, — nous sommes une phalange d'âmes délicates, d'êtres nerveux qui avons des exigences particulières, et qui, en dehors de certaines conditions, ne pouvons vivre. Notre atmosphère, notre pain quotidien, notre avenir à nous, c'est la passion, ses joies enivrantes, ses douleurs atroces. Tu m'as dit tout-à-l'heure que j'étais un lâche, ceci dépend de la manière d'envisager la question. Crois-tu qu'il ne me fallait pas prendre sur moi pour triompher de mon orgueil? Crois-tu que sans pâlir et sans trembler, je montais cet escalier funeste, mon Calvaire à moi? Crois-tu que j'ignorais les affronts que j'allais recueillir, les rebuts que j'allais supporter? Si je ne m'en doutais pas le premier jour, je devais savoir à quoi m'en tenir le second ou le troisième. Et puis n'était-ce pas horrible de passer un instant fugitif plein d'angoisses et de craintes, auprès de celle avec qui j'avais passé tant de journées si paisibles, si radieuses. Vos martys que les Chinois attachent à des carcans, ont-ils connu la souffrance sans nom que j'éprouvais à rôder les yeux en larmes, et l'écume à la bouche, autour de ce cœur qui m'avait appartenu. Et tu crois qu'il ne me fallait pas un certain courage pour me dire tous les matins, ces douleurs, je les accepte, ces hontes, je vais les boire, cette couronne d'épines, je vais l'enfoncer sur mon front. On a essuyé la sueur qui coulait le long des tempes de votre Christ, on lui a porté sa croix; nous autres nous n'avons personne pour nous assister, les sages nous dédaignent, les justes nous condamnent, les saints nous maudissent. Eh bien! vous avez beau faire, vous avez beau vous mettre de concert avec le malheur, l'appeler à votre aide; le regard de celle que nous aimons, le son de sa voix, moins que cela, un pli de sa robe, moins que cela encore, un ruban qu'elle a porté, nous rendent heureux à en être fous, robustes à soulever des montagnes, miséricordieux à vous pardonner. Nous en mourrons de notre passion, mais parce que nous en avons trop vécu, comme on devient aveugle en Orient parce qu'il y a trop de lumière; et nous n'avons rien à regretter, rien à désavouer. Si les paroles d'un homme au désespoir et qui se sent submergé dans sa douleur, peuvent avoir quelque autorité sur ton esprit, et t'apprendre la vérité vraie de la vie, écoute cette sincère déclaration et ne hausse point les épaules : Caroline vient de me chasser, elle va se donner à un autre, je la hais, je la méprise, mais jusqu'au jour où l'on portera l'un de nous au cimetière, je resterai son esclave, elle tiendra toujours le bout de la chaîne dont l'autre extrémité est rivée dans mon cœur. Les leçons de l'expérience, menteries; — les enseignements de la sagesse, vanteries; — il n'y a qu'un maître qu'on serve toujours fidèlement, parce qu'en lui obéissant on se sert soi-même, et ce maître, — c'est la passion.

FIN DE LA DEUXIÈME PARTIE

## TROISIÈME PARTIE

### CHAPITRE XIX

#### LE FEU SOUS LA CENDRE

Il y avait quatre années que s'étaient accomplis les derniers événements de cette histoire, lorsque Jacques me la raconta.

Il paraissait alors entièrement guéri de sa passion, et souvent même il me disait en riant :

— Ce brigand de Chaisemartin avait raison, vois-tu, et cet imbécile de Boudignot n'avait pas tort : toutes les premières amours n'ont point une fin tragique; je commence à comprendre le père Labutte.

— Et les secours du ciel?

— Pas précisément, mais ceux du travail.

C'était le travail, en effet, qui avait apporté le premier soulagement à l'horrible désespoir dans lequel l'avait plongé l'abandon de Caroline.

Seul sur le pavé de Paris, sans un sou dans sa poche, presque sans chaussures aux pieds, il n'avait pas eu le temps de s'endormir dans sa douleur, de s'y complaire et de la soigner. Dans la vie réelle et positive, quels que soient l'accablement et le chagrin des amants, il y a des heures où le ventre crie plus fort que l'âme et où il faut reconnaître, la honte au front, que l'on a faim. Jacques eut faim, très faim même, et comme il n'avait pas une maison amie où, tout en pleurant et en gémissant, il pût avaler un potage et boire un bon verre de vin, il fut durement forcé d'imposer silence à son cœur et d'écouter son estomac.

Heureusement il connaissait à l'imprimerie un brave homme de correcteur qui l'avait employé comme teneur de copie, et même s'était fait aider par lui pour quelques pages de grec. Une sorte d'intimité s'était établie entre eux; Jacques lui avait raconté ses infortunes, et le brave homme, qui dans toute sa vie avait peut-être corrigé plus de cinq cents romans aussi lamentables les uns que les autres, avait sincèrement pleuré en voyant ce pauvre héros de roman, et pour lui il avait été pris d'une véritable affection.

— Vous ne pouvez pas rester dans l'imprimerie, lui avait-il dit.

— Je crois que je n'y serai jamais très habile, avait répondu Jacques.

— D'ailleurs, ce n'est pas digne de vous, et vous auriez le temps de mourir de faim avant de gagner deux sous.

— Très bien, mais que faire?

Le brave homme n'avait rien répondu, et baissant la tête sur sa feuille, il s'était remis au travail.

Puis il n'avait plus été question de rien. Peu de temps après, cependant, il aborda Jacques d'un air joyeux, et lui prenant la main avec l'orgueilleuse satisfaction que toute protection donne :

— Je crois que j'ai ce qu'il vous faut, lui dit-il, car je me suis occupé de vous sans vous en parler, pensant que vous ne m'en sauriez pas mauvais gré. Voici ce que c'est. La maison Taupenot commence la publication d'un grand dictionnaire qui doit réunir toutes les encyclopédies et toutes les biographies publiées jusqu'à ce jour, en atteignant les dernières limites du bon marché : quinze volumes in-quarto compactes et petit texte pour cent francs. J'ai parlé de vous au correcteur *en bon à tirer*, et il vous présentera à M. Hergott, le directeur. Ça n'est pas la fortune, car je crois qu'on paye très peu ; mais enfin, ce n'est pas l'imprimerie.

De correcteurs en correcteurs, de protections en protections, Jacques arriva jusqu'à M. Hergott. C'était un juif alsacien qui, après avoir longtemps pourri dans toutes les servitudes, était enfin arrivé à force d'intrigues et de bassesses à une sorte de notoriété littéraire : il passait pour un esprit encyclopédique et n'était qu'une prodigieuse nullité qui avait essayé de tout sans réussir dans rien. Il avait été avocat, médecin, sergent-major dans la légion étrangère, secrétaire d'un académicien grand seigneur, attaché à une mission scientifique, gérant d'un journal de théâtre et courtier d'annonces ; il avait fait des manuels sur toutes choses, des dictionnaires portatifs de législation, d'astronomie, de musique, de géographie et même de mythologie, des traductions d'auteurs anciens et modernes, deux romans philosophiques, une tragédie ; il avait envoyé des mémoires à toutes les classes de l'Institut, et pour se venger de ses échecs, il avait lancé contre des hommes dont la science et l'autorité importunaient sa haineuse envie, des petites biographies ordurières et menteuses qu'avait dévoré la province, toujours friande de ces scandales. Les frères Taupenot, qui auraient souvent mieux fait, pour l'honneur de la littérature, de vendre leur papier blanc que de le vendre imprimé, avaient ramassé dans la boue ce bohémien de la plume, et séduits par ses propositions de rabais, ils l'avaient mis à la tête de leur dictionnaire. Et cet homme qui écrivait le français comme un Allemand, et l'allemand comme un Français, qui n'avait pas une idée à lui, pas de goût, pas d'esprit, pas de science, avait été chargé de diriger une centaine d'esprits distingués, qu'il regentait la main haute, sans contrôle, sans dignité, sans honneur. Bassement obséquieux avec les grands, il était lâchement insolent avec les petits ; et à voir sa tête carrée, ses yeux féroces, sa barbe rude, sa démarche pesante, ses épaules de taureau, on l'eût volontiers pris pour un gendarme ou un boucher.

— Ainsi, monsieur, dit-il à Jacques, vous voulez quitter l'imprimerie pour entrer dans les lettres ?

— Pour rentrer, interrompit Jacques timidement.

— Ah ! vous voulez sans doute me faire comprendre que vous avez déjà écrit ; mais qu'est-ce que ça me fait à moi ? ce ne sont pas des génies qu'il me faut, ce sont des esprits dociles et travailleurs. En philosophie et en littérature, pas de phrases ni d'idées nouvelles ; en biographie, des dates et des faits. Je me charge seul des appréciations ou des réflexions, quand la question ou le bonhomme en valent la peine. Voilà le règlement. Si ça vous va, apportez-moi une liste d'articles, et je vous en choisirai dans ceux qui ne sont pas déjà pris. Vous savez que nous ne payons pas cher : deux centimes la ligne de quarante-cinq lettres ; les bouts de ligne ne comptent pas.

Malgré ces conditions honteuses, quand Jacques apporta sa liste, il vit que presque tous les articles étaient retenus, non par de pauvres diables comme lui, mais par des hommes connus, qui, sans respect pour leurs positions ou leurs traitements, ne rougissaient pas de s'exposer à la férule et aux insolences de M. Hergott.

Après une épreuve d'un mois, il fut clairement démontré à Jacques qu'en travaillant avec courage, mais en même temps aussi avec conscience, il pouvait gagner quarante sous par jour.

Il ne se plaignit pas : c'était juste assez pour ne pas mourir de faim, et ce travail continu, en ne lui laissant pas un instant de liberté, l'empêchait au moins de penser trop longtemps à Caroline.

Les soirées seules lui étaient toujours horriblement cruelles à passer; c'était pendant ces heures d'intimité au coin du feu, qu'il avait été autrefois si heureux entre Emile et Caroline, jouissant de cette vie de famille qu'il avait toujours si vivement aimée, si ardemment souhaitée. Maintenant abandonné, sans amis, sans livres, sans argent, sans pouvoir allumer une chandelle ou brûler quelques mottes dans sa cheminée, il était forcé en attendant le moment du coucher, qu'il retardait autant que possible, d'errer sur les boulevards quand il ne faisait pas trop froid, dans les passages quand il neigeait ou quand il pleuvait.

Ces longues promenades, quoiqu'elles lui fissent du bien en le fatiguant et lui permissent ainsi de dormir un peu, devinrent bientôt impossibles, car elles amincissaient tellement la semelle de ses souliers qu'il n'était pas difficile de calculer l'époque où il n'aurait plus ni semelles ni souliers.

Alors, sur les vingt-quatre sous qui, tous frais de chambre et de blanchissage prélevés, lui restaient pour sa nourriture, il prit encore trois sous, et il put ainsi aller à un petit cabinet de lecture du passage du Grand-Cerf.

Tous les soirs régulièrement, un cahier d'écolier sous le bras, il arrivait à sept heures. Il lisait les journaux; puis, vers huit heures et demie ou neuf heures il se mettait à travailler, et à onze heures, quand on éteignait le gaz, il allait au bureau qui était au fond de la salle, déposait ses trois sous, saluait poliment et retournait chez lui. Bientôt il fut connu; on lui garda une place auprès du poêle, ce qui lui était une grande douceur, et ses voisins lui passèrent le journal avec une petite inclinaison de tête.

Quoi qu'il tentât pour s'en empêcher, il commençait toujours sa lecture par la troisième page, et tout d'abord il cherchait les publications de mariage. Il avait bien la force et l'orgueil de ne pas demander des nouvelles de Caroline à ceux qui auraient pu lui en donner; mais, seul avec lui-même, il ne pouvait résister à la poignante curiosité de chercher à savoir ce qu'il redoutait tant d'apprendre. « Voyons donc, se disait-il, comme pour se justifier à ses propres yeux, si la prédiction d'Arthur se réalisera, et si je ne souffrirai pas. » Pendant trois mois, il fit inutilement cette recherche, et il commençait à ne presque plus croire à un mariage, lorsqu'un soir, comme s'ils eussent été flamboyants les noms d'Arthur Chaisemartin et de Caroline Foulogne lui brûlèrent les yeux.

La prédiction d'Arthur ne se réalisa point : il ne demanda pas un autre journal; mais, laissant échapper celui qu'il lisait, il demeura immobile, frappé de stupeur, puis sentant les larmes qui lui montaient aux yeux, il ne voulut point donner sa douleur en spectacle. Mais l'angoisse avait été se violente, le sang s'était si brusquement arrêté, que le cœur lui manqua; il eut un étourdissement et, quoiqu'il tentât pour résister, il fut forcé de se laisser aller à la renverse sur sa chaise.

— Madame! madame Duperrieux! cria le voisin de Jacques, un monsieur qui se trouve mal.

— Ce n'est rien, voulut balbutier Jacques; c'est la chaleur.

Mais il était si défait, qu'on ne voulut point le croire. Mme Duperrieux le fit passer dans une petite pièce qui servait à la fois de chambre et de salle à manger, et le força à boire un verre d'eau.

Dans l'état de crispation et de désespoir où il était, ces soins l'exaspéraient plutôt qu'ils ne lui faisaient du bien. Il eût voulu pleurer et crier à son aise; mais ils étaient si pressants et si affectueux, qu'il dut les endurer jusqu'au bout.

Lorsqu'on eut cessé de le gorger d'eau sucrée, il remercia de son mieux, sortit vivement et courut chez lui. Là il se jeta sur son lit et passa une nuit affreuse.

Mais il y a un degré dans la souffrance qui, une fois atteint, ne peut plus être dépassé : Jacques, pour son malheur, avait, depuis longtemps, atteint ce degré; et dans la nuit où, sous la pluie battante, il s'était trouvé tout seul au milieu de Paris, il avait épuisé l'horrible. Il supporta donc cette crise plus courageusement que les précédentes, et, le matin venu, il eut la force de s'absorber dans son travail. Parfois, il est vrai, des tremblements convulsifs, des frissons de rage lui étreignaient le cœur ; mais après quelques minutes de faiblesse, il reprenait énergiquement sa volonté et revenait à sa tâche.

Le soir, à l'heure ordinaire, il se rendit au cabinet de lecture; moins nerveux et moins bouleversé il put convenablement remercier ceux qui, la veille, l'avaient si complaisamment soigné. Et, à partir de ce jour, il y eut chaque soir, à son arrivée et à son départ, entre Mme Duperrieux et lui, un échange de paroles polies qui à la longue devinrent presque amicales; sa pâleur, sa maigreur, son état maladif, sa jeunesse et sa tranquillité avaient évidemment inspiré un certain intérêt; et dans son isolement, si rempli de cruels souvenirs, ce lui était une douce consolation de pouvoir échanger quelques paroles, même banales, avec des gens qui l'écoutaient le sourire aux lèvres, et lui répondaient d'un ton affectueux et sympathique.

D'ailleurs, plus il les connaissait, ces gens, plus il se sentait attiré vers eux.

Mme Duperrieux était une bonne grosse petite femme, un peu trop grasse, un peu trop bavarde, un peu trop commune, mais, au fond, excellente bourgeoise, qui ne désirait que deux choses : marier sa fille Eugénie et se faire bâtir une maison de campagne dans un terrain de douze cents mètres qu'ils avaient acheté à Créteil.

Mlle Eugénie Duperrieux était aussi maigre, aussi réservée que sa mère était replète et expansive. Elle avait vingt-quatre ans, quoiqu'on put lui en donner vingt-huit ou trente : elle était pâle, osseuse, sans fraîcheur, avec une peau qui sentait la souris ; elle portait des robes trop étroites qui l'habillaient à peu près comme une gaîne habille un parapluie; mais son air était intelligent, fin, délié, et ses yeux noirs, secs et ardents annonçaient en elle un caractère et un tempérament.

Pour M. Duperrieux, véritable employé parisien, on ne le voyait que le soir. Il arrivait d'un magasin de la rue Saint-Denis où il était teneur de livres entre neuf et dix heures, marchant à pas comptés, car il transpirait facilement et craignait les catarrhes : il saluait avec cérémonie les abonnés, et en attendant l'heure du coucher, il s'asseyait devant le poêle, le prenait entre ses jambes, et tout en lisant un journal, il étalait son mouchoir sur ses genoux pour le faire sécher.

Au temps de ses amours et de son bonheur, Jacques connaissant cette famille eût peut-être trouvé la mère un peu portière, le père un peu Joseph Prudhomme et la fille un peu gaule; mais le malheur l'avait rendu indulgent, et il les vit tels qu'ils étaient en réalité, simples, honnêtes et bons. Les longues conversations de Mme Duperrieux lui devinrent une distraction, les poignées de main de M. Duperrieux une agréable habitude, les quelques mots d'entretien avec Eugénie un plaisir.

Cela dura ainsi un an à peu près. Puis un jour qu'il était arrivé de meilleure heure qu'à l'ordinaire, et que, dans la salle de lecture, il était seul avec Eugénie, il crut remarquer dans la voix de celle-ci une douceur et une émotion qu'il ne lui avait jamais trouvées. Durant quelques minutes, il s'en étonna, et croyant s'être trompé, il n'y pensa bientôt plus. Mais à quelques jours de là, le doute ne fut plus possible : cette émotion qu'il avait déjà remarquée, sans chercher à en deviner la cause, se renouvelait toutes les fois qu'il restait seul avec Eugénie, et même souvent lorsqu'elle lui parlait en présence des habitués. En travaillant, il la vit arrêter sur lui des yeux pleins de tendresse et de chaleur. Pendant plusieurs semaines, il l'observa curieusement, et bientôt il fallut qu'il en convînt avec lui-même : il était aimé.

Loin de lui donner de la joie ou de l'orgueil, cette découverte ne lui donna que de l'inquiétude ; car si l'apaisement commençait à se faire dans son cœur, il n'avait point oublié Caroline, et il se croyait à jamais mort pour l'amour.

— Pauvre fille, se dit-il en pensant à Eugénie, pourvu qu'elle ne souffre pas comme j'ai souffert !

Et il se promit de ne plus revenir au cabinet de lecture de Mme Duperrieux.

Pendant quinze jours, il se tint parole; mais un soir, poussé par l'habitude et aussi par un certain sentiment secret qu'il ne s'expliquait pas très bien à lui-même, il y revint en se disant :

— Après tout, ce n'était peut-être qu'un caprice.

La joie et la rougeur d'Eugénie lui montrèrent que c'était plus qu'un caprice.

Alors, au lieu de ne plus revenir du tout, comme il aurait dû le faire pour être conséquent avec sa première détermination, il revint, comme par le passé, régulièrement tous les jours. Ce n'est point impunément que l'on se sent aimé, et dans le cœur le mieux rempli aussi bien que dans le cœur le plus désespéré, cette certitude met un naïf orgueil et une douce jouissance qui font faire bien d'hypocrites mensonges à la fidélité du bonheur comme à la fidélité du souvenir.

Jacques ne se mentit pas à lui-même, et très franchement il se laissa aller à la vanité : c'était pour lui comme une vengeance, comme une revanche.

— Ah ! si Caroline m'avait aimé ainsi, pensait-il souvent, en rencontrant les yeux attendris et troublés d'Eugénie, comme nous aurions pu être heureux !

Et sous la pression de cette pensée, il regardait ces trois personnes si tranquilles vivant de la vie de famille, cet idéal auquel il ne voulait même plus rêver.

A la longue cette paix et ce bonheur, comparés à sa solitude et à son abandon, lui donnèrent des mouvements d'envie.—Pourquoi pas? se disait-il.—Pourquoi faire souffrir cette pauvre fille ? Sans doute je ne peux pas l'aimer comme elle m'aime; mais je peux la rendre heureuse, ne la tromper jamais, être pour elle un mari loyal, fidèle, indulgent. Pourquoi pas?—Mais ces idées étaient aussitôt rejetées que conçues; puis il y revenait, puis il les rejetait encore. Chaque fois cependant c'était moins fermement. Eugénie, par ses regards et par ses tendresses, avait réchauffé ce cœur, et si elle ne lui avait pas donné l'amour, elle lui avait au moins donné une vague espérance.

A mesure que le temps s'écoula, et que les entretiens avec Eugénie se firent plus fréquents et plus intimes, Jacques devint moins irrésolu, et il y avait dix-huit mois que Caroline lui avait dit : « L'amour guérit l'amour, » lorsqu'il se décida tout à fait à recommencer la vie.

Il était alors dans une situation qui lui permettait presque de parler avec confiance. Hergott, qui en sa qualité de directeur et d'esprit universel s'était, dans son dictionnaire, réservé les articles les plus importants, et qui aussi, en son autre qualité d'ignorant et de sot, était parfaitement incapable toujours de les écrire, souvent de les comprendre, avait chargé Jacques de les lui préparer, et, pour prix de cette collaboration et du secret promis, il lui payait un sou la ligne. De plus, Jacques avait une correspondance littéraire pour un journal étranger ; et sans être riche, il n'était plus honteusement pauvre : il pouvait donc parler hardiment.

Il le fit, et après avoir raconté l'histoire de son amour à Eugénie, beaucoup par loyauté, un peu aussi pour avoir un éternel confident, il adressa sa demande à M. et Mme Duperrieux.

Elle fut acceptée.

Pour le nouveau ménage, on loua, dans la maison même où se trouvait le cabinet de lecture, une chambre avec une petite terrasse ayant vue sur un jardin. C'est là que je retrouvai Jacques deux ans après son mariage, et c'est là que nous avons repris nos interminables conversations de la pension, et que nous avons passé de longues heures joyeusement remplies à nous entretenir de nos travaux, de nos projets, de nos espérances.

— Je suis heureux, me disait Jacques, j'ai une excellente femme, une belle mère indulgente, un beau-père qui est mon ami; je t'assure que je suis très heureux. Je n'ai peut-être pas les fièvres de bonheur que j'aurais pu avoir dans d'autres conditions, mais j'ai une vie calme où je puis, à mon aise, travailler à mes livres, et c'est tout ce que j'envie. Je ne suis plus un cœur, vois-tu, je ne suis plus qu'un cerveau, et ce livre, — disant cela, il posait la main sur un manuscrit qu'il venait d'achever, — ce livre est mon seul amour.

— Tu le dis, tu le crois.

— J'en suis sûr, et je peux même t'en donner une preuve : tu sais qu'il y a six mois Caroline a quitté Arthur; eh bien, en apprenant cette rupture, j'ai été ému, très ému, c'est vrai, mais je suis resté chez moi et n'ai rien fait pour la voir.

— Enfin, je ne demande pas mieux que de te croire, mon pauvre ami; mais il n'en est pas moins vrai que, pour ton repos, j'aime beaucoup mieux la savoir à Bruxelles qu'à Paris.

— A Bruxelles ou à Paris, cela est tout un pour moi; je te dis et je te répète que je suis guéri, absolument guéri : je suis un sage..... Oh! ne ris pas, je ne m'en fais point un grand mérite. Mon cœur est mort; on l'a jeté il y a quatre ans du haut d'une terrasse de la rue de Buffault, il s'est cassé en tombant, et je me suis sauvé sans en ramasser les morceaux. Mais d'ailleurs, en eussé-je emporté la moindre parcelle, tu me feras bien, je l'espère, l'honneur de penser que je n'abandonnerais pas ma femme, car si je n'aime pas Eugénie comme j'ai aimé Caroline, j'ai pour elle une sincère affection et une solide reconnaissance; je tiens à elle, et je tiens aussi à ma vie paisible, à mon repos et à mon travail. Et puis, disons-le sans phrases, je tiens à mon devoir.

Quand je parle passion, et qu'on me répond devoir, j'ai par malheur la triste habitude d'être souvent incrédule. Cependant je croyais Jacques lorsqu'il me parlait ainsi; il m'avait tant de fois répété : Je suis guéri, bien guéri, que j'aurais peut-être fini par me persuader que sa vie était à jamais fixée, sans de certaines petites remarques que je pouvais faire chaque jour, et qui me donnaient d'indestructibles appréhensions pour le moment où Caroline se présenterait.

Jacques aimait sa femme, mais il souffrait intérieurement de la voir maintenant aussi visiblement gauche et disgracieuse, aussi peu naturelle lorsque pour lui plaire elle voulait se faire belle et coquette. Devant les étrangers, devant ses amis, il insistait jusqu'à la fatigue sur les qualités qu'elle déployait dans la vie intime, sur sa bonté, son dévouement, sa générosité, — car il avait à un haut degré cet amour-propre de l'égoïsme qui nous pousse à persuader les autres que tout ce qui nous touche de près est irréprochable de perfection; — mais seul avec lui-même, par un retour plein de colère et d'injustice, il ne voyait plus que les défauts et n'insistait plus dans ses regrets jaloux que sur les imperfections, hélas, trop malheureusement apparentes, de la pauvre femme. Il y avait là le germe d'un danger pour l'avenir, germe rendu plus inquiétant encore par ce qui se passait dans Eugénie.

Certes, elle aimait Jacques : cette jeune fille avide d'amour, arrivée jusqu'à vingt-quatre ans sans avoir inspiré un sentiment tendre, était folle de son mari, — je devrais plutôt dire de son homme; — elle l'aimait avec ardeur, mais elle ne comprenait absolument rien à la situation qu'elle s'était faite en épousant un artiste pauvre et orgueilleux. Pour elle, et aussi pour sa mère et son père qui avaient subi son influence, Jacques était un esprit, un génie même. Après un an de mariage et d'expérience, elle le jugeait supérieur dans les choses de l'intelligence, nul dans les choses de la vie. Aussi, pour ces natures étroites et positives, y avait-il dans cette croyance un chagrin amer, une déception de tous les instants.

Jacques n'avait pas tardé à s'apercevoir de cette opinion et ç'avait été une blessure cuisante pour son cœur et pour sa vanité. De là étaient venues quelques scènes de dureté et de colère, qui avaient démesurément grossi les griefs, non encore expliqués, que les deux époux se croyaient mutuellement en droit de s'adresser. Eugénie souffrait de ce que son mari ne paraissait jamais avoir souci des affaires matérielles, Jacques de ce que sa femme le faisait souvent rougir, et aussi de ce qu'il ne trouvait point chez elle les encouragements et les applaudissements qu'il eût voulu surtout obtenir dans sa famille. Ces secrètes divisions, qui me tourmentaient assez souvent, me furent encore plus particulièrement sensibles à l'occasion du début littéraire de Jacques. Son livre, œuvre d'histoire et de philosophie sur le rôle que Louis XI et Richelieu avaient joué dans les événements qui avaient préparé et amené la Révolution française, — son livre avait été dès son apparition chaudement discuté par toute la presse parisienne, depuis celle qui se prétend républicaine pour conserver sa clientèle de marchands de vins, jusqu'à celle qui se pretend religieuse pour conserver sa clientèle de sacristains. Le jeune auteur avait été vigoureusement loué et plus vigoureusement encore insulté; son nom avait acquis, en peu de mois, une juste notoriété, et tous, amis et ennemis, attendaient de lui des œuvres originales et sérieuses.

Pour Jacques, c'était superbe; mais pour Eugénie, il y avait un revers à cette médaille si brillante: car ce livre, vendu pour cinq ans, n'avait rapporté que quatre cents francs à son auteur. Aussi la question d'argent amoindrissait-elle chez la jeune femme la question de gloire, et avions-nous souvent, à ce sujet, des discussions qui me prouvaient chaque jour davantage que je n'avais que trop raison, que mes craintes n'étaient que trop réelles, et qu'une occasion, en faisant se heurter ces deux contrariétés secrètes, pouvait amener un redoutable antagonisme.

Lorsqu'un article avait paru sur le livre de Jacques, j'arrivais tout joyeux, et souvent, avant de monter chez lui, j'entrais au cabinet de lecture.

— Eh bien, disais-je à Eugénie, vous avez lu?

— Oui, c'est magnifique; mais où cela nous conduit-il?

— Où diable voulez-vous que cela conduise?.... à la gloire, parbleu! comme Polyeucte.

— Voyons, M. Frédéric, vous êtes un homme sérieux, vous; eh bien, je vous le demande, un peu moins de gloire et un peu plus d'argent ne ferait-il pas mieux notre affaire? Pour écrire ce livre qu'il a préparé pendant six ans, Jacques a quitté M. Hergott qui lui donnait douze cents francs, et il a abandonné sa correspondance qui lui en rapportait six cents; de sorte que pour huit années de travail il a eu cinq cents francs. Vous allez me dire que c'est un début; mais c'est justement ce qui m'épouvante: vous le connaissez, il voudra que son second livre soit mieux que le premier, et il restera dix ans à l'écrire. Pendant ce temps, il faudra donc que nous nous nourrissions de gloire?

— Alors, selon vous, Jacques doit produire un volume tous les ans, une page tous les jours, trois lignes de quarante-trois lettres toutes les heures?

— Je ne dis pas ça; mais vous ne savez pas non plus comment Jacques travaille: il passe des journées entières sans écrire une ligne, à se promener sur sa terrasse en faisant sauter un petit bâton. Quand on a une femme, et qu'on peut avoir des enfans, on pense un peu moins à la gloire et un peu plus à l'argent.

— Tenez, madame, je suis un homme sérieux, comme vous dites, parce que je n'ai point pour les voleries des éditeurs le noble dédain de Jacques; eh bien! en cette qualité d'homme sérieux, je vous affirme aujourd'hui que si j'avais publié un livre comme celui de votre mari, et qu'on me félicitât comme vous le félicitez, je prendrais ce livre dans ma poche, je m'en irais de chez moi, et la première femme que je rencontrerais et qui me dirait : « C'est beau! » je me mettrais à l'aimer. Aussi, très sincèrement, le conseil que je vous donne, c'est de croire en votre mari, d'être fière de lui, et puisque, par bonheur, vous pouvez gagner de l'argent pour deux, de ne pas le tourmenter et de l'adorer à genoux ; car Jacques, voyez-vous, s'il est un philosophe, est en même temps un artiste; et ces gens-là, sachez-le bien, la femme qu'ils préfèrent et qu'ils adorent, ce n'est pas celle qui leur dit : « Tu es un dieu! » mais celle qui leur répète chaque jour : « Tu es plus qu'un dieu! »

Malheureusement ces conseils, qu'on ne me demandait pas, étaient en pure perte, et Mme Jacques, Mme Duperrieux, M. Duperrieux et deux ou trois amis déploraient très naïvement que Jacques ne voulût point se mettre au travail d'une manière plus sérieuse, et surtout plus lucrative. Il avait du talent, c'était possible, mais ils connaissaient dans le quartier un monsieur qui écrivait, qui lui aussi avait du talent, ce qui ne l'empêchait pas de gagner douze ou quinze mille francs par an dans des journaux connus et que tout le monde lisait.

Les choses en étaient là lorsqu'un jour que Jacques devait venir dîner chez moi, avec une personne qui avait grande envie de le connaître, je le vis arriver dès le matin.

— Qu'y a-t-il donc? lui demandai-je.

Rien de grave : seulement, puisque notre journée est perdue, je viens te prendre pour aller chez Sylvain Maret.

En route et changeant de conversation, il me dit tout à coup :

— A propos, tu sais que Caroline est venue à Paris?

— Ah! mon Dieu.

— Rassure-toi, elle est repartie. Nous allons chez Maret pour parler d'elle.

— Mais tu es fou!

— Je veux savoir un peu ce qu'elle pense de mon livre, car je t'avoue que j'ai été assez surpris de ne pas recevoir de lettre d'elle.

— Elle n'aura pas osé t'écrire chez toi.

— Elle pouvait bien toujours m'écrire chez mon éditeur; mais enfin, ce n'est point de cela qu'il s'agit : si elle n'a pas voulu écrire, elle a dû parler, et je ne suis pas fâché de connaître ce qu'elle a éprouvé en lisant ce que le Critique a dit de moi, et en le comparant à ce qu'il disait autrefois.

— Oh! Jacques, mon ami, nous jouons là mauvais jeu, et si tu m'avais prévenu, je ne t'aurais point aidé dans cette bravade.

— Laisse donc, il n'y a pas de danger, et je t'affirme pour la centième fois que mon amour est bien mort. Si tu en veux une preuve, en voici une : il y a huit jours, j'ai su par Maret qu'elle était ici, et depuis je n'ai point fait un seul pas pour la voir, point une seule démarche pour connaître son adresse. C'est aujourd'hui seulement, que je suis certain qu'elle est partie, que je vais savoir son sentiment sur l'homme en qui elle avait mis autrefois tant d'espoir; car elle croyait en moi, elle, et elle y croyait bien.

Puis s'interrompant et me regardant :

— Mais qu'as-tu donc? tu ne dis rien.

— Je dis que j'ai peur, parbleu

— Et moi je dis que tu me fais rire avec tes pressentiments de romancier : les morts ne ressuscitent pas, comprends-tu ça?

— Oui, mais les endormis se réveillent.

— Après cent ans dans les contes de Perrault : j'ai lu ça ; mais après cinq ans dans la réalité, c'est ce que je n'ai jamais vu.

---

## CHAPITRE XX

### LES VERTIGES DU SOUVENIR

Sylvain Maret, que je connaissais depuis quelques mois seulement, avait son atelier rue de La Bruyère, et je demeurais à cette époque sur le boulevard Bonne-Nouvelle. En un quart d'heure nous arrivâmes chez lui.

La clef était sur la porte. Je frappai.

— Entrez, nous répondit une voix traînante.

A côté de Maret, qui sans se déranger nous faisait une lente inclinaison de tête, je vis une grande jeune femme vêtue de noir.

— Mme Chaisemartin, me dit-il, répondant à la muette interrogation que je lui adressais.

Instinctivement et sans même saluer, je regardai Jacques. Il était horriblement pâle et paraissait indécis s'il devait avancer ou reculer.

— Ah! mon Jacques, s'écria Mme Chaisemartin en se levant de sa chaise et en venant à lui, que je suis heureuse! Quel bonheur que je ne sois point partie hier!

Jacques n'hésita plus: il lui tendit la main. Cependant il était facile de voir qu'une lutte se livrait en lui: il y avait dans son attitude beaucoup de raideur et de hauteur, dans son regard beaucoup de tendresse.

— Madame et moi, dit Maret, s'adressant à Jacques, nous causions de vous.

— Oui, de votre livre, Jacques. Ah! ç'a été une grande joie pour moi de le lire, et j'en ai été bien fière; j'ai retrouvé là ces belles idées dont vous m'entreteniez autrefois, et qui nous avaient fait les premiers croire à votre génie. Si j'avais su comment vous faire parvenir ma lettre, je vous aurais écrit.

— Madame, interrompis-je impatienté de l'air de béatitude avec lequel Jacques avalait ces éloges, — rien n'était plus facile : vous aviez le nom de l'éditeur sur la couverture.

Mme Chaisemartin me regarda stupéfaite, tandis que Jacques me regardait mécontent et Maret étonné.

Un certain malaise s'abattit sur nous tous, et la conversation devint indifférente et difficile.

Pour moi, ne disant plus rien, j'observais cette Caroline que je n'avais jamais vue et dont j'avais si souvent et si longuement entendu parler.

Elle était grande et mince, étroite des épaules, souple et onduleuse de la taille; les traits du visage étaient assez purs, mais flétris et fatigués; les yeux étaient beaux, mais trop hardis; les lèvres étaient fraîches et roses, les dents blanches, petites et pointues; le corsage, enveloppé dans un châle, me sembla plat et maigre. Les mains paraissaient parfaitement blanches et un peu molles; les doigts en étaient longs, gras, très lisses, très effilés, c'étaient de ces mains que les chiromanciens nomment mains de plaisir. Ses manières avaient de la grâce, mais trop de brusquerie, ses attitudes trop de prétention; et quoiqu'elle pût passer pour jolie, elle ne me plut point. Peut-être étais-je mal disposé à son égard par ce que je savais d'elle, mais je trouvais dans son ensemble quelque chose qui semblait indiquer une nature double, folle et raisonnable, froide et passionnée. Son regard étrange, où il y avait de l'égarement et de la douceur, m'inquiétait; sa voix claire, vibrante, sans musique, me blessait.

Plusieurs fois nos yeux se rencontrèrent, et elle me força à baisser les miens. Alors, pour l'étudier plus à mon aise, je me levai, et, sous prétexte de visiter l'atelier, j'allai me mettre en observation derrière une toile.

Bientôt Jacques vint m'y rejoindre.

— Emmène Maret, me dit-il à voix basse.

— Pour rester seul avec Caroline?

— Oui.

— Eh bien, non.

— Alors je vais m'en aller avec elle.

— Tu es fou.

— Je ne te demande pas d'avis, je te demande un service... Veux-tu emmener Maret?

— Et comment?

— Arrange-toi comme tu pourras, mais laisse-nous seuls, elle et moi.

J'hésitai quelques minutes, car ce moment que j'avais tant redouté était enfin arrivé, et j'étais plein d'inquiétudes et de craintes; mais, comprenant en même temps que le plus sage, maintenant qu'on ne pouvait plus éviter cet entretien, était au moins de prévenir un éclat. Je revins au milieu de l'atelier, et m'approchant de Maret :

— Voulez-vous avoir la bonté de me rendre un service, lui dis-je, et de sortir avec moi?

— Est-ce loin? fit Maret en soupirant; vous savez que je suis tout à votre disposition, mais je suis bien fatigué.

— C'est tout près; il s'agit de venir chez un de mes amis qui voudrait savoir s'il a un Lorrain ou simplement une copie.

— Qu'est-ce que ça lui fait, à cet honnête bourgeois?

— Il me semble que ça doit lui faire quelque chose, et qu'il doit être curieux d'avoir une certitude.

— Vous croyez?

— Mais certainement.

— Comme vous voudrez, alors.

— Eh bien! partons, n'est-ce pas?

— Partons! fit-il avec un nouveau soupir, mais vous m'assurez que ce n'est pas loin?

— Madame, dis-je en me tournant vers Caroline et en la regardant effrontément pour lui souligner mon épigramme, — pardonnez-moi de vous enlever M. Maret, mais je vous laisse Jacques.

Puis, tout de suite, m'adressant à celui-ci:

— N'oublie point, n'est-ce pas, que nous dînons à six heures et demie, et que j'ai invité une personne exprès pour toi.

— Allons, me dit Maret, qui s'était appuyé contre la porte, en route; mais, je vous en prie, n'allons pas trop vite.

A peine étions-nous dans l'escalier, que Jacques se rapprochant de Caroline lui prit la main, et la baisant follement à pleines lèvres :

— Je ne puis que te battre ou t'embrasser, lui dit-il; je ne te bats point.

Tous deux, en même temps, ils se regardèrent, et dans leurs yeux roulèrent de grosses larmes.

— Et je croyais ne plus t'aimer! s'écria-t-il,... oui, il y avait des jours où je croyais te haïr.

— Mon Jacques! fit-elle.

— Mais j'étais fou, et en te voyant là tout à l'heure, j'ai senti que depuis cinq ans...

— Mon Jacques!

— Oui, Caroline, je n'ai jamais aimé que toi, et je t'aime, entends-tu bien, je t'aime encore comme il y a cinq ans, comme aux bois de Crillon.

— Mon Jacques!

Il y eut un long moment de silence: ils se regardaient. Puis irrésistiblement attirés l'un vers l'autre, ils se rapprochèrent encore, se regardant toujours longuement, ardemment, et tous deux, en même temps, à plein cœur ils s'embrassèrent.

Longtemps ils restèrent sans rien dire; puis Jacques, par cet excès de bonheur ramené à de tristes comparaisons :

— Ah! Caroline, comme j'ai souffert, dit-il, depuis notre séparation!

— Et moi donc, mon Jacques, et moi, car j'étais la seule coupable, et à ma souffrance s'ajoutaient mes remords. Tu ne vas pas me croire, mais je n'ai jamais cessé de t'aimer; et, dans cette terrible soirée où, en ta présence, j'ai mis ma main dans celle d'Arthur, c'était toi que j'aimais, mon Jacques. Mais cet homme m'avais ensorcelée, vois-tu, je voulais lui résister et je ne pouvais pas. Quand j'ai appris ton mariage, j'ai été folle de jalousie; quand j'ai lu ton livre, j'ai été folle d'envie. Ah! oui, va, je t'aurais écrit si j'avais osé; mais je croyais que tu ne m'aimais plus, et j'avais peur de ta femme. Est-elle bonne au moins ta femme? t'aime-t-elle bien? te rend-elle heureux, mon Jacques? a-t-elle tous les petits soins que j'avais pour toi? Ah! comme je serais fière de toi! comme je t'adorerais! Je savais bien que tu avais du génie; je te l'ai toujours dit, je l'ai toujours cru.

Sous l'influence de cette parole follement passionnée, Jacques fut pris par le vertige.

— Eh bien! s'écria-t-il, puisque tu m'aimes, reprenons la vie où nous l'avons laissée, et soyons heureux!

Il lui tendit les bras; mais elle, se levant et le regardant avec une indéfinissable expression de tendresse et de douleur :

— Non, Jacques, dit-elle d'une voix émue, mais ferme, non, cela ne se peut pas. Oui, je t'aime, et je n'ai pas cessé de t'aimer; le sentiment que j'ai ressenti et montré en te voyant te le prouve assez; mais si je n'ai pas eu la force de fermer mes oreilles à tes paroles, qui me soulevaient de bonheur, j'en aurai assez maintenant pour te résister. Oui, à l'instant nous avons eu un moment de joie irrésistible, de sublime faiblesse, que je n'oublierai jamais, car il est ma rémission; mais si ce moment, qui m'a rendu ton cœur, doit faire la consolation de tous mes jours à venir, je ne veux pas qu'il fasse notre malheur à tous deux.

— Pourquoi ne me dis-tu pas tout de suite que tu as un autre amour?

— Non, Jacques, je n'aime que toi; mais ce que tu veux est insensé. Je me connais bien, va, et, je te l'ai déjà dit, je porte malheur à ceux que j'aime. Pendant deux ans, je t'ai pris ta vie et je te l'ai mangée, je ne veux point recommencer. Je ne veux point que tu redeviennes ce que tu étais rue de Provence, car, je le sens bien, je serais maintenant ce que j'étais alors. Nous nous sommes connus trop tôt, vois-tu, et tu as été trop bon et trop faible pour moi. Ah! mon pauvre ami, je ne suis plus la jeune fille ignorante et confiante d'autrefois, et les trois années passées avec Arthur m'ont enlevé bien des illusions : la souffrance m'a appris la vie.

— Et à moi, aussi, Caroline, et c'est justement pourquoi je te dis : Aimons-nous.

— Mais, malheureux, ni l'un ni l'autre nous ne sommes libres. Ta femme...

— Ne mêlons jamais ma femme à tout ceci, je t'en prie.

— Et comment cela?

— Ma femme n'existe plus pour moi.

— Oui, mais mon mari existe pour moi, pour toi, Jacques, et de lui nous aurions tout à craindre. Mais ce n'est point à cause de lui que je te repousse; c'est à cause de toi, Jacques. Depuis trois ans, tu as vécu tranquille dans ton ménage, tu as fait un beau livre, tu as conquis un grand nom : je ne veux pas que tu quittes et que tu perdes tout cela pour moi; car, tu le comprends bien, n'est-ce pas? notre vie à tous deux ne pourrait être qu'une vie d'aventure, de mystère, de souffrance.

Il fit un geste pour l'interrompre.

— Oui, de souffrance, car tu n'aurais pas la confiance, et tu aurais raison; et moi, sous ton loyal regard, je rougirais de confusion et de colère : en nous aimant peut-être plus que nous ne nous sommes jamais aimés, nous serions malheureux. Ainsi, laisse-moi repartir, Jacques, laisse-moi emporter pur le souvenir de cette journée. Là-bas, à Bruxelles, je penserai à toi, je t'écrirai souvent, tu me répondras quelquefois, et sans renoncer à ton travail, sans briser ta famille, sans désespérer ceux qui t'aiment, nous serons heureux.

Longtemps elle lui parla ainsi, et de très bonne foi résistant en même temps et à sa propre émotion et à celle de Jacques, elle tâchait par de douces paroles d'expérience et d'amitié de le ramener à la raison. Mais lui, affolé d'amour, ne l'écoutait point; il revenait sans cesse à ses projets, à ses désirs.

Enfin, et après deux heures de lutte, il devint un peu plus calme, et moitié raison moitié dépit de voir qu'elle ne se rendait pas, il faiblit dans son incessante et monotone prière, Alors Caroline se levant et mettant son chapeau :

— Il faut nous en aller, mon Jacques; conduis-moi et que Maret ne nous retrouve point ici.

Après de longues discussions, après des

promesses sans fin, après être venus vingt fois jusqu'à l'escalier et être rentrés vingt fois, ils sortirent.

Caroline avait une course à faire rue Chauchat. Bientôt ils y arrivèrent; mais ils ne se quittèrent point encore : ils revinrent sur leurs pas, allèrent rue de Provence, revinrent rue Chauchat, et toujours émus, toujours frissonnants, elle s'appuyant sur son bras, lui la serrant contre son cœur.

La nuit commençait à s'épaissir; il tombait une petite pluie fine, les passants étaient rares, les lumières peu brillantes dans les chétives boutiques de ce quartier; — et marchant ainsi unis l'un à l'autre, se cachant sous leur parapluie baissé, ils étaient presque isolés.

Souvent Jacques, au moment même où il se croyait le plus complétement vaincu par les raisons de Caroline et par les siennes propres, avait de brusques et irrésistibles retours, et revenant à la charge :

— Viens seulement dîner avec moi, disait-il, et nous ne nous séparerons que ce soir.

— Si je vais dîner avec toi, disait-elle, nous ne nous séparerons plus. Pauvre malheureux! ne m'enlève pas mon courage. Si je te cédais, nous nous perdrions tous deux; séparés, nous nous aimerons toujours; ensemble, nous nous haïrions bientôt; les douleurs que nous avons déjà endurées, nous les endurerions encore. Je t'en prie, un peu de force : laisse-moi partir; je te promets que je t'écrirai.

— Quand?

— Dans deux jours, et puis après toutes les semaines.

— Eh bien, embrasse-moi.

— Jacques!... Jacques!

Mais sans écouter sa prière, il l'entraîna sous une porte sombre, et là follement il l'embrassa.

Ils ne se quittèrent point cependant encore; et pendant près d'une heure, ils se promenèrent ainsi, se fixant une limite pour se séparer et ne se séparant point, se disant « encore cinq minutes, » ou bien « allons jusque là-bas, » et, laissant les minutes s'écouler, dépassant le but déterminé, sans avoir la force de s'arracher l'un à l'autre.

Enfin Caroline, plus maîtresse d'elle-même, se dégagea du bras de Jacques, lui pressa une dernière fois la main, le regarda une dernière fois, puis, en courant et sans se retourner, elle se sauva.

Il resta immobile pendant quelques secondes; puis, tout à coup, comme un fou, il se mit à sa poursuite : il ne lui avait point demandé son adresse à Paris, ce qu'elle ferait le lendemain, à quelle heure elle partirait.

Il ne put l'atteindre; il parcourut toute la rue, alla rue Rossini, revint rue de Provence; mais ce fut en vain : il ne la vit pas. Alors, sans trop savoir pourquoi, il courut chez Maret. Il n'y avait personne. De désespoir, il revint rue Chauchat, et se postant au milieu de la rue, comptant qu'un bienheureux hasard le ferait, à sa sortie, se diriger de son côté, il attendit.

Pour moi, pendant ce temps, rentré depuis plusieurs heures déjà, j'attendais aussi de mon côté, plein d'impatience, d'inquiétude, de crainte.

Que s'était-il passé? jusqu'où avait été l'ivresse du retrouvement, le vertige des souvenirs? Je ne pouvais pas me tromper : le regard de Jacques avait été trop brûlant, sa voix trop émue; il aimait, il adorait toujours Caroline. Qu'allait-il arriver?

A ces transes qui m'enfiévraient se joignait un autre tourment, beaucoup moins grave, il est vrai, mais qui, cependant, ne laissait pas que de m'être irritant et pénible. Depuis longtemps le convive que j'avais invité exprès pour le mettre en relation avec Jacques était arrivé, et il avait déjà plus d'une fois témoigné sa surprise d'un pareil retard.

— Il va venir d'une minute à l'autre, avais-je toujours répondu.

Mais les minutes s'étaient changées en quart d'heure, en demi-heure, en heure, et Jacques n'avait point paru.

Enfin, je pris mon parti. Comme il me fallait une solide excuse pour le cas où il ne viendrait point; comme il en fallai, une non moins solide pour le cas où il arriverait, mais avec une figure bouleversée, j'avouai franchement que nous avions rencontré une femme qu'il avait dû épouser, et qu'il était resté près d'elle.

Mon convive, qui était jeune, qui de plus était femme, fut très sensible à cette raison, et Jacques désormais pouvait arriver à dix heures du soir, ou même ne pas arriver du tout : il était excusé d'avance.

Mais, moi, la raison que j'avais donnée ne me rassurait nullement, et plus le temps s'écoulait, plus j'étais effrayé.

Enfin, vers huit heures, Jacques arriva; il était effrayamment pâle... Il voulut s'excuser, mais ce fut à peine si, d'une voix étranglée, il put balbutier quelques mots.

Je fis monter le dîner et nous nous mîmes à table.

Il fut impossible à Jacques de manger... Immobile sur sa chaise, il restait profondément accablé; parfois il levait la tête, nous regardait, et les yeux gros de larmes.

— Madame, disait-il, pardonnez-moi, je vous gâte votre dîner, mais je suis bien souffrant...

Il vint un moment où il sentit qu'il allait éclater : il se leva sans rien dire et passa dans mon cabinet. La cloison était mince; nous l'entendîmes qui pleurait.

— Laissons-le, dis-je tout bas; ce que je redoutais le plus ne s'est heureusement pas réalisé : ils se sont quittés.

Longtemps il sanglota; puis le silence se fit, troublé seulement par la pluie qui fouettait les vitres et le roulement sourd des voitures qui passaient sur le boulevard.

L'inquiétude ne tarda point alors à nous prendre.

— Allons donc voir, me dit ma convive; il est peut-être malade, le pauvre garçon.

— Laisse-moi aller seul, répondis-je; il ne te connaît pas. Tu le gênerais, et il faut que je sache comment les choses se sont passées.

J'entrai et le trouvai enfoncé dans un fauteuil, les mains crispées, les yeux hagards.

— Ah! mon ami, s'écria-t-il, que je souffre! que je souffre!

Et il se remit à pleurer. Je le regardais effrayé, ne sachant trop si je devais laisser cette douleur se tarir d'elle-même, ou bien la distraire, quand je sentis deux mains qui se posaient sur mon épaule, et une voix douce me murmura à l'oreille.

— Oh! le pauvre garçon, comme il est malheureux!

— Voilà pourtant ce que peut amener la trahison d'une femme.

— Mais c'est épouvantable d'aimer comme ça.

— N'est-ce pas? et ça ne te donne pas envie d'essayer.

— Oh! non, par exemple, ça rend trop laid.

Puis, me quittant sur cette conclusion, elle s'en alla dans la cuisine, où je l'entendis remuer des tasses et souffler le feu, pendant que Jacques, la tête entre ses mains, pleurait toujours et faisait effort pour se contenir.

Au bout de quelques minutes, elle revint portant une tasse à la main, et elle s'approcha de Jacques.

— Monsieur, dit-elle d'une voix caressante, je vous en prie, buvez ça, c'est du tilleul, ça vous fera du bien : moi, quand j'ai du chagrin, ça me calme tout de suite.

Il releva la tête, la regarda comme s'il ne comprenait pas; puis, ému de cette attention dans une femme qu'il connaissait à peine, il prit la tasse, but docilement comme un enfant malade, et avant de la lui remettre, il serra, avec une touchante expression d'amitié et de reconnaissance, la main qu'elle lui tendait.

Alors m'attirant dans la pièce voisine :

— Ça va le calmer, dit-elle; mais, comme je ne veux pas le gêner plus longtemps, je vais m'en aller; il sera plus libre de te conter ses peines.

Elle mit son châle et son chapeau et continuant ses recommandations :

— Surtout viens demain. Tu vois comme l'amour fait souffrir; je suis certaine que si tu ne venais pas, je serais encore plus malheureuse que ça.

Quand elle fut sortie, Jacques éclata enfin ibrement.

— Tu vois, s'écria-t-il, tu vois comme je l'aime ! Eh bien, elle aussi, Caroline, elle m'aime. Ah ! j'ai été fou : j'aurais dû la retenir de force. Tu l'as vue enfin ; comme elle est belle, n'est-ce pas? Quelle grâce! quels yeux !

Je n'étais pas précisément de cet avis ; mais je jugeai inutile de le contredire et je fis un signe affirmatif.

— Quand je pense, continua-t-il, que j'ai pu vivre cinq ans sans elle, et que je me disais guéri. Je te mentais, je me mentais à moi-même : je l'aime toujours, je l'aime, entends-tu bien, je l'aime. Ah ! il faut que je la retrouve, il faut que je la revoie.

Je voulus l'interrompre, il ne m'en laissa pas le temps.

— Tu vas me dire : ma femme, mon avenir, le monde. Eh bien, elle m'a dit tout cela elle-même, la chère enfant; mais rien, vois-tu, rien ne pourra me détacher d'elle. Ah ! les hypocrites, les menteurs qui disent qu'on se guérit de son premier amour. Nous sommes bien l'un à l'autre, elle et moi; rien ne nous séparera, ni le devoir ni les lois sociales. Moi aussi j'ai cru à ces puissance, là je les ai prêchées ; mais aujourd'hui, je te le dis encore une fois, hypocrisie ou mensonge.

Que répondre à de pareilles paroles, dont toute la raison se trouve dans ce seul mot, éternellement répété : « Je l'aime, je l'aime, je l'aime. » Cependant, effrayé de cette crise, alarmé de cette douleur, inquiet de cette exaltation, j'essayai d'intervenir. Je me mis à parler, à parler sans interruption. Tout ce que je savais de lieux communs, je le répétai; toutes les vieilles phrases sur la résignation, le devoir, la dignité, le courage, je les employai; j'en fis même de nouvelles, usant en cela de la tactique de ces avocats qui veulent non convaincre, mais fatiguer ou distraire l'attention. Je faisais un bruit infernal; je m'assourdissais moi-même, et au milieu de ce tapage, Jacques avait bien de la peine à placer un seul mot.

Après une heure de lutte, pendant laquelle j'avais au moins obtenu que Jacques ne se grisât point de ses propres paroles, son exaltation tomba un peu ; il ne pleura plus, et ne marcha plus dans la chambre en criant comme un forcené : « Je l'aime ! »

Mais je n'avais pas entamé son idée fixe, qui était de la revoir.

—Allons chez Maret, me dit-il tout à coup; elle sera peut-être revenue.

Chez Maret, il n'y avait personne.

— Allons rue Chauchât... promenons-nous dans le quartier : il faut que je la trouve.

Tout ce qu'il voulut, je le voulus comme lui; j'avais trop de chances de mon côté pour le contrarier; et la seule qui me fut contraire, celle de rencontrer Maret, j'espérais la conjurer à temps par une prompte intervention.

Pendant de longues heures, sous une pluie battante, dans une boue liquide, nous nous traînâmes de la rue de La Bruyère à la rue Chauchat.

— La pauvre enfant, disait-il, elle n'avait pas tantôt l'argent pour son départ ; elle ne l'a peut-être pas encore trouvé.

— Que fait-elle donc à Bruxelles !

— Elle est associée avec une de ses anciennes camarades, pour faire fabriquer de la dentelle que Caroline vient vendre à Paris.

Puis, changeant de sujet, il me répétait au moins pour la vingtième fois :

— Enfin, elle m'aime et j'ai ma revanche.

Je ne comprenais pas très bien quelle revanche si glorieuse il avait ; mais je ne répondais rien et lui laissais au moins cette consolation.

Enfin, la pluie, la fatigue, le froid, le découragement finirent par amener le résultat que j'attendais : Jacques fut moins ardent, moins fiévreux, moins obstiné ; il convint que notre recherche était insensée, et à une heure du matin, quand je parlai de rentrer, il ne résista pas.

— Oui, rentrons, dit-il, nous ne la trouverons pas.

Je le reconduisis jusqu'à sa porte, en invoquant tout ce que je pus inventer pour le persuader que c'était une folie de chercher à la revoir.

— Oui, oui, tu as raison, me dit-il ; mais je l'aime trop, vois-tu, et je le sens bien, ce n'est pas fini : si ce n'est demain, ce sera dans un mois, ce sera dans un an ; mais, assurément, je la retrouverai, et alors rien... rien ne nous séparera plus.

## CHAPITRE XXI

### LA GARE DU CHEMIN DE FER DU NORD

Quoique brisé de fatigue, je dormis peu cette nuit-là : je pensais à Jacques avec angoisses, et le sentais perdu, s'il retrouvait Caroline.

Avant le jour, je fus réveillé par un vigoureux coup de sonnette ; instinctivement effrayé, je courus ouvrir.

C'était Jacques.

Il entra dans ma chambre, et me prenant la main, il me dit d'une voix rapide et saccadée :

— Veux-tu m'accorder ce que je vais te demander, quelque extravagant que cela puisse te paraître, sans chercher à me détourner, sans te croire obligé de me dire tout ce que je me suis déjà dit : que c'est fou, que c'est stupide, que je me perds, le veux-tu ?

— Parle, que faut-il ?

— Venir avec moi au chemin de fer du Nord et m'aider à ne pas laisser partir Caroline sans la voir.

— Mais mon ami... ?

— Ah ! pas d'objections, je t'en supplie ; oui ou non, veux-tu ?

Je restai un moment indécis ; puis, réfléchissant que, dans tous les cas, il valait mieux que je fusse près de lui que de le laisser tout seul, je répondis affirmativement.

Tout en m'habillant, je l'examinai à la dérobée, et je vis dans ses yeux battus un feu et une résolution qui me prouvèrent que rien ne pourrait le détourner de son projet.

— Tu m'expliqueras bien au moins, lui dis-je, comment cette résolution déplorable t'es venue cette nuit.

— Ah ! mon ami, j'aurais dû t'écouter hier soir, et venir coucher sur ton canapé : peut-être aurais-je dormi. En rentrant j'ai trouvé ma femme ; elle m'attendais. Je l'avais oublié et j'espèrais être seul. Je l'ai donc trouvée inquiète, tourmentée, jalouse, et elle m'a fait questions sur questions : d'où je venais ? qui j'avais vu ? pourquoi je rentrais si tard ? Je me sauvai dans mon cabinet : elle me faisait horreur.

J'avais fini de m'habiller et devant lui je l'écoutais effrayé ; avait-il tout raconté à sa femme ? j'en tremblais.

Me voyant immobile :

— Ah ! tu es prêt, n'est-ce pas ? fit-il en s'interrompant ; alors partons.

Tout en marchant à grands pas dans la rue il continua :

— Là, j'espérais au moins être tranquille, n'avoir ni à lui répondre, ni à la regarder en face. Ah ! bien oui. Je n'étais pas seul depuis un quart-d'heure, que, ne devinant rien, elle vint me rejoindre. Je n'avais point pensé à mettre un verrou ; elle entra. Je l'entendis venir et la colère, une colère folle me prit. — Jacques ! me dit-elle doucement, Jacques ! — J'ai à travailler, répondis-je sans me retourner. — Je t'en prie, ne m'en veux pas, dit-elle, je ne croyais pas te fâcher. Puis s'avançant jusque contre moi, elle me jeta les bras autour du cou et m'embrassa. Oh ! alors je devins fou; son baiser me souleva le cœur. Je la repoussai brutalement, la traînai dans sa chambre, et rentrant vivement dans mon cabinet, je me vérouillai. Comprends-tu ce qu'il y avait d'horrible dans les tendresses et les caresses de cette femme? dis, le comprends tu? Le calme que j'avais presque retrouvé avec toi était perdu, et je passai la nuit dans un état de fièvre et de colère. Par cette scène, j'ai senti que je ne pourrais jamais revoir ma femme, et quand même je ne retrouverais pas Caroline, je ne rentrerai jamais chez moi. Mais nous la retrouverons, n'est-ce pas? ce ne doit pas être difficile. D'ailleurs, si elle nous échappe, je pars pour Bruxelles.

En parlant ainsi en répétant constamment: « Nous la trouverons, » nous arrivâmes à la gare. Le gaz était encore allumé dans les salles, et le premier train pour la Belgique ne devait partir qu'à huit heures.

Ce délai me permit de réfléchir, car je ne savais véritablement quel parti prendre, et à chaque instant troublé par Jacques qui me parlait sans cesse de Caroline, je ne trouvais rien à lui opposer.

Et en réalité il n'y avait rien à trouver ni à chercher; il était si résolu dans sa folie que les meilleures raisons du monde étaient en pure perte. Je n'avais de secours à attendre que du hasard, qui permettrait peut être à Caroline de passer sans que nous la vissions; et comme Jacques était myope, je me promis d'aider de toutes mes forces ce bienheureux hasard : qu'elle partît, et j'avais du temps devant moi.

C'était un dimanche matin, et malgré la pluie il y avait foule dans la gare : — car il n'y a pas de pluie pour le bon bourgeois de Paris, qui, libre un seul jour la semaine, met à profit cette chère liberté pour s'en aller gaîment à la campagne ouvrir sa maison et empêcher ainsi les papiers de se tacher, les lambris de se pourrir. Les lumières s'éteignaient une à une, et il n'en restait plus qu'aux guichets des receveurs; une sorte d'obscurité qu'augmentait encore le brouillard laissait dans l'ombre une bonne moitié de la grande salle : des voitures arrivaient à chaque instant versant dans cette salle des flots de voyageurs empressés; et Jacques, ahuri par les paysans qui s'appelaient en criant formidablement, bousculé par les chariots encombrés de bagages, arrêté par les groupes qui causaient sur place en piétinant, Jacques, troublé aussi par sa fièvre intérieure, ne savait ce qui se passait et ce qu'il voyait.

— Veille bien, me disait-il, car je ne vois pas.

— Sois tranquille.

— Je compte sur toi. Tu la reconnaîtras, n'est-ce pas?

— Parfaitement.

— Tu sais, grande, légère, une robe noire. Tiens, est-ce que ce n'est pas elle, là-bas?

— Non, c'est une Anglaise, à l'allure de volatile.

— Ah! une voiture qui arrive; regarde, regarde donc.

— C'est une nourrice.

— Surveillons les voitures surtout. Si nous allions à l'entrée?

— Nous sommes mieux ici.

— Tu en es certain?

— Je t'en réponds.

— Quand elle arrivera, tu me quitteras : je ne veux pas qu'elle te voie avec moi. Et puis tu me rendras le service d'aller chez moi; tu diras tout à ma femme.

— Ah! mais pour cela, non, mon ami.

— Eh bien! alors je lui écrirai, ou plutôt je ne lui écrirai pas. Quand elle sera fatiguée de me chercher, elle se reposera.

— Jacques, ceci est atroce : ta femme est bonne; elle a tout fait pour te rendre heureux; son seul crime, c'est de t'aimer trop.

— Tiens, regarde là-bas.

— Ce n'est rien... Non, Jacques, si tu te conduis ainsi avec elle, tu n'as pas de cœur.

— Alors, va la prévenir, si tu as peur qu'elle souffre trop; que puis-je faire, moi?

— Tu parles comme si Caroline allait vouloir te suivre.

— Oh ! oh ! fit-il avec un geste de superbe confiance.

— Enfin, hier elle n'a pas voulu, c'est elle qui t'a repoussé ; qui te dit qu'elle ne fera pas de même aujourd'hui ?

— Aujourd'hui, ou elle me suivra, ou je la suivrai ; mais ne me parle pas, tu m'empêches de voir.

— Et si elle ne te suit pas, si elle te défend de la suivre, si elle n'est pas seule ?

— Tu croirais !... s'écria-t-il.

— Je ne sais pas, mais enfin c'est possible ; et si, pour une raison ou pour une autre, elle ne reste pas avec toi, je ne vais pas aller désespérer ta femme, quand demain peut-être tu seras près d'elle.

— Oh ! ça, jamais ! Et que Caroline reste ou qu'elle ne reste pas, je ne remettrai point les pieds chez moi : ce serait un enfer.

— Et pourquoi cela, quand depuis trois ans ç'a été un intérieur calme et heureux ?

— Ne parlons point de tout ceci, je t'en prie : je t'ai demandé de m'aider à retrouver Caroline, je ne t'ai point demandé un discours ; si tu veux me sermonner, séparons-nous.

Forcé de me taire, j'attendis le moment où je pourrais glisser quelques mots.

Le train de huit heures partit, et nous ne vîmes point Caroline.

— Ce sera pour une heure, dit Jacques sans se désespérer.

Et il voulut s'asseoir sur un banc, auprès du guichet où se délivrent les billets ; mais, malgré lui, je l'entraînai dans un restaurant de la place Roubaix.

— Qu'as-tu à craindre ? lui dis-je pour le décider, elle ne peut maintenant arriver qu'au moment du départ du train, c'est-à-dire dans cinq heures.

Je l'engageai à boire un verre de vin et à manger un peu. Cela lui fit du bien : il n'avait rien pris depuis vingt-quatre heures, et sans repos il avait marché et parlé. Il devint moins irritable et moins impatient ; cependant, avant midi, il me força de retourner au chemin de fer.

— Voyons, lui dis-je, supposons que Caroline reste avec toi, que vas-tu faire ?

— Louer une chambre quelque part, et m'y enfermer avec elle.

— Et après ?

— Après ?... rien, nous nous aimerons, voilà tout : trouves-tu que ce ne soit pas assez ?

— Cela me paraît tout à fait admirable ; mais vivre ?

— Qu'importe ? nous avons bien vécu rue de Buffault.

— Vous aviez vingt ans, vous riiez de la misère, et cependant elle vous a fait vous séparer.

— Encore, n'est-ce pas, et tu reviens toujours à ton refrain ; mais, crois donc une bonne fois pour toutes que ce que tu me diras est inutile, et que ce ne sont point des phrases qui agissent sur un homme dans une position telle que la mienne : ma femme, ma réputation, mon avenir ne me sont rien. Ma passion m'est tout ; une heure avec Caroline, et que le monde finisse ! Je n'ai vécu que pendant que j'ai aimé... je veux revivre et me sentir vivre.

Discourant ainsi, nous vîmes partir le train d'une heure, et nous recommençâmes la comédie du départ : « Est-ce elle ?... Ne la vois-tu pas ?... Regarde cette voiture... »

Le train parti, Jacques commença à se désespérer, et moi à me réjouir ; mais à quatre heures, quand nous allions nous en aller, je vis déboucher par la rue de Dunkerque un fiacre chargé de malles et de cartons. Au trot de ses deux chevaux poussifs, il entra lentement dans la cour et vint se ranger du *côté du départ* ; un facteur ouvrit la portière ; une femme descendit. C'était Caroline.

Je voulus entraîner Jacques, espérant qu'il n'avait rien vu ; mais son instinct et son cœur avaient été plus fidèles que ses yeux : il l'avait devinée. M'abandonnant brusquement le bras, il courut au-devant d'elle.

Au lieu de m'éloigner, comme il me l'avait recommandé, j'allai m'appuyer derrière une porte vitrée qui me cacha à moitié.

Lorsqu'il arriva près de Caroline, elle était descendue. En le voyant, elle fit un brusque mouvement qui me parut trahir autant de joie que de surprise.

On commençait à descendre les bagages de dessus le fiacre. Jacques les fit replacer, et la voiture alla stationner à quelque pas de là.

Pour eux, ils se mirent à se promener dans la salle d'attente en parlant vivement. Ils étaient rouges et paraissaient fort émus: évidemment, Jacques suppliait et Caroline résistait.

Plusieurs fois ils firent le tour de la salle; une fois même ils passèrent tout près de moi. Caroline disait d'une voix assez ferme :

— Non, Jacques, c'est impossible.

Cela me donna bon espoir; mais bientôt il me sembla qu'elle faiblissait : elle avait pris son bras, et ils marchaient doucement en se parlant à l'oreille.

La sonnette annonça qu'on allait fermer les guichets.

Caroline fit un mouvement pour se dégager; Jacques la retint, et ils restèrent immobiles en face l'un de l'autre, se regardant les yeux dans les yeux.

— Tout est perdu, pensai-je, elle reste.

Elle restait en effet. Ils se dirigèrent vers le fiacre qui avait amené Caroline, et pendant qu'elle montait, Jacques parla au cocher. Au risque de me laisser voir, j'avançai rapidement pour entendre l'adresse qu'il donnait; mais j'arrivai trop tard, les chevaux se mettaient déjà en marche. Des yeux je cherchai une voiture pour les suivre; il n'y en avait point dans la gare. J'allai dans la rue, il n'y en avait point davantage. Cette ressource, sur laquelle j'avais trop compté, me manquant, — je n'avais qu'un seul moyen : courir aussi vite que leurs chevaux poussifs. En temps ordinaire, cela m'eût été assez facile; mais il commençait à faire nuit, le granit des trottoirs était gras et glissant, la pente de la rue les favorisait. Je restai bientôt en arrière, les reconnaissant difficilement au milieu des lanternes qui se croisaient, et, au bas de la rue Lafayette, il me fut impossible de savoir s'ils avaient pris la rue Papillon, la rue Bleue, la rue de Paradis, ou bien s'ils avaient continué la rue du Faubourg-Poissonnière.

Dans toutes les prévisions que j'avais péniblement entassées, je n'avais pas un seul instant pensé à un pareil incident; aussi demeurai-je fort embarrassé. Maintenant, où les chercher, où les trouver ? Comment tenter un dernier effort avant que l'irréparable fût accompli.

Certes, il est souvent aussi maladroit qu'inutile de venir de cœur froid crier à un amoureux : « Votre amour est insensé, fuyez la passion; vous ne savez pas où ses dérèglements peuvent vous entraîner. Soyez digne, soyez fort, écoutez ma parole, croyez à mon savoir, faites à mes conseils le sacrifice que vous refusez à votre conscience. »

— Mais dans les conditions où j'étais avec Jacques, il me sembla que, sans ridicule et sans présomption, je devais prendre ce rôle de prêcheur et de Mentor.

J'avais pour Jacques une amitié ardente et profonde : depuis qu'à la bibliothèque nous nous étions retrouvés, nous avions repris nos causeries et notre intimité de la pension, mais dans une allure plus haute et plus indépendante. La route que nous suivions n'était pas la même, mais c'était à un même but que nous tendions, et sans jalousie, avec une affectueuse et prévoyante émulation, nous soutenant mutuellement, nous nous excitions et nous nous encouragions. J'étais fier de lui et il était fier de moi; et cette orgueilleuse opinion de notre mérite réciproque, nous la donnions superbement à nos amis particuliers. Aux siens, il parlait de moi sans cesse; aux miens, j'imposais la foi en son talent, la croyance en sa haute valeur, la confiance en son glorieux avenir. Ceux qui nous entendaient pour la première fois pouvaient rire de cet enthousiasme, qu'ils prenaient pour une complaisante camaraderie ; ceux qui nous entendaient pour la dixième nous applaudissaient, quand ils ne nous enviaient point. Dans les choses de l'art et de la vie, il était ma conscience et j'étais la sienne. Nous avions cependant des principes contraires; nos natures aussi étaient loin d'être les mêmes; mais lorsque par hasard nous abordions un point dangereux, nous n'insistions jamais. Pourquoi aurions-nous sottement ergoté, quand nous nous jugions également bien convaincus? Pourquoi aurions-nous perdu notre temps en des paroles oiseuses, quand nous pouvions autrement si bien l'employer? N'avions-nous pas nos études, nos luttes, nos joies, nos chagrins qui étaient les mêmes? notre goût qui s'était formé aux mêmes sources? notre esprit qui avait eu les mêmes maîtres? N'avions-nous pas les mille sujets d'une vie commune? N'avions-nous pas les souvenirs de notre enfance, qui nous faisaient une inépuisable tradition, où nous pouvions nous plonger, nous baigner de tout cœur, et d'où nous étions certains de ressortir frais, dispos, émus, lavés et débarrassés des ennuis que nous avait donnés la veille, retrempés et raffermis pour supporter les ennuis que nous gardait le lendemain? A cette amitié nous avions consacré une pleine journée de notre semaine : à l'heure convenue, nous partions, quand le temps le permettait, pour une promenade en campagne; en hiver, pour une visite au Louvre. Nous dînions ensemble, et le soir, bras dessus, bras dessous sur le boulevard, nous reprenions nos entretiens de la journée, à plein cœur nous causions; dix fois l'un l'autre nous nous reconduisions, et quelquefois, à deux ou à trois heures du matin, nous n'étions pas encore rentrés. Mais aussi quel courage! quelle force le lendemain au réveil! et avec quelle espérance et quelle reconnaissance, nous mettant au travail, nous nous disions chacun de notre côté ! « Il sera content! »

Que Jacques retombât sous le pouvoir de Caroline et, je le sentais, c'en était fini de notre amitié. Jusqu'à ce jour, il est vrai, j'avais bien eu pour principe de considérer les femmes ou les maîtresses de mes amis absolument comme si elles n'existaient pas, de ne pas plus m'affliger de leurs boutades que de me réjouir de leurs gracieusetés, seul moyen de ne jamais les prendre en haine ou en amour; mais avec Caroline pourrais-je employer cette méthode? n'allait-elle pas complétement absorber Jacques? n'allait-elle pas gaspiller au gré de ses caprices cette vie qui avait besoin de tant de calme et de concentration?

Ainsi réfléchissant avec anxiété, je marchais sur ce boulevard où si souvent nous avions agité nos ambitieux espoirs, et je cherchais comment empêcher ce fatal rapprochement.

Pour le moment, ce par quoi je devais commencer c'était de les retrouver. Mais comment? je n'avais qu'un indice, le numéro de la voiture qui les avait emportés.

C'était là un renseignement bien vague; ce fut lui, cependant, qui me mit sur leurs traces.

— Où peut-on trouver le cocher de la voiture portant le numéro 771? demandai-je à un surveillant.

— Oh! ce soir, c'est difficile : il ne rentrera pas probablement avant minuit ou une heure.

— Mais demain?

— Oh! demain, c'est facile : il faut aller avant sept heures rue de la Pompe, à Passy; c'est là qu'est son dépôt.

— Eh bien! alors, pensai-je, nous verrons demain qui l'emportera de la raison ou de la passion, de l'ami ou de la maîtresse. Tentons au moins un dernier effort!

## CHAPITRE XXII

### LA MAÎTRESSE ET L'AMI

Le lendemain, avant sept heures, j'étais à Passy, rue de la Pompe, et par une longue allée j'entrais dans une vaste cour boueuse, pleine de lumière et de bruit. Deux ou trois cents voitures étaient rangées au milieu, les palfreniers commençaient à atteler les chevaux, et MM. les cochers, le manteau sur le bras, le fouet à la main, attendaient en causant bruyamment.

Je m'adressai dans un petit bureau.

— Le 772, me répondit-on, c'était hier le père Pringau : il va venir; attendez-le si vous voulez.

Je l'attendis pendant trois heures, et je vis successivement partir tous les cochers; à la façon dont on les traitait, je compris pour la première fois et j'excusai presque la façon dont eux-mêmes traitaient leurs chevaux.

A dix heures, je hasardai timidement une nouvelle interrogation; le père Pringau n'arrivait pas.

— Ah ! dame, c'est un excellent cocher, mais il s'égaye quelquefois; il doit dormir : faudrait aller chez lui.

J'y allai. A l'air ahuri avec lequel il m'écouta en me faisant répéter dix fois mes questions, je jugeai qu'en effet il avait dû fortement s'égayer.

— Ah ! oui, oui, dit-il enfin, une dame qui a chargé un monsieur au chemin de fer du Nord. Ah ! je les ai joliment menés; j'étais en train : nous avions étranglé pas mal de cardinaux, le matin, avec les camarades...

— Etranglé des cardinaux ?...

— C'est un mot qui se dit; nous avions avalé quelques litres de rouge.

— Où l'avez-vous menée cette dame ?

— Attendez, attendez donc : en sortant, j'ai chargé pour le Panthéon; après, j'ai chargé pour la rue de Provence; après, j'ai chargé pour la gare du Nord, où la dame a pris le monsieur, et je les ai menés... je les ai menés... Tiens ! mais pourquoi me demandez-vous ça, vous ?

— J'ai mes raisons.

— J'en ai, moi, pour me taire... Vous n'êtes pas de la police, hein ?... Ah ! est-ce que vous êtes le mari de la dame?... elle serait bonne celle-là.

— Si je l'étais?

— Eh bien, je ne vous dirais rien..... Ils m'ont donné vingt sous de pourboire, je ne veux pas qu'on les ennuie, moi... ils avaient l'air amoureux.

Je fis un geste; il vit luire dans ma main une pièce de cent sous, la sentit couler dans la sienne, et tout de suite il se décida : il les avait menés à l'hôtel d'Irlande, rue Cadet.

Deux heures après, j'étais rue Cadet et je recommençais à peu près les mêmes négociations pour apprendre où était la chambre de Jacques, qui, naturellement, n'avait pas donné son nom.

Enfin, je conquis le numéro de cette chambre et je montai. J'étais assez inquiet : serait-il seul? Je ne pouvais m'expliquer devant Caroline et je ne savais par quels moyens je pourrais décider Jacques à m'accompagner quelques instants.

Je traversai un petit vestibule qu'une porte vitrée séparait de la chambre, je frappai, et, sans attendre la réponse, délibérément j'entrai.

Jacques était seul.

J'allai vers lui et lui tendis la main, mais il recula stupéfait.

— Eh bien, est-ce que je te fais peur, mon ami ?

— Comment nous as-tu trouvés?

— Nous?... Tu n'es donc pas seul ?

— Si, mais je ne le serai pas tout à l'heure.

— Alors, parlons vite, n'est-ce pas ?

— Parle, mais dépêche-toi : Caroline va rentrer; je ne voudrais point qu'elle te trouvât ici. Voyons, comment as-tu pu nous découvrir ?

— Ce serait trop long à te raconter, et c'est peu important.

Pour ce que j'avais à dire j'aurais eu besoin de calme et surtout de temps; la perspective de voir Caroline survenir d'un moment à l'autre m'effraya.

— Sortons un moment, dis-je à Jacques.

— Non, c'est impossible... Parle vite; tu me fais mourir d'impatience.

Il fallait se résigner. J'abordai donc franchement la question, et prenant un air grave :

— Mon cher Jacques, bien des fois nous avons parlé des devoirs sacrés de l'amitié; aussi tu dois comprendre...

— Je comprends ce que tu vas me dire, et je te préviens tout de suite que je ne suis pas disposé à l'entendre : ainsi nous pouvons en rester là.

— Non, Jacques, et pour ne pas m'entendre je te préviens que tu devras ou t'en aller ou me mettre à la porte.

— Voyons, mon ami, ne nous fâchons point. Tu sais, n'est-ce pas, que je suis un esprit raisonnable doué d'une certaine dose de logique, capable de voir où une action quelconque peut me conduire; or, tout ce que tu me diras, je me le suis déjà dit, et ma détermination n'en a pas été ébranlée. Oui, je le reconnais, l'amitié a des droits; mais le premier devoir aussi d'un ami, c'est de ne pas se jeter au travers de notre vie comme un obstacle, c'est de nous tendre la main et de nous aider à marcher dans la route que nous nous sommes choisie ou que les circonstances nous ont ouverte.

— Ceci est peut-être de la complaisance, mais ce n'est pas de l'amitié, du moins comme je l'entends et la pratique.

— Comme tu voudras; et peut-être as-tu raison de chercher à m'éclairer. Sans doute, à ta place, je parlerais comme tu parles; mais à la mienne, la passion dans le cœur, tu agirais comme j'agis, et tu refuserais toute observation et tout discours... soit dit sans t'offenser. Ecoute bien cette déclaration, elle est sincère : j'aime Caroline, et je te permets de croire que c'est une folie; mais moi, dussé-je tout lui sacrifier, mon repos, mon avenir, ma vie, je le ferais avec bonheur. Seulement je suis persuadé que cette extrémité ne se présentera pas, et que je n'aurai absolument rien à lui sacrifier : elle m'aime, et notre vie d'amour, nous allons simplement la reprendre où nous l'avons interrompue.

— Et c'est là précisément ce qui m'épouvante. Rappelle-toi ce que tu es devenu entre les mains de cette femme!

Il fit un mouvement pour m'imposer silence.

— Mais, mon cher ami, je ne suis pas son ennemi, moi : je l'ai vue hier pour la première fois. Seulement, raisonnons un peu; je connais ses actions et son influence : voyons quelles ont été ces actions et dans quel sens elle a usé de cette influence. Tu arrives à Paris, n'est-ce pas, plein de force, d'ambition, de fierté et de courage ; tu as confiance en toi, et tous ceux qui te connaissent partagent cette confiance; de ton esprit et de ton caractère ils attendent beaucoup. Caroline arrive à son tour...

— Appelée par moi.

— Appelée par toi, je le veux bien. Vous commencez à vous aimer. Que se passe-t-il en toi? Cet amour te rend-il plus ambitieux, plus fier, plus fort? échauffe-t-il, exalte-t-il ton esprit? t'inspire-t-il de grandes choses? te met-il au cœur ce magique enthousiasme qui cache les précipices et fait toucher du doigt les inaccessibles sommets de l'idéal? Non, pour premier résultat, ce grand amour, il borne ton ambition à devenir le mari d'une intéressante modiste.

Ici Jacques eut un geste de colère et me lança un regard qui valait une insulte; mais je ne répondis point, et tout de suite continuant :

— Oh! elle a toutes les vertus, toutes les grâces, je te l'accorde. Mais enfin elle n'en était pas moins une simple modiste, et à côté de cette ambition de devenir son époux, il aurait pu, il me semble, te rester encore quelques nobles désirs. Il ne t'en reste pas. La douce union d'un tourtereau et d'une tourterelle, voilà désormais tout ce que tu veux : elle est désormais ta seule règle et ton seul but. Pour elle, tu entres dans cette triste voie de la ruse et du mensonge qui te conduit à une rupture avec ta famille, rupture dans laquelle non seulement tu désespères ceux qui t'aiment, mais encore dans laquelle tu te déshonores un peu. Tout fier de ce sacrifice, tu t'engages dans une vie que je ne qualifierais jamais aussi durement que tu l'as qualifiée toi-même. Au moins, te sait-elle gré de ces marques de passion? te les paye-t-elle en tendresse et en amour? te rend-elle heureux. Pour un jour de bonheur, — et c'est là ce qu'il y a de remarquable dans votre liaison, — vous avez des mois entiers de guerre et de lutte où vos deux caractères se heurtent, et où finalement le tien s'aigrit et s'abaisse. Pour récompense, elle te donne un rival qui t'impose des humiliations que tu supportes, la mort dans le cœur, et qu'elle supporte, elle, ou sans les ressentir, ou le sourire aux lèvres, mais, dans tous les cas, sans te défendre une seule fois. Puis elle en arrive à mépriser ton intelligence; puis, après t'avoir fait abandonner tes travaux d'esprit, elle te pousse à devenir tout simplement un ouvrier; puis, elle te met à la porte; puis, elle t'y met une seconde fois, quand tu as la faiblesse de revenir. Voilà les tristesses de cet amour; où sont ses forces? Je t'ai dit ses hontes; quelles grandeurs peux-tu mettre en balance?

Jacques se leva pâle de colère, et s'approchant de moi si près qu'il me brûla de son haleine, il me dit d'une voix saccadée :

— N'ajoute plus un mot, je t'en prie, n'en ajoute plus un seul.

Et il me regarda avec des yeux menaçants. Sans baisser les miens, je répondis :

— Eh bien quoi? vas-tu me souffleter? Ah! Jacques, il ne manquerait plus que cela à ton glorieux amour.

Il y eut entre nous un moment de terrible silence.

J'étais tremblant d'anxiété, et Jacques l'était de fureur. Tout à coup il recula et se dirigea vers la porte vitrée. Je compris qu'il voulait m'échapper; je lui barrai le passage : j'avais été trop loin pour reculer maintenant, et j'étais résolu à poursuivre jusqu'au bout; j'étais bien décidé à ne me fâcher de rien, quoi que Jacques pût dire ou faire, mais je l'étais aussi à parler; seulement, je compris que dans l'état d'exaspération où ces reproches l'avaient mis, je devais apporter plus de prudence et plus de calme. Je repris donc assez doucement :

— Tu n'emploieras point la force, n'est-ce pas, pour me mettre à la porte. Ecoute-moi donc jusqu'à la fin, et après si tu veux me renvoyer encore, je m'en irai, je te le promets.

— Et comment veux-tu que je t'écoute quand tu parais prendre à plaisir d'insulter mon amour.

— Je ne te parlerai plus du passé; tu peux donc être sans crainte. Je t'ai montré ce que tu avais fait sous le fatal pouvoir de cet amour dont tu t'enorgueillis si fort; je veux te montrer maintenant que tu as fait depuis que tu y as échappé, et surtout ce que tu ferais si tu avais la faiblesse de te laisser reprendre.

— Mais pourquoi, à quel titre, de quel droit? Qui te prie de te mêler de mes affaires

— Du droit qu'on a de tendre la main quelqu'un qui se perd, surtout lorsque ce quelqu'un est un ami qu'on aime comme je t'aime, Jacques. Emportée dans le tourbillon de la vie, Caroline s'était attachée à toi comme le noyé se suspend à la branche sous laquelle il passe à demi suffoqué; elle t'avait entraîné vers elle, courbé, ployé, traîné dans la bourbe où elle-même désespérément pataugeait. Elle t'abandonne pour un autre qu'elle croit plus solide. Tu te redresses, tu te laves des taches dont elle t'avait souillé, tu reverdis, tu refleuris, tu donnes les fruits que promettait ta jeunesse; et maintenant qu'elle te voit vigoureux, elle va te ressaisir, se cramponner à toi pour t'entraîner de nouveau avec elle : et tu ne veux pas permettre que je crie? que je cherche à t'avertir? allons donc!

— Assez de langage figuré, je t'en prie; où veux-tu en venir?

— A ceci : tes premières amours ont eu de déplorables résultats; n'en recommence pas de secondes, qui en auraient malheureusement de semblables, sans cette fois, cependant, l'excuse de la jeunesse.

— Mais crois-tu que cet amour, je vais le recommencer ou ne pas le recommencer, à volonté? Ne vois-tu pas que j'aime Caroline comme un fou?

— Et c'est bien là ce qui m'épouvante. Si c'était un caprice, te parlerais-je ainsi? Entre les mains de cette femme, tu n'es rien; elle te possède, elle t'annihile. Avant que l'habitude n'ait doublé ta passion, fais un suprême effort. Je ne te dis pas, moi : ne la revois jamais... Vois-la quelquefois, vois-la souvent, au contraire, mais laisse-la partir pour Bruxelles, d'où elle reviendra quand tu voudras, d'où elle t'écrira. Vous vous aimerez, vous vous le direz tous les jours, vous vous le prouverez de temps en temps, et tu n'auras pas brisé ta vie et ton avenir.

Jacques m'avait écouté avec une attention presque patiente; je me flattais déjà de l'avoir touché, lorsque, me prenant la main, il me dit doucement en haussant les épaules et d'un ton d'indulgente pitié :

— Ainsi, tu viens me parler d'avenir quand je parle d'amour; mais vraiment, en toute sincérité, est-ce que tu crois que je suis maître de ma volonté? est ce que tu te figures qu'en ce moment ces deux mots *avenir* et *gloire* ont une signification pour moi? Il n'y en a qu'un qui me touche : j'aime et je suis aimé. Je te le dis sans colère, quand même tout ce que ton amitié a cru nécessaire d'entasser pour m'effrayer devrait se réaliser, quand même je devrais devenir misérablement lâche, je mourrai content si je puis dire : j'ai été aimé. Tu ne sais donc pas, toi, que cette simple petite phrase contient le ciel et la terre avec toutes leurs poésies et toutes leurs joies? tu n'as donc jamais aimé? tu n'as donc jamais vu un vieillard frissonner à de certains souvenirs?

— J'en ai vu rougir et pleurer; prends garde d'être de ceux-là. Je ne méprise point la passion; je l'admire quand elle est grande et belle, je la plains quand elle est douloureuse et honteuse, et comme c'est une de ces passions-là que je crains pour toi, je tâche de t'arrêter. Tu pouvais te perdre, il y a cinq ans; tu ne le peux plus : tu n'es plus un monsieur quelconque, aujourd'hui, tu es Jacques Chevalier; ne l'oublie pas.

Il ne me répondit rien; il paraissait décidé à m'écouter désormais sans m'entendre, et, les bras croisés, il resta immobile sur sa chaise, affectant une patiente insensibilité. Cette absence de contradiction me blessa et me fit maladroitement oublier la réserve que je m'étais imposée. Jusqu'alors j'avais assez ménagé Caroline; je l'attaquai directement.

— Et pour qui, continuai-je, ferais-tu cet acte de folie? Encore si elle était la jeune fille d'autrefois, mais elle est flétrie, vieillie, finie. Pour lui trouver quelques charmes, il faut la regarder comme tu la regardes, à travers les souvenirs; dans un mois tu la verras physiquement plus laide qu'elle n'est en réalité, et moralement tu la connaîtras telle que trois années de mariage avec Chaisemartin et deux années de liberté avec je ne sais qui ont pu la façonner. Alors qu'arrivera-t-il?

Il se leva brusquement blême et frémissant :

— Je t'ai écouté, dit-il, lorsque dans ce que tu appelles ton amitié, tu n'as insulté que moi seul; mais tu viens de traiter de la façon la plus indigne une femme que j'adore, que je vénère, entends-tu bien? que je vénère. Va-t-en! tout est fini entre nous.

Et il s'avança vers moi comme pour me pousser dehors; mais la porte vitrée à laquelle je tournais le dos s'ouvrit brusquement : une femme entra et courut à Jacques qu'elle prit dans ses bras. C'était Caroline.

— Non! s'écria-t-elle vivement en s'adressant à moi, restez, monsieur, c'est à moi de partir. J'étais là depuis longtemps, — elle montra l'entrée, — j'ai tout entendu. Oui, je suis vieille et laide; oui, je suis indigne d'amour; mais cependant j'ai encore, malgré mes fautes, quelques restes d'honneur : Jacques, avant que je parte, tends la main à ton ami.

Il y eut un moment de mortel silence. Jacques ne bougeait point; Caroline me regardait d'une façon étrange, et moi-même je restais confus et stupéfait. Elle m'avait entendu. Etait-elle maintenant de bonne foi, ou bien jouait-elle une habile comédie? Qu'allait faire Jacques?

Comme il ne fit rien, elle reprit :

— Allons, Jacques, allons. Monsieur a parlé comme il le devait, en ami. D'ailleurs, tout ce qu'il t'a dit, je te l'avais déjà dit moi-même hier, cette nuit, ce matin. Tends-lui donc la main, et qu'au moins je ne soie point une cause de rupture entre vous.

Il ne bougea point. Elle continua :

— Tu veux donc que j'emporte ce nouveau remords, et qu'à tous les chagrins que je t'ai déjà causés, j'ajoute celui de t'avoir fait perdre un ami sincère jusqu'à la cruauté, mais un ami qui t'aime et que tu aimes aussi. Ta main!

Il resta toujours immobile; elle le regarda impérieusement :

— Jacques, tu as tort. Ce n'est pas de toi que monsieur a si cruellement parlé, c'est de moi; et cependant je ne lui en veux point : il avait raison. S'il me donnait sa main, je lui tendrais la mienne.

Alors, cessant de s'adresser à lui et se tournant vers moi :

— Ah! monsieur, vous avez été juste, mais bien sévère. Pour le passé, tout ce que vous avez dit, peut-être je le méritais; mais pour l'avenir!... Oh! non, je ne l'aurais pas rendu malheureux. Mon repentir aurait égalé mes fautes, et peut être, à force de tendresse et de bonheur, me serais-je fait pardonner, même par vous; car maintenant j'ai l'expérience, et je l'aime, monsieur, je l'aime.

Disant cela, elle essuya une larme ; puis, reprenant avec un calme qu'elle parut s'imposer :

— Mais c'était un rêve, vous me l'avez fait comprendre. Voilà pourquoi je veux partir. Allons, Jacques, ta main, et si tu m'aimes, garde au moins un ami pour te consoler. Ta main, je t'en prie.....

Jacques hésita encore quelques secondes; puis relevant les yeux qu'il avait tenus obstinément baissés, et mettant sa main dans celle de Caroline :

— Oui, dit-il lentement, que tout soit oublié entre lui et moi ; mais c'est à cette condition que toi aussi tu oublieras ce que tu as entendu et que tu ne partiras point. Si par mon ami je perds ma maîtresse, je n'ai plus d'ami.

Longtemps Caroline se défendit; longtemps Jacques insista; il la supplia, il en vint même jusqu'à se mettre à genoux en pleurant, et elle finit par céder.

— Eh bien! oui, dit-elle, qu'il en soit comme tu le veux, mon Jacques!

Et prenant sa main, elle la mit dans la mienne.

Dans une même étreinte nous fûmes tous trois réunis, mais il n'y eut pas un seul mot d'échangé; Jacques et moi, nous étions trop mal à l'aise pour oser même nous regarder.

Caroline voulut faire cesser cette gêne terrible pour tous.

— Allons, dit-elle avec gaieté, prouvez-nous que vous ne me gardez pas rancune, et restez avec nous à déjeuner.

Je la regardai; elle me regarda aussi, mais d'une façon qui me troubla et me fâcha en même temps.

— Pardonnez-moi, lui dis-je, si je n'accepte point, mais il me semble que je vous gênerais; vous aimez trop Jacques aujourd'hui.

Sans vouloir paraître sentir l'épigramme qui était dans ce dernier mot, elle m'ouvrit la porte, et d'une voix presque douce, en me saluant gracieusement :

—Alors, à bientôt, n'est-ce pas? et au revoir.

---

## CHAPITRE XXIII

### LA FEMME DE JACQUES. — LE MARI DE CAROLINE

«Au revoir!» m'avait dit Caroline. Devais-je prendre cette parole à la lettre? Désirait-elle bien sincèrement me revoir? N'était-ce point plutôt une épigramme en réponse à celle que je lui avais lancée? Son intention réelle n'était-elle point de chercher à soustraire Jacques à une influence qu'elle avait vue si impitoyablement hostile à la sienne? Etait-il possible qu'elle oubliât jamais la façon dont j'avais parlé d'elle et qu'elle ne voulût point s'en venger?

Quels sentiments l'avaient agitée, lorsque, cachée derrière la porte, elle m'avait entendu raconter et interpréter ses amours? Quels sentiments l'avaient poussée lorsqu'elle était intervenue entre nous?

Etait-ce repentir? était-ce franchise d'un amour sincère qui comprend et déplore sa faute, et qui l'exagère pour arrêter un pardon dont il se sent indigne?

N'était-ce point au contraire une scène habilement jouée pour désarmer l'orgueil de Jacques par l'excès d'abaissement auquel on descendait?

Ou bien n'était-ce point aussi tout cela à la fois, franchise et rouerie?

Pourquoi Caroline, vraiment éprise, sentant qu'elle avait autrefois sacrifié son bonheur et que, sur la pente rapide où elle roulait, son premier amour pouvait seul la retenir, n'aurait-elle pas voulu revenir à ce premier amour? Mais instruite par l'expérience, pourquoi, se voyant combattue et menacée, n'aurait-elle pas habilement placé son audace dans son humilité, et demandé sa grâce à la sincérité de sa confession? Quel crime y avait-il là, si c'était par tendresse, par passion, pour reconquérir un cœur qu'elle allait perdre et en qui elle mettait toute son espérance? N'eût-elle pas au contraire été plus coupable en cherchant à voiler ses souillures? n'était-ce point mériter le pardon que s'en déclarer si hautement indigne, tout en l'appelant secrètement des plus poignantes ardeurs de l'amour.

Que ce fût pour une raison ou pour une autre, dans une loyale ou fourbe intention, les dangers qui pouvaient naître du rapprochement qui venait de s'accomplir n'en étaient pas moins menaçants.

De ce que Caroline avait agi sous la pression d'un amour sincère, cela ne modifiait en rien les funestes résultats que cette liaison pouvait amener.

Si en s'aimant autrefois, lorsqu'ils avaient vingt ans, ils n'avaient pu que se rendre mutuellement malheureux, que feraient-ils maintenant qu'ils n'avaient plus les illusions et les enthousiasmes de la jeunesse?

Le caractère de Jacques, celui de Caroline étaient-ils changés?

Les difficultés de toutes sortes, venant, soit de leur propre nature, soit des circonstances extérieures, ne seraient-elles pas maintenant plus cruelles et plus insurmontables?

Caroline, dans l'expérience qu'elle venait de faire de sa puissance, n'aurait-elle pas pris une autorité plus envahissante et plus despotique?

Et lui-même, Jacques, tout affolé qu'il était de sa passion, comment supporterait-il les deux épreuves qu'il allait rencontrer, la possession et le pardon?

Il voyait encore dans Caroline la jeune fille des prés de Louvigny et des bois de Crillon; combien lui faudrait-il de mois, de jours, d'heures, pour voir la jeune femme qu'avaient faite la vie et les souffrances?

Et de même pour le pardon qu'il avait si passionnément offert. En ce moment il était fier de sa générosité; combien lui faudrait-il de temps pour rougir de sa faiblesse? C'est une belle journée en amour la journée où l'on pardonne à la femme qui a péché, mais le lendemain n'est pas loin où l'on ne se pardonne pas à soi-même: — la neige en tombant sur la boue la cache sous un manteau virginal, mais la neige ne tombe pas toujours; le manteau çà et là se pique de taches noires, les flaques s'élargissent, la neige devient fange; la boue s'est augmentée de son manteau.

De ce côté donc, c'est-à-dire du côté de Jacques et de Caroline, et du milieu dans lequel ils allaient vivre, la situation était grosse de périls; et elle l'était encore du côté du mari de Caroline, et aussi du côté de la femme de Jacques.

Que dirait, que ferait Chaisemartin, s'il connaissait un jour la vérité?

Que dirait, que ferait Eugénie lorsqu'elle allait l'apprendre?

Car si, pour Chaisemartin vivant depuis plusieurs années séparé de sa femme, on pouvait jusqu'à un certain point se flatter qu'il ignorerait le séjour de Caroline à Paris et son retour à Jacques, il était impossible d'avoir la même espérance à l'égard d'Eugénie.

Le soir où s'était passée la scène du chemin de fer du Nord, je lui avais écrit que j'emmenais Jacques à la campagne, où nous resterions deux ou trois jours. Je pouvais encore prolonger ces deux ou trois jours; mais à quoi bon maintenant que Jacques étant irréparablement lié à Caroline, je n'avais plus d'espoir?

Je me décidai donc, sinon à l'aller trouver, au moins à l'attendre chez moi, et à lui avouer une partie de la vérité. J'avais pour elle assez peu de sympathie; mais, dans les circonstances présentes, je voulais faire tout ce qui était en mon pouvoir pour lui adoucir un abandon qu'elle avait si peu mérité; — et en même temps, je voulais aussi tacher d'apprendre à quelles résolutions elle s'arrêterait.

Je ne l'attendis pas longtemps car dès le lendemain elle arriva : quand elle entra, à sa pâleur et à son trouble, je vis qu'elle savait ou au moins qu'elle prévoyait son malheur.

— Vous êtes revenu, dit-elle rapidement, et Jacques n'est point avec vous? Où est-il?

Je restai un moment embarrassé devant cette brusque interrogation, cherchant ce que j'allais répondre, sans tout de suite répondre directement. Elle continua :

— Ne me cachez rien de la vérité; vous n'avez pas dû aller à la campagne : je sais que Mme Chaisemartin est à Paris. Où est Jacques?

Elle me regarda avec une anxiété qui la faisait trembler; et comme je n'osais parler, elle ajouta à voix basse :

— Avec elle, n'est-ce pas?

J'inclinai la tête. Elle me regarda encore; puis un flot de larmes lui jaillit des yeux, et elle tomba affaissée sur une chaise.

Mais presque aussitôt elle se releva, convulsivement elle s'essuya le visage, et d'une voix qu'elle tâchait d'affermir :

— Je vous remercie, dit-elle.

Et en chancelant elle se dirigea vers la porte, que, dans son trouble, elle ne sut point ouvrir.

Je m'étais levé aussi, et lui prenant la main :

— Voyons, chère dame, essayai-je, écoutez-moi; tout n'est pas perdu.

— Est-ce qu'il n'est pas avec elle?

— Je puis vous donner ma parole qu'il n'a point cherché cette rencontre; le hasard seul l'a préparée et amenée. En présence de celle qu'il avait aimée, Jacques a perdu la tête; mais vous êtes maîtresse de son cœur, croyez-le bien....

Elle ne répondit rien; elle s'était rassise et elle pleurait; car maintenant qu'elle voyait que je compâtissais à sa douleur, elle ne craignait plus de s'y abandonner librement. Et de fait, je la plaignais de grand cœur, et en face de son désespoir, qui, mieux que toutes les paroles, disait la puissance de son amour, j'étais ému et attendri.

Ainsi j'avais maintenant sous les yeux la contre-partie de ce qui s'était passé avec Jacques lorsqu'il avait cru Caroline perdue pour lui; mais avec quelle différence! Autant Jacques avait montré de faiblesse dans son exaltation, autant elle montrait de force dans sa prostration. Et cependant c'était sincèrement qu'elle pleurait; on sentait en elle la passion égorgée, mais sa raison ne faiblissait pas; si le cœur laissait échapper ses plaintes, la tête paraissait garder une décision inflexible.

Quand le premier accès de cette crise fut passé, elle releva les yeux, et d'une voix presque ferme, comme si elle continuait tout haut sa pensée intérieure, elle dit :

— Non, non, tout est fini.

— Il vous reviendra...

— Peut-être, mais moi je ne reviendrai pas : je l'aime, c'est vrai, mais jamais je ne lui pardonnerai. Je sais bien que je suis laide, ce qui excuse ses fautes; je sais bien aussi que dans les choses de la vie on peut rire de moi; mais dans les choses du cœur, M. Frédéric, j'ai plus de fierté que Jacques et je n'oublie jamais.

Disant ces paroles, elle les souligna d'un regard plein d'une âpre résolution qui m'inquiéta. Comment allait-elle se conduire? quel parti allait-elle prendre? Je voulus tâcher de le savoir, et j'enfilai de longues phrases sur la résignation que les femmes doivent apporter dans la vie. Je citai des ménages relativement assez heureux qui, sans cette résignation, seraient depuis longtemps brisés, et j'allais terminer en lui affirmant encore que Jacques l'aimait, lorsqu'elle m'interrompit :

— Eh non! il ne m'aime pas, il ne m'a jamais aimée, il n'a toujours aimé qu'elle. Vous ne savez pas ce que pour elle, depuis mon mariage, j'ai souffert. Même avant, il m'avait raconté leurs amours. Oh! ce n'était pas par délicatesse, ce n'était pas pour me prévenir : c'était tout simplement pour me parler d'elle. Les seules promenades qu'il m'a fait faire, ce sont celles qu'il avait faites avec elle, et vous pensez bien que ce n'était pas pour se taire; il me racontait tout : ou ils s'étaient assis, ou ils avaient couru, quelle toilette elle avait. Il était si heureux qu'il ne voyait même pas mon chagrin. A la maison, c'était la même chose, et je n'ai jamais pu lui dire une bonne parole ou lui faire une caresse que je ne l'aie trouvée entre nous. Ah! vous ne savez pas ce que j'ai enduré!

Elle se tut quelques minutes; ses yeux jetaient des éclairs.

— Vous m'en avez voulu d'être sa femme, vous me trouviez indigne de lui!...

A un geste que je fis, elle m'imposa silence, et elle continua avec une animation qui allait croissant :

— Oh! ne vous en défendez pas, vous aviez raison : je suis bien au-dessous de lui; mais au moins je l'aimais, et je ne demandais qu'à le rendre heureux. Vous m'avez souvent reproché de le tourmenter, et je vois bien maintenant que vous aviez raison; mais ce n'était pas par méchanceté, c'était... tenez, je vais vous le dire... c'était par jalousie. Quand il restait à ne rien faire, paraissant réfléchir, je savais bien que ce n'était pas à son travail qu'il pensait, mais à elle. Et comme il était dur, dans ces jours-là! comme il me parlait! Il m'a tant rabaissée que j'en étais venue à rougir de moi, et qu'il me semblait que c'était une honte, à une femme comme moi, de laisser voir son amour. Et je l'aimais bien, cependant; ah! oui, je l'aimais bien! Tout ça, je le lui pardonnais; mais m'abandonner comme il vient de le faire, c'est ce que je ne lui pardonnerai point. Voyons, je vous en prie, dites-moi la vérité : comment se sont-ils revus?

Je voulus me défendre et je me défendis même assez longtemps, mais enfin il fallut céder; seulement, cette vérité qu'elle me demandait, j'eus soin de l'adoucir. Je dis comment nous avions rencontré Caroline, mais la dureté de Jacques, la cruelle mission dont il m'avait chargé, je n'eus garde d'en parler.

— Ainsi, s'écria-t-elle, il n'a pas quitté Paris, et pendant trois jours il n'a pas pensé à m'écrire. Sans vous, je pourrais le croire mort. Il n'a pas eu le courage de me dire la vérité. Oh! le lâche! Mais que lui ai-je fait, moi? Et elle, que lui fait elle donc?

Et sentant que de nouveau elle allait éclater en sanglots, elle appliqua son mouchoir sur sa bouche, baissa son voile et sortit rapidement.

Elle s'en alla brisée de douleur, à moitié folle de colère. La fatalité s'abattait sur elle pour ne plus la lâcher ; car il n'y avait pas d'illusion à se faire, cette Eugénie que j'avais vue si âpre et si volontaire avait dans le cœur cette âpreté et cette volonté ; elle n'était point de ces femmes qui mettent le devoir dans la résignation; elle le mettait dans sa propre dignité, elle s'y cloîtrait, et naturellement ardente et résolue, portée en outre à une fierté maladive par le sentiment exagéré qu'elle avait de sa laideur, elle n'oublierait jamais. Chaque jour la faute de Jacques lui serait présente, chaque jour elle lui deviendrait plus cruelle. Tout rapprochement serait donc à jamais impossible, et Jacques, le jour où il se verrait abandonné à son tour, n'aurait à attendre ni pardon ni consolation.

A cet avenir si triste, il y avait cependant pour l'heure présente une compensation : Eugénie souffrirait en silence et ne se vengerait pas.

De ce côté, le danger d'un éclat immédiat était donc écarté, et Chaisemartin maintenant était seul à craindre. Je résolus de l'aller voir et de le tâter; car, avec un caractère comme le sien, il était impossible de rien prévoir. S'adresserait-il aux tribunaux? recourrait-il à un duel? resterait-il dans une dédaigneuse indifférence? De lui on pouvait tout attendre.

Devenu riche par la mort de son père, il s'était fait bâtir un très joli petit hôtel au haut de la rue du Rocher. On m'introduisit dans une vaste pièce éclairée par une toiture en verre, de laquelle descendaient des cordes à nœuds, des échelles, des trapèzes ; autour de cette pièce il y avait des espèces de niches fermées par des grilles en fer.

Au milieu d'une vingtaine de singes grands et petits, j'aperçus Chaisemartin.

— Tu vois, me dit il, je suis au milieu de mes élèves. Comme je n'ai jamais pu avoir plus de trois amis dans l'espèce humaine, j'en ai acheté trente de l'un et de l'autre sexe dans l'espèce quadrumane. Ah! ce sont de curieux personnages, va : je les ai instruits, je leur ai donné tous les vices des hommes, et je te prie de croire que j'ai joliment réussi ; c'est un fameux service que j'ai rendu à la cause de la perfectibilité indéfinie. Il ne leur manque que la parole; ils seraient complets, et, comme les héros d'Homère, ils s'expliqueraient avant de se griffer: hypocrites, voleurs, ivrognes et le reste, ils sont tout. Ah! s'ils n'étaient pas fatigués, je t'inviterais à un dîner et à un bal chez eux ; tu verrais... Allons, va te coucher, Vénus.

Et, d'un grand coup de fouet, il cingla les reins d'une affreuse guenon qui rôdait autour de nous.

— Mais ce n'est pas pour cela que tu es venu, n'est-ce pas? Qui donc me donne le plaisir de te voir?

Je ne pouvais pas avouer le motif vrai de ma visite ; j'usai donc de tout ce que j'avais de diplomatie pour amener la conversation sur Caroline. Mais aux premières paroles un peu précises, il m'arrêta :

— Très bien, je te vois venir, c'est pour Jacques que tu veux me tâter.

Je me récriai.

— Eh bien après, tu es l'ami de Jacques plus que le mien; il a aimé ma femme avant notre mariage, il l'aime encore, car il est de ces natures élégiaques et sentimentales à perpétuité qui mettent tout dans l'amour, et qui se vantent d'avoir le cœur toujours tendre comme je me vante, moi, de l'avoir toujours dur, ce qui entre nous est une pose également stupide, livrant notre vie entière à la convention. Donc, pour ne point nous égarer en des discours sublimes, Jacques qui aime ma femme voudrait bien apprendre où elle est, ou bien s'il le sait, apprendre surtout dans quelles dispositions maritales et légales, je suis à l'égard de sa chère Caroline; toi, ami fidèle et dévoué, nouveau Pylade de ce nouvel Oreste, tu viens en ambassadeur, c'est tout naturel; — il est vrai, aussi, que c'est un peu canaille; mais une canaillerie inspirée par l'amitié, oh! que c'est beau!

Il se mit à rire. Je ne savais trop que répondre; heureusement il vint à mon secours.

— Allons, si cela est, je ne t'en veux point, va, pas plus que je n'en veux à Jacques. Je n'ai même jamais été son ennemi, moi, et sans notre rivalité, je l'aurais voulu pour ami : il avait de l'esprit, il était drôle, il prêtait à la plaisanterie, il ne vous rabaissait point par ses grâces physiques, lorsqu'on se promenait avec lui; c'était mon affaire. Le seul reproche que je lui adresse, c'est, par ses taquinantes jalousies, de m'avoir donné l'idée d'épouser ma femme; et encore ce reproche n'est-il pas bien sérieux, car il est très probable que Caroline m'eût bien toute seule inspiré cette triomphante idée. Ah! elle est forte, va, et si je ne la la détestais point, je l'admirerais, car elle m'a très habilement amené, moi, Chaisemartin, à l'épouser, quand je croyais la contraindre moi même. C'est joli ça, hein? Malheureusement, ça ne lui a guère servi : elle est toujours ma femme et je ne suis plus son mari.

Comme je le regardais d'un air supris, il s'interrompit, et me regardant, lui aussi, mais d'un air narquois :

— Tu ne comprends pas ça, toi; c'est cependant bien simple, et comme c'est à mon honneur, je vais t'en donner l'explication. Si ça ne t'inspire pas d'estime pour moi, ça t'instruira toujours, et c'est assez. Quand je me mariai, je n'étais déjà plus amoureux, si toutefois je l'avais jamais été, et je ne me lançai dans aucune espèce de stipulations ou de donations en faveur de ma femme. Un jour ma dite femme se trouva dans le cas prévu par un article du Code que je porte dans mon cœur, l'article 308; le connais-tu?

— La femme contre laquelle la séparation aura été prononcée pour cause...

— Arrête, ne parlons pas de corde dans la maison d'un pendu; je vois avec plaisir que tu connais la législation de l'amour : ça pourra te servir. A ma place, qu'est-ce que tu aurais fait? demandé cette séparation, n'est-ce pas?

— Sans doute.

— Eh bien, moi, je n'ai rien demandé du tout, attendu qu'en faisant condamner ma femme, même à deux ans de prison, je pouvais par le même jugement être condamné, moi, à lui servir une pension proportionnée à ma fortune. Or, comme cette fortune est assez jolie, ma femme, lorsque son temps eût été fait, eût joui d'un agréable revenu, tandis qu'aujourd'hui, elle traîne des bottines trouées et se prend les pieds dans les trous de ses jupons. Je me suis contenté de la mettre à la porte.

— Et tu n'as pas craint...?

— Quoi? Crois-tu qu'il soit en son pouvoir de me déshonorer? trouves-tu que c'est immoral? Allons donc! D'ailleurs je ne connais qu'une morale, celle du Code; je marche la loi à la main, et je m'en trouve bien. Donc, pour revenir à nos moutons, ou plutôt à notre mouton facile à tondre et facile à conduire, tu peux lui reporter ceci : « Ma femme n'existe plus pour moi, je ne souffre pas qu'on m'en parle, je n'en parle jamais, et si j'ai manqué aujourd'hui à ma règle, c'est que j'avais mes raisons. »

Je me levai pour sortir, mais il m'arrêta :

— Voyons, en échange du service que je viens de vous rendre, car je vous en ai rendu un, dis-moi un peu ce qui se passe?

Et comme je me défendais.

— Que crains-tu? je t'ai parlé sérieusement.

Je ne répondis rien.

— Comprends donc, continua-t-il, que s'il a eu la folie de la reprendre, c'est presque une preuve qu'il n'a pas été son amant avant notre mariage; et je ne peux pas lui en vouloir de me rendre ce service. Enfin, comme tu voudras ; mais je suis certain de ne pas me tromper sur le motif de ta venue. Tant pis pour Jacques, alors, car la gaillarde a les dents longues ; et comme notre ami Jacques ne doit pas rouler sur l'or, le jour où il n'aura plus rien à donner, à dévorer à ces jolies petites dents, son affaire sera claire. A ce moment, peut-être, tu voudras bien t'expliquer, et je crois que ce sera drôle, pourvu que ce ne soit pas triste ; c'est tout ce que je souhaite à Jacque. Mais n'attends pas jusque-là pour venir me voir, n'est-ce pas? Tu ne connais pas mes singes, et je tiens à te les montrer: au moins, ces animaux-là ne sont que drôles; s'ils deviennent tout-à-fait malfaisants, on peut les tuer.

---

## CHAPITRE XXIV

### NOUVELLES AMOURS

Libres du côté de Chaisemartin, libres du côté d'Eugénie, Jacques et Caroline, si leur amour était aussi puissant qu'ils le croyaient, pouvaient donc être heureux pendant de longues années.

Ils le furent pendant une heure, l'heure qu'ils mirent à aller du chemin de fer du Nord à l'hôtel d'Irlande, et où, ivres d'espérances et de souvenirs, affolés l'un de son triomphe, l'autre de son sacrifice, ils se tinrent embrassés se parlant sans s'entendre, se regardant sans se voir.

A l'hôtel et brusquement ils descendirent des hauteurs où cet accès d'enthousiasme les avait portés, et ils reprirent la vie non pas même au jour où ils l'avaient interrompue, mais au jour où ils étaient maintenant, c'est-à-dire après que cinq années également pleines de tristes enseignements pour tous deux avaient lourdement passé sur leur amour.

Au temps de ses désirs les plus fougueux, comme plus tard au temps de ses regrets les plus irritants, lorsque Jacques s'était représenté Caroline entre ses bras, il avait cru qu'à cette heure-là assurément il mourrait de joie. Cette heure-là passée, s'il ne mourut point du stupide étonnement où le plongea ce bonheur, que l'imagination avait montré si splendide et que la réalisation venait de faire si mesquin, cependant il en souffrit cruellement ; pendant plusieurs jours il éprouva ces poignantes alternatives de doute et d'anéantissement où nous tiennent la déception de nos espérances, lorsqu'elles ont été trop ardemment caressées, lorsque leur accomplissement a été trop longtemps attendu. Il en arriva même jusqu'à regarder en arrière, et s'il n'établit point de comparaison entre sa femme et Caroline, il en établit une, toutefois, entre le passé qui avait été si plein de certitude et de tranquillité, et l'avenir qui pouvait être si orageux et si tourmenté. Mais ces impressions, malgré ce quelles eurent de pénible, n'en vinrent ni jusqu'aux regrets, ni jusqu'aux remords, et bientôt, enlevé de nouveau par cette faculté d'illusion et d'enivrement chez lui toujours ardente, jamais accablée. poussé par son amour-propre, aiguillonné par la volonté préconçue de ne trouver partout que tendresses ou joies, il remonta intrépidement sur les plus hautes cimes de la passion, bien décidé à ne pas regarder au-dessous de la zone dans laquelle il voulait planer, et à ne pas sentir les blessures qu'en tombant il pourrait se faire. Les déceptions des premiers désirs furent oubliées et l'habitude et la continuité donnèrent à la possession ce vertigineux attrait et cette irrésistible force qui, tout d'abord, lui avaient si tristement manqué.

Caroline, elle aussi, fut frappée de ce désenchantement ; mais de même quelle en souffrit moins que Jacques, de même elle s'en guérit moins vite : l'expérience lui avait donné une terrible intuition des choses de l'amour. Elle trembla pour l'avenir ;

mais l'épreuve n'avait point été assez cruelle pour tout à fait la décourager, et, mettant son espoir dans sa propre volonté, elle se résolut aussi à ne rien voir des laideurs, à ne rien sentir des blessures de la vie.

Ainsi, tous deux en même temps réagirent contre cette première atteinte, chez tous deux la tête imposa silence au cœur; mais tous deux aussi ne tardèrent pas à sentir par quels sacrifices l'un devrait payer les plaisirs qu'il voudrait donner à l'autre. Ils en firent la première expérience dans une promenade qu'ils entreprirent peu de jours après leur rapprochement.

Au temps de leurs grandes misères, mais aussi de leurs belles amours, un de leurs plaisirs les plus vifs était, le dimanche, de courir la campagne, et presque toujours ils choisissaient les bois qui, par Clamart et Fontenay, s'étendent depuis Sceaux jusqu'à Meudon.

Ce fut là qu'ils se firent fête d'aller. Le matin en s'éveillant, ils avaient vu les toits, couverts d'une gelée blanche, étinceler sous les obliques rayons du soleil levant. Ah! comme par les chemins séchés et durcis il ferait bon marcher! Ce serait un pieux pèlerinage; quels souvenirs il rappellerait! quelles émotions il donnerait encore!

Ils partirent.

Il faisait une journée assez belle, mais une journée de décembre, avec un soleil jaune et pâle, un ciel coupé de gros nuages ardoisés sur leurs contours et une bise qui, par petites rafales, soufflait piquante et froide. La campagne, jusqu'à l'horizon gris et morne, s'étalait nue, sans verdure, sans mouvement, sans vie; la terre, déjà presque partout retournée, offrait un aspect uniformément noirâtre; dans les champs où la charrue n'avait point encore passé, les herbes aqueuses de l'automne pourrissaient brûlées par les premières gelées, et sur celles qui n'étaient point entièrement roussies brillaient, exposés au nord, de petits treillis de glaçons aux fils étincelants et argentés; dans les vignes, les échalas avaient été arrachés, et sur les ceps les sarments sifflaient et se couchaient au caprice du vent. On ne voyait pas un paysan au travail, on n'entendait pas un bruit de voix humaine, pas un chant d'oiseau, pas un hennissement de cheval; seules, ces grandes roues, qu'à chaque instant on rencontre dans ces plaines, et qui servent à monter les blocs des carrières de pierre, mises en mouvement par des ouvriers invisibles faisaient entendre des ronflements et des craquements; çà et là aussi, parfois des moineaux, cherchant leur maigre nourriture dans les fumiers de la route, s'envolaient en piaillant. Dans les villages, même silence, même solitude : les maisons avaient portes et fenêtres bien closes, et c'est à peine si quelques rares gamins s'arrêtaient dans leur course pour pousser une glissade sur les ruisseaux du chemin.

Ainsi marchant, ils entrèrent dans les bois, et alors ils purent aller moins vite. Le vent mourait, arrêté à la lisière par le taillis, et seuls, quand avec de graves sifflements ou de profonds murmures passait une rafale, les grands arbres balançaient leurs têtes et tordaient leurs bras nus.

Mais dans les bois aussi, c'était décembre. Les chemins détrempés et défoncés pendant les dernières pluies étaient coupés de trous, d'ornières et de sillons; les sentiers étaient encombrés d'herbes veules ou pourrissantes : il n'y avait pas une place pour se reposer. Au soleil la terre qui dégelait se levait par lourdes plaques et le gazon humide était souillé par la boue; à l'ombre, le sol était blanc de givre et les feuilles prises en un seul tapis craquaient sous les pas : — il n'y avait rien de ce qui fait le charme des forêts, ni verdure, ni fleurs, ni parfums, ni joyeux bruits, ni mystérieux silence; c'était l'hiver, mais l'hiver dans ses premiers jours, sans la magie de la neige, sans les mâles grandeurs de l'orage ou de l'ouragan.

Tout cela était assez mesquin et assez triste; mais la première fois qu'ils avaient fait cette promenade, c'était dans des conditions exactement semblables, dans cette même saison, sous ce même ciel sali de nuages, sous ce même soleil pâle et jaune, avec cette même bise piquante et froide; et ils y avaient trouvé un bonheur dont le souvenir les avait toujours délicieusement émus : ils avaient admiré cette pâle lumière glissant jusqu'à raz de terre et faisant aux taillis un beau fond d'or sur lequel, depuis la cime jusqu'aux racines, se détachaient nettement les tiges et les branches; ils s'étaient amusés à courir sur la glace des ornières, qui souvent cassait sous leurs pieds; ils avaient pris plaisir à ramasser des feuilles gelées et à se souffler mutuellement dans la figure le givre qui les recouvrait; des places pour s'asseoir, ils en avaient rencontré par centaines.

C'est qu'alors ils avaient vu toutes ces choses à travers l'enthousiasme de leur jeunesse, et que sur elles ils avaient répandu leur propre poésie; mais aujourd'hui qu'ils avaient appris à voir vrai à sentir juste, aujourd'hui qu'ils savaient la vie, ils ne furent sensibles qu'à la seule réalité.

Et dans le cœur de tous deux il surgit une horrible tristesse; en même temps ils furent pour s'écrier : « Ah ! qu'elle est changée, cette nature »; mais en même temps aussi, ils comprirent que ces changements qui les angoissaient si vivement, ce n'était point en elle qu'ils s'étaient accomplis, c'était en eux.

Ils se turent donc, car s'ils avaient perdu l'enthousiame, ils avaient gagné l'expérience : ils savaient toute la valeur d'une parole imprudemment lâchée.

D'ailleurs, ce qu'ils éprouvaient ainsi tous les deux en même temps, ils croyaient mutuellement être seuls à le ressentir : pour lui, Caroline était heureuse; pour elle, Jacques était rempli de joie; aussi, pour ne pas se désespérer réciproquement par le lugubre aveu de la vérité, résolurent-ils de mentir courageusement et de se tromper l'un l'autre.

Caroline ne dit point à Jacques : « Le froid bleuit ton nez et marbre tes joues; » Jacques ne dit point à Caroline : « Le vent gerce tes lèvres et rougit tes yeux; » ils ne se dirent point : « Quel plat pays ! quel triste bois ! quel pauvre soleil ! quelle méchante nature ! » mais à chaque instant ils s'écrièrent : « Comme nous sommes heureux ! quel bonheur ! quelle gaieté ! quel amour ! » et ce que le présent ne pouvait plus leur donner, ils le demandèrent aux souvenirs.

Jouant ainsi leurs rôles ils revinrent à Paris; le sourire était sur leurs lèvres, la mort était dans leur cœur.

Ce fatal état, qui venait dans cette promenade de s'accentuer d'une façon si précise et si douloureuse, avec son double caractère de désenchantement et de dévouement, alla s'aggravant chaque jour, mais chez tous les deux, il n'amena point les mêmes résultats : Jacques continua à se raidir, Caroline commença à s'abandonner; elle ne tarda point à se lasser de la contrainte qu'elle devait s'imposer pour feindre un bonheur qu'elle ne ressentait pas, et alors elle laissa voir qu'elle était lasse.

Les circonstances d'ailleurs étaient devenues de plus en plus difficiles, et, pour ne point se décourager, il fallait toute la passion, tout l'entêtement de Jacques.

Ils n'étaient point restés à l'hôtel d'Irlande, et dans une des plus tristes rues du faubourg Poissonnière, la rue du Delta, ils avaient pris un petit logement.

— Ce n'est pas beau, avait dit Jacques, mais nous y serons bien tout de même; perdus dans Paris, je travaillerai, et rien ne troublera notre bonheur.

A ces projets, Caroline avait répondu par d'autres projets : ils devaient être les plus heureux du monde.

Pour travailler utilement dans cette nouvelle situation, il fallait renoncer aux sérieuses études, aux patientes recherches, aux longues réflexions, à tout ce qui fait la joie et le courage de l'écrivain. Jacques avait vu dans ce renoncement une preuve d'amour; et lui, le talent méditatif et recueilli, l'esprit lent e[illegible], à force de conscience, il l'avait accompli sans hésiter. Mais, au lieu d'escompter sa réputation naissante, au lieu de chercher de ces travaux qui auraient peut-être mis son nom en évidence, mais qui assurément en auraient amoindri l'autorité par les exigences journalières et les négligences forcées de l'improvisation, — il était tout simplement retourné à Hergott et avait repris sous lui son ingrate et obscure besogne d'autrefois. Au moins, il ne déshonorait point ainsi son passé; et s'il compromettait son avenir, s'il renonçait aux chances de gloire que si péniblement il avait gagnées, il s'assurait pour le présent, auprès de sa chère Caroline, des journées tranquilles et certaines : elle saurait bien lui payer ce sacrifice, et dans son amour il trouverait une splendide récompense.

Ils s'étaient donc mis à vivre de la vie que Jacques avait toujours si constamment appelée, et qui, pour lui, était la complète réalisation de son idéal : tout le jour il travaillait auprès de Caroline, la regardant à chaque minute, se levant pour aller l'embrasser, l'appelant pour qu'elle vînt se poser sur son épaule. Il ne sortait que pour aller aux bibliothèques ou chez Hergott; il annonçait son retour pour une certaine heure, et, tout triomphant, il arrivait au moment précis, car il ne parlait plus à aucun de ses amis, et au-delà du cercle où s'étendait l'ombre de Caroline, il ne trouvait plus ni distractions ni plaisirs. Le soir, ils sortaient tous deux, et sur les buttes de Montmartre, ou dans la plaine qui s'étend jusqu'à Saint-Ouen, ils faisaient une longue promenade. Le dimanche, ils s'échappaient un peu plus loin, et quand le temps était trop froid ou trop pluvieux, ils dînaient dans un restaurant du Palais-Royal.

Pour Jacques, il y avait là des joies exquises : il ne rêvait, il ne désirait rien de plus ; pour Caroline, il y avait là une écœurante monotonie, une nauséabonde platitude.

Était-ce donc pour croupir dans cette existence bourgeoise qu'ils s'étaient replongés dans leur amour? A trente ans, nos plaisirs ne peuvent plus être ce qu'ils étaient à vingt, Jacques l'ignorait-il donc? Si, autrefois, elle avait pu s'amuser (et elle en doutait) dans ces promenades à pied au milieu de ces plaines tristes et puantes, maintenant elle s'y ennuyait et s'y fatiguait à mourir; si, autrefois, elle avait pu se faire fête d'aller festiner à quarante sous, *palaisroyaliser*, comme ils disaient, maintenant l'idée seule de ces dîners la révoltait; à respirer ces potages pâles et visqueux, à voir ces portions noyées dans la sauce, le cœur lui manquait. Comment Jacques pouvait-il en être resté là? Pour elle, il lui semblait que, quand même, auprès d'un mari riche et blasé, elle n'eût pas pris d'autres goûts et d'autres besoins, tout naturellement elle eût abandonné ces grossiers amusements de la première jeunesse. C'était de son propre mouvement qu'elle avait renoncé à la poupée et à la danse de corde. Jacques serait-il donc toujours un enfant?

Ces inquiétudes et ces dégoûts, qui s'étaient assez promptement déclarés en elle, avaient commencé à se traduire ostensiblement par un profond ennui, puis par une certaine raideur dans les moindres actions et les moindres paroles, puis par de l'impatience, puis enfin par de l'aigreur.

Et alors, excitée par les sacrifices qu'elle croyait avoir faits, fatiguée par les perpétuelles violences qu'elle devait imposer à son humeur, à son caractère, à ses goûts, elle ne s'était plus contrainte.

Pour Jacques, ç'avait été une grande douleur, mais en même temps une grande stupéfaction. Eh! quoi, elle n'était pas heureuse! L'expérience ne lui avait donc rien appris? Allaient-ils recommencer leurs luttes d'autrefois? Voulait-elle rompre? Qui la faisait souffrir? Que lui fallait-il?

Il lui fallait la liberté; elle souffrait de l'irritant désaccord qui existait entre ses sentiments vrais et ses sentiments exprimés; elle ne voulait pas rompre leur liaison, mais seulement la rendre raisonnable et supportable; elle voulait encore descendre du ridicule et perpétuel enthousiasme où Jacques se maintenait si obstinément, renoncer à l'isolement jaloux qu'il leur avait créé, reprendre ses manières personnelles d'agir, de voir, de comprendre, de sentir; elle voulait enfin cesser d'être un reflet, un écho, et redevenir elle-même, avec ses défauts et ses qualités.

Et tout ce qu'elle voulait, sans se laisser arrêter par des considérations de générosité ou de pitié, franchement et carrément elle l'accomplit.

Par dévouement, pour imiter l'exemple qu'il lui avait donné, elle s'était, elle aussi, dans les premiers jours, mise au travail, et malgré lui, elle avait voulu faire sa tâche dans le labeur quotidien; elle abandonna ce travail, et consacra le temps qu'elle resta à la maison, soit à se fabriquer des fanfreluches ou des falbalas, soit à lire de crasseux volumes qu'elle allait louer au cabinet de lecture du coin.

Comme lui, et autant que lui, elle avait voulu l'isolement; elle renonça à ce tête-à-tête continuel, qui, à la longue, était devenu une véritable captivité; elle visita celles de ses anciennes amies qui pouvaient la recevoir, et les amena chez elle.

Leur logement était assez misérable. Il n'avait guère qu'une pièce un peu propre, pièce qui avait été attribuée à Jacques; elle en fit une sorte de salon où Jacques, relégué avec ses livres dans un des coins les plus sombres, dût, tout en travaillant, entendre un babil intarissable et vide.

Encore si ces paroles perdues n'avaient été que fatigantes par leur bruit! mais souvent elles étaient irritantes par leur sens même; car en cela maintenant Caroline ne se gênait pas plus que pour le reste. A cause de ses relations littéraires, sans doute, elle s'était toujours crue obligée d'avoir des opinions sur toutes choses; mais autrefois, ces opinions n'étaient que celles de Jacques, tandis qu'aujourd'hui c'en était d'absolument contraires, qu'elle produisait et défendait avec une superbe assurance. Je ne connais pas pour l'amour-propre d'un esprit distingué de piqûre plus exaspérante que cette constante opposition chez une femme aimée : pour l'amour de Jacques elle était une cruelle blessure, car dans ces nouvelles opinions il retrouvait les idées, les tournures, les mots mêmes de Chaisemartin.

Ainsi ces nouvelles amours si pleines de promesses, qui devaient réaliser de si beaux rêves et donner tant de joies, éclairées et guidées qu'elles étaient par l'expérience et les regrets, n'avaient encore donné que des chagrins et des déceptions; et en peu de mois elles en étaient arrivées à une situation intolérable pour l'un des amants, à un état de constante douleur pour l'autre : un souvenir pur de toute tristesse, ils ne l'avaient pas pour se fortifier; et en eux-mêmes, derrière eux, devant eux, se dressaient les difficultés amoncelées et menaçantes.

En présence de ces difficultés, en présence de ces changements dans Caroline, Jacques ne se découragea point. Sans se plaindre, il supporta les boutades, les duretés, les colères, les absences inexpliquées, les dédains affectés; sans un mot de reproche ou d'avertissement, il souffrit l'abandon dans lequel elle laissait leur intérieur, et l'abandon plus grand encore dans lequel elle le laissait lui-même, lui qu'elle avait autrefois si joyeusement dorlotté, si tendrement soigné; et cela à une époque où, maître de son temps, il n'était point comme aujourd'hui accablé sous un incessant travail. La vie grise, froide et vulgaire qu'elle lui faisait, il l'accepta.

Et sa passion cependant était de celles qui vivent des jouissances de la tête autant que de celles du cœur : il lui fallait les séductions qu'apporte une femme naïve, tendre, exaltée, et il lui fallait en même temps les excitations que donnent la nature et la poésie; et quoiqu'il ne rencontrât aucune de ces séductions, aucune de ces excitations, plus il souffrit, plus il aima.

Sa vie était devenue un long enchaînement de douloureuses sensations; mais au moins il se sentait vivre; son cœur et sa tête s'étaient montés, et sa douleur elle-même lui était devenue chère.

C'est par là qu'il faut, je crois, se rendre compte de ce caractère qui, sans cela, pourrait rester incompréhensible : c'est du moins ainsi que je me le suis, jusqu'à un certain point, expliqué; c'est par ce côté de la sensation à tout prix, douce ou cruelle, qu'on retrouve au fond de toutes les passions, chez le fumeur d'opium et chez le buveur d'absinthe. Sans doute il y a bien encore l'attraction d'un premier amour, les lâchetés de l'habitude, les entêtements d'une vanité qui, s'étant aveuglément engagée dans une impasse, ne veut point revenir sur ses pas, et aussi les atteintes si fatalement dissolvantes du malheur; mais il me semble que s'il est un mobile tout puissant qui ait amené les actes de faiblesse que je raconte, sans chercher d'ailleurs à les atténuer ou les justifier, c'est chez Jacques cette soif impérieuse d'émotions, et la certitude où il était que, pour lui, sans Caroline il n'y avait plus d'amour.

De là toutes ses tortures, mais en même temps toutes ses jouissances, causées par cette peur de la perdre; de là aussi les ingénieuses excuses qu'il lui cherchait et que, par un reste de dignité, il tâchait de s'imposer à lui-même, excuses qui se résumaient en ce mot si cruel pour lui : — sans la pernicieuse influence de Chaisemartin, elle ne serait point ainsi.

Parmi les nombreux faits qui me sont restés dans la mémoire comme caractérisant l'état ou se trouvait Jacques à ce moment de sa vie, je n'en prendrai que deux : l'un relatif à sa faiblesse toujours croissante, l'autre à son dernier effort de dignité, à son besoin de justification dans une conscience qui s'en allait à la dérive.

A la suite de circonstances qui seront bientôt expliquées, j'avais revu Jacques, et la première fois que nous nous étions retrouvés seuls ensemble, je lui avais parlé de Caroline, non plus en m'appuyant sur des conjectures plus ou moins habilement posées et déduites, mais avec l'autorité que me donnaient les faits accomplis.

— Que veux-tu? me dit-il, je l'aime. Souvent je souffre de ma passion, c'est vrai; mais je ne souffre de rien de ce qui vous tourmente, vous autres, ni de l'ambition déçue, ni du manque de fortune, ni de ceci, ni de cela. Tu te trouves heureux, toi, n'est-ce pas? parce que tu n'as que la curiosité; eh bien, moi, je préférerais mourir que d'échanger mon malheur contre ton bonheur.

Je ne répondis rien; mais probablement il devina le sentiment de pitié que je voulais cacher pour ne point l'exaspérer, car il reprit aussitôt en s'échauffant progressivement :

— Mais, en vérité, quelles sont-elles, ces souffrances que tu trouves si horribles? Moi qui les endure, je dois les apprécier au moins aussi bien que toi. Eh bien, en toute conscience, quand je les compare à celles dont je connais l'histoire, elles me paraissent bien douces et bien insignifiantes. Tiens, prenons la première histoire d'amour que tu voudras, prenons *Manon*, prenons *Adolphe* : crois-tu que je puisse me comparer à Desgrieux?

Je voulus l'interrompre; il ne m'en laissa pas le temps :

— Tu récuses les romanciers? prenons l'histoire : tiens, justement, je viens de faire pour Hergott une étude sur les poëtes latins; voyons Ovide, voyons Tibulle, voyons Properce. Ceux-là, n'est-ce pas? n'ont point fabriqué leurs amours pour le besoin de ma défense; ils n'ont pas exagéré leurs misères pour se rendre intéressants, et ils ne se sont point avilis pour le plaisir de se faire plaindre. Ovide adore Corinne; elle le trompe, il l'adore toujours, et sa passion va si loin que, ne pouvant la quitter malgré ses infidélités, la seule grâce qu'il lui demande, c'est qu'elle veuille bien le tromper un peu moins publiquement. Cynthie, ennuyée de son bonheur auprès de Properce, l'abandonne et s'en va courir les camps avec un beau militaire. Properce souffre, mais ne se fâche pas; il pleure et tâche de la ramener. Elle revient, elle le requitte, elle revient encore, et leur amour n'est qu'un perpétuel pardon. Une âme tendre et passionnée comme celle de Tibulle mériterait une tendresse infinie, un dévouement sans bornes; cependant Délie le trompe, Némésis le trompe aussi, Néæra le trompe comme les deux premières. Voilà des poètes, n'est-il pas vrai? qui peuvent passer pour des esprits délicats, pour des âmes sensibles, pour des cœurs passionnés; cependant ils ont souffert autrement que le pauvre diable que tu tourmentes en ce moment, et pour cela ils n'en ont pas moins aimé leurs maîtresses, et ils n'en ont pas moins été heureux. Allons, mon cher, ai-je le droit de me plaindre? as-tu le droit de m'accuser de lâcheté en face de tels exemples?

Que répondre à un homme qui va chercher ses arguments jusque dans l'antiquité et qui se défend en latin?

On peut voir par ce fait quel besoin Jacques avait de se donner des excuses à lui-même; car en parlant ainsi il était de très bonne foi, heureux de rencontrer de tels modèles, qui le relevaient dans sa propre estime; on va voir par le suivant jusqu'à quel point allait sa faiblesse.

Sans avoir repris avec lui mes anciennes habitudes de camaraderie et d'intimité, nous nous voyions encore assez souvent, et maintes fois j'avais essayé de l'emmener à la campagne, d'abord dans le but de causer plus librement avec lui, puis aussi dans le but de le distraire et de l'habituer insensiblement à se détacher de la jupe de Caroline.

Toujours, sous un prétexte ou sous un autre, il avait refusé.

Mais enfin, à bout de bonnes raisons, il lui fallut bien accepter, et un matin nous partîmes pour une petite excursion, à douze ou quinze lieues de Paris.

Il avait été convenu avec Caroline, qui, loin de s'opposer à ce voyage l'avait au contraire appuyé, que nous serions absents toute la journée et que nous ne rentrerions que le lendemain.

Pendant les premières heures, Jacques fut d'une gaieté folle; on eût dit d'un échappé de prison : il ouvrait de grands yeux comme pour boire la lumière; dans les plaines il courait en dansant, dans les bois il respirait avec ivresse. Mais, vers le soir, il s'assombrit; puis, il fut pris d'une fiévreuse impatience; puis, lui qu'autrefois on ne pouvait arracher à la campagne, il voulut à toute force revenir, il inventa les prétextes les plus misérables, me tourmenta, me bouda, et fit si bien que, par pitié pour sa passion, qui ne se montrait que trop évidente, je finis par céder.

Je me fâchai un peu avec les amis chez lesquels nous étions reçus, et nous repartîmes.

A minuit, nous descendions de wagon, et comme cela ne me retardait point de reconduire Jacques, je l'accompagnai.

Il me fit marcher d'abord très rapidement. A moitié route à peu près, il ralentit. A quelques pas de sa maison, il s'arrêta.

Et alors, d'une voix assez embarrassée :

— Je crois que nous avons eu tort de revenir, me dit-il.

— Il est bientôt temps de t'en apercevoir. Au moins, si mes amis voyaient tes remords!

— Oh! il ne s'agit pas de tes amis, mais bien de Caroline : elle va peut-être m'en vouloir.

— Et pourquoi t'en voudrait-elle? Comment ton retour inespéré pourrait-il la fâcher! elle en sera heureuse au contraire.

— Oui, mais si elle croit que c'est pour l'espionner?

— Allons donc!

— Et puis, elle n'est peut-être pas rentrée.

— N'as-tu pas ta clé ?

Nous fîmes encore quelques pas, puis de nouveau il s'arrêta :

— Peux-tu me donner à coucher ?

— Parfaitement.

— Eh bien! alors, je ne rentre pas, je t'accompagne.

Malgré moi je me mis à rire, et je ne pus m'empêcher de lui insinuer que ce n'était guère la peine de revenir pour ce beau résultat.

Mais lui, me prenant la main et me la serrant avec force :

— Tu ris, dit-il, car tu ne devines pas ce qui se passe en moi. Oui, c'est lâche, c'est misérable, je le veux bien, mais enfin je n'ose pas.

— Mais pourquoi ? que diable crains-tu ?

— Je crains... parce que... enfin si elle n'était pas seule?

L'accent avec lequel il me dit ce dernier mot renfermait tant de lâcheté et tant d'amour à la fois que j'en eus le cœur serré.

Nous nous remîmes vivement en route; il m'avait pris le bras, et il m'entraînait comme pour ne pas céder à la tentation qui le poussait.

Mais bientôt il s'arrêta de nouveau.

— Eh bien, non ! dit-il avec fermeté, j'aime encore mieux une certitude.

Ses craintes m'avaient ému ; je voulus le retenir.

Mais se dégageant :

— Au surplus, nous sommes fous, fit-il avec assurance : elle m'aime !

Cette confiance en Caroline, je ne sais trop pourquoi, me blessa.

— Dans tous les cas, lui dis-je, ne te sers pas de ta clé; sonne, et si on ne t'ouvre pas, n'entre point : tu pourras ainsi ne point te fâcher.

Mais il ne m'écoutait plus : il était retourné sur ses pas et à son coup de marteau, la porte de la rue venait déjà de s'ouvrir.

## CHAPITRE XXV

### LA RÉSOLUTION DE LA COLÈRE

Bien des causes avaient contribué à nous séparer, Jacques et moi; les unes venaient de Caroline, les autres venaient de Jacques lui-même.

Chez Caroline, après m'avoir entendu parler comme je l'avais fait à l'hôtel d'Irlande, elle avait compris que je serais toujours son ennemi, que toujours je la combattrais, et que par tous les moyens je tenterais de lui enlever Jacques; — et tout naturellement elle avait voulu échapper à cette guerre: elle avait donc abandonné l'hôtel, en prenant de minutieuses précautions pour qu'il me fût impossible de les retrouver, et une fois installée rue du Delta, il ne lui avait pas été difficile, non-seulement d'empêcher Jacques de me revoir, mais encore de l'indisposer contre moi.

Chez Jacques, il y avait eu tout d'abord soumission complète à cette influence ; — puis, le sentiment secret, mais très vif, qu'il avait de ses torts; puis, la honte de rougir devant moi, devenu une sorte de conscience ; puis encore la crainte de ne pouvoir pas me pardonner sa propre faiblesse ; puis enfin, lorsqu'il était entré dans la période des déceptions et des souffrances, l'amour-propre de les cacher et de ne pas dire : « Tu avais raison. »

Mais bientôt la répulsion de Caroline et l'embarras de Jacques durent s'incliner devant des causes de rapprochement beaucoup [illegible] que ne l'avaient été celles de la rupture.

Exploité d'un côté par Hergott, entravé d'un autre par les mille contrariétés qui lui rendaient le travail presque impossible, Jacques, en face de la misère, avait tout naturellement pensé à moi.

Quel que fût le triste état dans lequel je le retrouvais, ma joie fut grande à le revoir; mais il y eut une personne chez laquelle cette joie de savoir enfin ce qu'il était devenu fut assurément plus grande encore : — ce fut Eugénie.

Par une sorte de dignité, elle avait affecté, depuis le dernier entretien que nous avions eu et que j'ai rapporté, de ne jamais me parler de son mari ; mais lorsqu'elle apprit qu'il était venu chez moi, elle ne fut point maîtresse de son cœur.

Avidement, elle me fit lui raconter tout ce que je savais : où il était, ce qu'il faisait, comment il vivait. A son émotion, lorsque je parlais de Jacques ; à sa répulsion nerveuse, lorsque je parlais de Caroline, je pus voir combien était profond son amour.

— Eh quoi ! s'écria-t-elle, lorsque je fus à la fin de mon récit, — il n'est même pas heureux !

Et cette femme que j'avais vue si aigre et si sèche eut une magnifique explosion de douleur. Les souffrances de la passion, au lieu de l'amoindrir et de la démoraliser, l'avaient épurée et grandie ; elle avait perdu ces côtés égoïstes et raides qui la rendaient autrefois, au premier abord, si peu sympathique ; par le seul fait de l'abandon, elle était devenue patiente, résignée, généreuse ; physiquement même elle avait gagné : ses yeux battus par l'insomnie, creusés par les pleurs, s'étaient adoucis et mouillés ; son teint était moins jaune ; ses manières étaient moins brusques, moins anguleuses ; le malheur dans ses mains dures l'avait pétrie, mais pour l'assouplir, et non pour la briser comme il avait brisé Jacques.

Son orgueil lui-même s'était affaibli, et j'en eus la preuve dans la prière qu'elle m'adressa de lui rapporter tout ce que j'apprendrais directement ou indirectement sur Jacques et sur Caroline. De Jacques, tant qu'elle l'avait cru heureux, elle n'avait voulu rien savoir ; de Jacques malheureux, elle voulut tout connaître.

Je lui fis la promesse qu'elle me demandait, et je pus fidèlement la tenir, sans jamais et en rien atténuer la vérité, tant elle savait s'imposer de résignation, tant elle savait mettre, dans son désespoir, de force et de dignité. Pour déchirer son enveloppe rugueuse, il avait fallu les grands coups de vent de l'adversité ; mais maintenant, en elle, autrefois si aride et si sèche, avaient éclos la résignation, la noblesse, la générosité. C'était à croire qu'à chaque nouveau malheur qui s'abattait sur elle, elle devenait un peu plus parfaite : les larmes, pour son cœur, étaient une fertilisante rosée.

Ainsi, peu de jours après la mort de son père, qui arriva précisément vers ce temps-là, je la vis arriver chez moi.

— Monsieur Frédéric, me dit-elle, j'ai un service à vous demander. Vous avez pu jusqu'à présent aider quelquefois Jacques, mais vous ne le pourrez peut-être pas toujours ; voilà donc trois mille francs que vous voudrez bien lui donner.

Et disant cela, elle tira trois billets de banque qui, dans la poche de sa robe, étaient soigneusement attachés avec une épingle.

La surprise avec laquelle je la regardai fut, sans doute, tellement stupide qu'elle ne put s'empêcher de sourire ; mais aussitôt reprenant :

— Mon père, vous le savez, a pris en mourant des mesures pour que Jacques n'ait absolument rien à toucher de sa succession. Il a été conduit à cela par un sentiment tout naturel, mais qui cependant n'est pas complètement juste. C'est ce que ma mère a bien compris, et comme, ni elle ni moi, nous ne voulions défaire ce que mon père avait fait, nous avons vendu notre cabinet de lecture, et sur ce que nous avons touché je vous apporte cet argent. Au moins Jacques n'aura pas faim, et avec sécurité il pourra travailler à ses livres.

— Et vous, qu'allez-vous faire ? de quoi allez-vous vivre ?

— Oh ! nous, continua-t-elle avec une douce expression de courage, nous travaillerons aussi ; mais, nous autres, nous n'avons pas de gloire à compromettre. Que

Jacques puisse achever ses livres, et ma mère et moi nous serons heureuses.

Jacques accepterait-t-il ? J'en doutais. S'il acceptait, emploierait-il cet argent à travailler ? J'en doutais encore plus. Ne serait-il pas gaspillé ?

C'est ce que je tâchai de faire comprendre à Eugénie.

— Oh ! dit-elle, il pourrait accepter cet argent sans honte, car je ne voudrais pas qu'il sut d'où il vient. D'ailleurs, légalement, cet argent lui appartient ; je me suis fait expliquer la loi : c'est lui qui est le chef de la communauté, et il parait que, s'il le voulait, il pourrait, même malgré les arrangements qu'a pris mon père, recueillir tout ce qui me revient.

Il me fallut longtemps lutter pour la persuader que Jacques ne pouvait ni ne devait accepter ces trois mille francs ; elle finit par céder, mais cependant elle tint absolument à me les laisser.

— Gardez-les, dit-elle ; un jour viendra peut-être où il en aura besoin, et où il pourra les prendre sans honte.....

Elle s'interrompit, et baissant les yeux, elle continua d'une voix tremblante, en se levant pour se sauver :

— S'il la quittait !...

Le lendemain, quand j'allai chez Jacques, je dus me retenir pour ne point lui raconter cette proposition d'Eugénie ; mais dans l'état d'aveuglement où il se trouvait, il n'eût pas senti tout ce qu'elle avait de grand. J'attendis donc des circonstances plus favorables, et sans jamais lui parler de sa femme, je continuai à le voir le plus souvent qu'il me fut possible.

En général, Caroline me recevait fort bien, et moi, j'étais pour elle rempli de politesse ; mais au fond nous nous détestions cordialement, et si nous trompions Jacques sur nos sentiments vrais, nous ne nous abusions assurément ni l'un ni l'autre. Elle savait que je lui étais hostile, et ne cherchait qu'une bonne occasion pour me faire mettre à la porte par Jacques. J'avais contre elle des griefs qui allaient chaque jour grossissant, et je n'attendais qu'une occasion pour la faire mettre à la porte elle-même.

Tout en elle me blessait : la femme et l'amante m'étaient également antipathiques.

Et quand j'arrivais chez elle, et que, dans une chambre en désordre, je la trouvais en grande toilette au coin du feu, renversée dans un fauteuil, lisant ou brodant ; — quand je l'écoutais soutenir superbement les questions les plus délicates en mettant son moi en avant ; — quand je l'entendais parler du temps où elle trônait dans son hôtel de la rue du Rocher, (époque fameuse à laquelle elle revenait sans cesse avec un manque de tact qui n'était égalé que par son manque de délicatesse), — j'étais saisi de colères folles ; et, nouveau supplice, je ne pouvais les exhaler qu'en épigrammes détournées, car elle avait des convenances fait sa règle suprême, et à propos de tout, elle prenait des airs de duchesse pour vous rappeler à l'ordre.

Et cependant je savais le dessous des cartes ; je savais que pendant qu'elle restait ainsi dans une élégante nonchalance, il n'y avait souvent pas une pièce de cinq francs dans le tiroir ; — que pendant qu'elle se brodait des cols et des manchettes, Jacques gardait ses chemises trouées ; — que pendant qu'elle courait les visites, Jacques restait à piocher, l'attendait souvent jusqu'à dix ou onze heures du soir, et, à bout de patience, dînait tristement avec deux sous de pain et trois sous de jambon.

La secrète irritation où me jetaient ces remarques de chaque jour se traduisait en moi par une constante pression que je tâchais d'exercer sur Jacques ; mais c'était en vain que j'attaquais Caroline : ou il ne répondait pas, ou s'il le faisait, c'était pour la défendre.

Cependant, en me tenant ainsi toujours à l'affût, je finis par trouver l'occasion de tenter un coup décisif, et vivement je la saisis au passage.

C'était au commencement du carnaval, et Jacques avait voulu à toutes forces m'emmener dîner chez lui. J'avais résisté, prévoyant sagement que Caroline pourrait bien être très peu satisfaite de voir arriver un convive aussi peu attendu que peu désiré.

— Pourquoi ne veux-tu pas venir? avait-il répété vingt fois.

Et j'avais donné les meilleures raisons que j'avais pu imaginer; mais il ne s'en était pas contenté, et à la longue même, il s'était piqué.

— Crois-tu que je ne suis pas maître chez moi?

— Au contraire, mais enfin...

— Crois-tu que Caroline ne te recevra pas bien? mais elle a pour toi beaucoup d'affection; elle me le disait encore ce matin.

A la fin, j'avais dû céder; seulement, par un sentiment de justes prévisions et aussi pour me concilier les bonnes grâces de mon hôtesse, j'avais cru devoir me munir du pâté de Strasbourg: hypocrite offrande de la peur, derrière laquelle j'espérais me mettre à l'abri.

— Je t'amène Frédéric, dit Jacques à Caroline d'un ton qui me parut moins triomphant que celui avec lequel il s'était écrié: « Crois-tu que je ne suis pas maître chez moi? »

Elle ne leva point les yeux. Il continua:

— Il vient dîner avec nous, et malgré moi, il a voulu t'apporter un pâté de foie gras.

Elle daigna à peine regarder mon pâté, que je présentais dans une attitude de suppliant, et sans me le prendre des mains, sans répondre à Jacques, elle s'adressa à moi d'une voix aigre-douce:

— Je vous prends pour juge: Jacques savait que j'avais à finir un domino pour une soirée où je vais demain, et il vous amène aujourd'hui. Pourquoi ne m'a-t-il pas dit tout de suite qu'il me défendait d'aller à cette soirée, au lieu de me faire toutes ces misérables taquineries?

Je restai assez stupéfait, me demandant si je devais m'en aller avec mon pâté, que je tenais toujours; mais elle continua:

— Vous savez bien, n'est-ce pas? que ce n'est point pour vous que je parle, et vous ne doutez pas du plaisir que j'ai à vous voir; — débarrassez-vous donc de votre pâté; — mais c'est pour Jacques, qui n'a pas eu la franchise de sa méchanceté et qui, n'osant pas l'accomplir tout seul, a été vous chercher pour que vous lui soyez un appui. Eh bien! cela suffit, je n'irai pas à ce bal.

En disant cela, elle repoussa avec colère un beau domino rose étalé sur la table et auquel elle était en train de travailler.

Jacques, lui aussi, eut un mouvement de colère; mais il se contint, et s'approchant de Caroline il commença, avec de douces paroles, à se justifier de cette méchanceté noire qu'il ne soupçonnait même pas avant qu'on l'en accusât.

— Non, dit-elle froidement, non, mon ami, c'est une leçon que vous avez voulu me donner, et je l'accepte: vous avez voulu me faire sentir que j'étais votre servante. C'est bien, je vais le préparer, votre dîner. Au surplus, peu m'importe maintenant que ce domino soit ou ne soit pas fini, car bien certainement je n'irai pas à ce bal.

Elle se leva d'un air majestueux, et passant dans la cuisine, elle se mit à remuer la vaisselle avec un fracas épouvantable.

Je voulus partir, mais Jacques me retint.

Un combat se livrait en lui: à cause de moi, il aurait bien voulu se fâcher et montrer qu'il était le maître, mais à cause d'elle il n'osait; il avait peur de mes railleries, il avait peur d'une brouille avec elle. Il demeura assez longtemps partagé entre la vanité et l'amour, et naturellement ce fut ce dernier sentiment qui l'emporta. Et refoulant sa colère, il tâcha de s'en tirer avec moi par la plaisanterie.

— Tu vois, me dit-il, elle est furieuse;

mais je suis sûr que là-bas, dans sa cuisine, elle est au désespoir de ce qu'elle m'a dit; car tu n'es pour rien là-dedans, toi, et sans ce maudit domino, elle t'aurait très bien reçu. Ne disons rien : elle sera bien forcée de revenir.

Cependant, comme elle ne revenait pas, l'impatience le prit.

— Si nous nous en allions? me proposa-t-il timidement.

— Tu ferais bien mieux d'aller la chercher.

— Tu as peut-être raison. Ma foi, j'y vais : c'est encore moins ennuyeux que de bouder.

Il alla la rejoindre, et longtemps ils demeurèrent dans la cuisine.

Enfin, il sortit tirant Caroline par la main.

— Voyons, lui dit-il en lui parlant comme à un enfant gâté, mets-toi là, travaille à ton domino; nous allons le préparer, nous, ce dîner.

— Pour M. Frédéric, dit-elle en se tournant vers moi, pour ne pas lui faire une soirée maussade, je veux bien vous pardonner, Jacques; mais vous m'avez causé bien de la peine.

Elle s'assit, et bientôt elle parut travailler avec une fiévreuse activité.

Comme ils n'avaient qu'une seule table et que le domino était étalé dessus, nous nous trouvâmes assez embarrassés pour mettre le couvert; Jacques, pour tout au monde, n'aurait pas voulu la déranger. Que faire? on décrocha une porte et sur deux chaises on la posa. Caroline nous regardait du coin de l'œil, et il me semblait qu'elle souriait ironiquement.

Comme il n'y avait pas une assiette de propre, il fallut les laver; Jacques prit la lavette et je m'armai d'un torchon. Caroline ne se dérangea pas davantage, mais son sourire s'accentua de plus en plus.

Après cinq ou six voyages chez l'épicier, le fruitier, le boulanger, on put se mettre à table.

Caroline se fit beaucoup prier : elle n'avait pas faim, elle était oppressée; la contrariété qu'elle avait éprouvée lui avait contracté l'estomac et donné mal au cœur. Mais enfin elle daigna prendre place au milieu de nous, et comme une personne qui n'aurait point quelques instants auparavant ressenti un grand chagrin, elle mangea.

De temps en temps, toutefois, ce chagrin qu'elle comprimait si héroïquement pour ne pas nous attrister se faisait jour, et en épigrammes sur Jacques et sur moi il s'exhalait.

Le pâté lui parut exécrable, les assiettes étaient mal lavées, l'épicier nous avait volés; nous avions pris du pain fendu quand c'était du pain rond qu'elle aimait. Puis, changeant de sujet, et se lançant dans des considérations esthétiques, elle déclara que la jeune littérature ne produirait jamais rien de remarquable, et qu'il lui manquerait toujours la forme, l'idéal, la poésie. Je crus même, au passage, reconnaître quelques phrases du Critique, à leur aménité, bien entendu, mais non, hélas! à leur tour.

Après le dessert, elle fut prise d'un si violent mal de tête qu'il lui fut absolument impossible de faire le café.

D'ordinaire on avait la liberté de fumer; mais ce soir là, sur une observation qu'elle lui fit à voix basse, Jacques m'attira dans un coin et me pria de ne point allumer la cigarette que déjà je roulais entre mes doigts : — l'odeur pourrait rester dans le domino.

— Allons, dit Jacques quand la porte fut replacée et que le feu de l'âtre fut ranimé, tu vas nous faire passer une bonne soirée, n'est-ce pas, Caroline, et tu nous donneras du thé?

Cette soirée était en train de s'écouler d'une façon assez lugubre, et il était à peu près dix heures, lorsqu'on sonna.

Une petite femme blonde, grassouillette, en costume d'Écossaise, jupe courte et casaque de velours plus courte encore, entra.

Elle était suivie d'un grand monsieur joufflu et barbu qui habituellement devait avoir l'air d'un sapeur, et qui, ce jour-là, était déguisé en bébé : bourrelet sur la tête, robe blanche en batiste, avec un grand tablier.

— Ma chère enfant, dit la petite femme en s'adressant à Caroline, nous venons te chercher. J'ai promis de t'amener chez Mme Uchafol, et il faut absolument que tu viennes; c'est un bal improvisé, ce sera très joli : il y aura des étrangers.

— Ma pauvre chérie, répondit Caroline, cela m'est tout à fait impossible ; tu vois, j'ai monsieur qui me fait le plaisir de passer la soirée avec nous, je ne puis donc pas....

Je me récriai, mais elle tint bon; l'Ecossaise insista; le bébé lui-même, qui paraissait fort contrarié, plaça son mot d'une voix formidable. Tout fut inutile; elle paraissait au supplice de refuser, et cependant elle refusait ; dans ses yeux se lisait une résignation à attendrir un substitut sur son siège de la police correctionnelle.

Alors Jacques vint aussi à la charge; mais toujours elle fut inflexible.

— Tu m'as amené ton ami, dit-elle, je ne dois pas lui fausser compagnie. Je t'en prie, n'en parlons plus.

Il fallut qu'il priât, qu'il suppliât; enfin elle se laissa attendrir, et d'une voix pleine de dignité :

— Eh bien! puisque vous l'exigez tous, dit-elle, j'irai.

Et s'adressant à Jacques :

— Mais c'est seulement pour te prouver que je ne t'en veux plus.

— Habille-toi vite, dit l'Ecossaise.

— Je reviendrai vous chercher avec la voiture, continua le bébé.

Je me levai pour m'en aller en même temps qu'eux; mais Jacques me pria de rester : je l'aiderais à passer la soirée. Je demeurai donc, et je pus voir sur le vif jusqu'où allait la puissance de Caroline et jusqu'où descendait la passion de Jacques.

Comme il fallait un coiffeur, je me proposai pour l'aller chercher. Quand je revins, la première toilette de Caroline était finie, et je la trouvai devant la glace se faisant à elle-même des mines et des sourires.

— Quel costume mettez-vous donc? lui demandai-je, n'en voyant pas de préparé.

— Mais mon domino.

Et elle me montra celui qui était sur la table, le fameux domino rose qui nous avait valu une si belle réception.

Quoique pendant toute la soirée j'eusse été vigoureusement malmené, je ne fus pas le maître de retenir ma langue, et espérant avoir enfin trouvé une bonne occasion de me venger en lui rappelant les raisons sur lesquelles elle s'était appuyée pour justifier son accueil.

— Mais je croyais qu'il vous fallait encore tout un jour de travail pour l'achever, lui dis-je de l'accent le plus railleur que je pus trouver.

Mais sans se laisser déconcerter, et avec un regard qui me répondait : Tu n'es pas pas encore assez fort, mon petit, et je me moque de toi :

— Pour le terminer, oui; mais au point où il en est, il sera toujours bien assez solide pour une seule soirée.

Il est probable que mon observation l'avait irritée, quoiqu'elle en fût sortie à son honneur ; car, ne pouvant s'en venger sur moi, ce fut ce pauvre Jacques qui paya.

Complaisamment et de la meilleure grâce du monde, il l'aidait dans sa toilette, et quoique ce ne fût pas pour lui, il était heureux de la voir belle; mais elle le laissait peu jouir de ce contentement, et à chaque instant elle l'envoyait lui chercher ce qui manquait; de la poudre de riz, des épingles, des lacets.

Les épingles, il les prit trop grosses, et elle le renvoya. Les lacets, il les prit noirs et il les fallait roses. Elle le renvoya de nouveau; mais cette fois elle éclata, et elle n'eut point assez de railleries et de sarcasme pour cette maladresse, cette niaiserie, cette stupidité.

Quand le bébé revint, elle n'était pas encore tout à fait prête ; ce fut une nouvelle [illegible] d'impatience ; c'était Jacques qui était la cause de ce retard.

Enfin, elle endossa ce domino qui pour nous avait été le prétexte de tant de boutades, et comme Jacques s'approchait pour l'embrasser :

— Ah ! laisse-moi, s'écria-t-elle avec dureté, tu vois bien que tu me chiffonnes !

— Quand reviendras-tu ? demanda-t-il. Surtout ne rentre point trop tard, n'est-ce pas ?

— Mon Dieu, si tu ne veux pas que j'aille à cette fête, avoue-le : il est encore temps, et je t'en ferai le sacrifice. On dirait que tu prends à cœur de me gâter tous mes plaisirs ; et pourtant je n'en ai pas trop. Voyons, veux-tu que je reste ?

Il ne répondit rien, et lui prenant la main, qu'elle lui abandonna d'assez bonne grâce, il l'embrassa.

— Monsieur, soyez sans crainte, dit le sapeur sur le seuil de la porte : je ne suis qu'un bébé.

Ils partirent.

Assez longtemps Jacques et moi nous restâmes dans un pénible silence, n'osant nous regarder. Il marchait à grands pas dans la chambre, et je m'étais, les deux coudes sur les genoux, enfoncé la tête dans la cheminée ; enfin, comme il fallait bien dire quelque chose :

— Quel est donc ce monsieur ? demandai-je.

— C'est M. Uchafol.

— Ah !... et qu'est-ce que c'est que Mme Uchafol ?

— Est-ce que je sais ! s'écria-t-il ; est-ce que je la connais !... Ah ! quelle honte ! quel esclavage !... quel lâche je fais !

Enfin, il éclatait. J'allais donc sonder dans toute leur profondeur ces plaies que toujours il avait voulu si soigneusement me cacher.

— Tu as vu, s'écria-t-il en marchant par la chambre, comme elle nous a reçus, comme elle nous a traités ; et tout ça parce que je t'avais amené sans la prévenir. Tu as vu comme j'ai été plat, comme je léchais la main qui me frappait... Eh bien, cette scène à laquelle tu as assisté est la cinquantième, la centième, je n'en sais plus le compte. Tu ne saurais imaginer toutes les roueries, toutes les duretés de cette femelle-là... et tout cela avec des airs de princesse et un cœur de chacal !

Pendant un quart d'heure il se répandit en plaintes et en injures, et plus il cria, plus sa fureur grandit ; elle arriva à un tel paroxysme que c'était à peine si je comprenais les paroles qu'il vociférait. Au reste, lors même que je les aurais comprises et que je me les rappellerais, je ne pourrais les rapporter ici : la pression qu'il avait trop longtemps exercée sur son cœur venait enfin de le faire crever, et c'était un flot d'ordures qu'il vomissait.

— Ah ! oui, je t'ai menti : c'est un supplice, un enfer, j'en ai assez, je n'en veux plus ! Qui me donnera la force de sortir de mon bourbier !

Enfin mon tour était venu : pour moi le moment de la vengeance avait sonné ; pour Jacques c'était, je l'espérais, celui de la délivrance. Au lieu de le contenir, je cherchais à l'exciter.

— Oui, tu as raison, s'écria-t-il, il faut la quitter. Je le veux. Viens, viens, partons.

Il me prit le bras et m'entraîna vers la porte. Il était fou ! Prêt à sortir, il s'arrêta, revint sur ses pas, courut à la cheminée, prit un petit portrait au daguerréotype de Caroline qui y était accroché, le jeta parterre, et à deux pieds il se mit à trépigner dessus.

— Si je pouvais lui en faire autant ! criait-il ; oh ! si je la tenais !

Puis, me regardant d'un air triomphant :

— Allons, viens, dit il, sortons d'ici.

Et avec violence il tire la porte de la chambre, qui derrière nous se referma.

---

Paris. — Imp. de Dubuisson et Cᵉ,
r. Coq-Héron, 5.

www.ingramcontent.com/pod-product-compliance
Ingram Content Group UK Ltd.
Pitfield, Milton Keynes, MK11 3LW, UK
UKHW031911260826
14628UKWH00003B/1116

9 782019 136260